寻找唯一的真相

现代推理馆 | 赤川次郎

黯夜的呼唤

〔日〕赤川次郎——著
魏婧彩——译

中国出版集团 现代出版社

目录

カタログ

中　断

“今天格外安静啊！”

讲课的过程中，教授随口说了一句，教室里便响起了笑声。

教授一边从白板向讲台桌走去，一边自言自语似的说着：“没有手机响，也没人在上课中堂而皇之地走出去……原来如此，‘四人小组’的那几个人今天没有来啊！”

可以容纳一百个人的教室里坐着大约三十名学生，其中有三分之二是女生。

“老师，您感到寂寞了吗？”

一名坐在前排的女生说道，接着她忍不住笑了起来。

“谁寂寞了？不过，她们四个人是一起感冒了吗？关系可真好啊！”

平时，那四名女大学生一直坐在教室里差不多正中央的位置，面前的桌子上放着矿泉水。她们总是像弦乐四重奏组合一样在那里叽叽喳喳地聊个不停。

“好，那么没问题的话就接着往下走吧，打开下一页。”

教授的话音刚落，教室的门便轰响着开了。是刚刚提到过的那个“四人小组”来了吗？一瞬间，所有的人都向门口看过去。可是，站在那里的是两个不怎么起眼的中年男人，不管怎么看都不像是学生。

“有什么事吗？”教授问道。

“打扰了，”他们两个人走进了教室，“这里有个叫作西川勇吉的学生吗？”

“你们是？”

“警察。”其中的一个男人拿出证件让教授看了一眼。

教室里忽然变得嘈杂了起来。

“安静！”教授说，“西川……西川，在吗？”

一名坐在角落里的男生慢悠悠地站了起来。

“嗯……”他回答道，声音就像是蚊子在嗡嗡作响。

“你就是西川啊……警察先生，虽然我不知道你们有什么事，但是可以请你们等我们把课上完吗？”

“这个有点儿……”

教授无奈地耸了耸肩，然后向西川招了招手：“西川，你过来一下。”

然而，那个名叫西川的学生却没有动。

“喂！西川，”教授有点儿急躁地说道，“快点儿！”

西川开始慢慢悠悠地收拾放在桌子上的笔记本还有笔，不管怎么看都感觉他是在故意拖延时间。

“不快点儿的话，我们就过去了！”其中的一名警察威胁道。

这时，刚刚问教授“寂寞了吗”的那个女生愤愤地说道：“您这么说话真是太过分了，西川君做了什么啊？”

“听了你会瘫在地上的。”警察冷笑着答道。

教室里再次变得安静下来，所有人的目光都向西川勇吉的方向看了过去。

西川终于背着自己的书包走到教室的前面。

“你……你，到底干了什么啊？”教授说。

西川瞥了教授一眼，然后用略微颤抖的声音说：“我什么都没干。”

“有事需要询问你，跟我们过来一下。”警察催促着他。

于是，西川被两名警察挟持着走出了教室。

“那……那么，重新开始上课。”门刚关上，教授便这样说道。

“老师！”那名女生站了起来。

“什么事？”

“西川君并没有被逮捕。所以，‘干了什么啊’这句话，我觉得您不应该这样说，”那个女生紧紧地盯着教授，“就算接下来他被逮捕了，但是在判决出来之前，他也只是嫌疑人，不是吗？可是，老师您却从一开始就使用怀疑自己学生的表达方式，这是不对的！”她严厉地说道。

教授的脸红了。

“但是，他好奇怪啊！”一个男生说。

那个女生回过头看着他说道：“奇怪能构成什么证据吗？每个人的看法都不一样，也许在有的人看来，整天逃课的学生才更加奇怪，不是吗？”

“等一下，”教授打断了他们，“你……叫什么名字啊？”

“马场百合香。”

“马场小姐啊……你说得对，是我不对，”教授将在场的学生们扫视了一遍，“对这件事不许随意地臆测或者散布谣言，知道了吗？”

“谢谢老师。”说完，马场百合香坐回到座位上。

“西川啊……他一直都在很认真地记着笔记，以前我不知道他的名字，但愿他没事……”教授仿佛又在自言自语了。

之后，授课继续进行，西川勇吉最终也没有再回到这节课的课堂上。

“大臣……”

听到呼叫声，田渊弥一睁开了眼睛。

“什么事？我可没睡啊，刚刚只是把眼睛闭上而已。”外务大臣对秘书加东说。

事实上，他刚刚确实在迷迷糊糊地打盹儿。人啊，一旦年龄接近六十岁，前一天的疲惫就很难立马消失了。

加东是一名刚刚三十岁的单身男青年。虽然他已经给田渊做了一年左右的秘书了，但是关于田渊到底什么时候会睡觉这个问题，他还是完全不清楚。为此，他已经来回奔走了无数次。

如果自己在开会时睡着的话，加东经常会过来把他叫醒，所以田渊以为这次也是因为同样的状况。不过……

“请您看下这个。”加东脸色惨白地说道。

田渊看了一眼那张便条，平时他因血压较高而一直红通通的脸庞瞬间就失去了血色。

“总理，”田渊站了起来，“不好意思，我的身体有点儿……”

在场所有的人都一脸疑惑地看着田渊。

“请便，”总理大臣点了点头，“你没事吧？”

“啊……那我先告退了。”田渊气冲冲地走出了房间，途中差点儿把椅子撞倒。

在坐上车之前，他什么都没有说。车一开动，加东就把他们与驾驶席之间的隔断合上了。

“怎么回事啊？”田渊的声音颤抖着，“美香她……”

“她平安无事，不……应该说并没有受伤。”加东斟酌着用词，“接到警察的电话后，我马上就赶了过去，但是没能见到她本人。”

“怎么回事？”

“她好像受到了打击，说谁都不想见……”

“这样啊，”田渊又看了一遍那张便条，“这上面写着‘和朋友在一起的时候受到了袭击’……”

“具体的情况我也不是很清楚，但是小姐好像是和几个经常在一起的 S 大学的伙伴一块儿出去玩了。”

“啊，肯定是之前一起去过夏威夷的那四个人吧？”

“是的，应该是觉得有四个人在一起不会出什么事，所以就放心大胆地玩起来了吧！她们昨天晚上好像去了六本木那边。”

“谁都没有跟着她们吗？”

“带着保镖的确不太自由。因为全都是大学圈子里的人，所以觉得应该不会有事……”

“然后呢？‘受到了袭击’这又是怎么回事？到底是怎么回事啊？！”

面对田渊的问题，加东一时间没能回答上来。

“现在……还不是特别清楚，”加东终于开口说道，“请您直接询问一下负责搜查的人吧。”

田渊拿着便条的手抖了一下。“我知道了，”他点了点头，向窗外看去，“我知道了，加东。”

“嗯。”

“媒体那边就拜托你了。美香变得不完整了，万一被他们写出来的话……”

“我已经安排好了，直接联系了警察局局长，再三叮嘱过他，一概不得对外公开。”

“是吗……”

“可是……大学里面难免会传出些流言。”

“实在不行的话，就让她离开 S 大学，去海外留学。”

“这个办法也许可行。”

“总之……希望看到她平安无事啊！”田渊叹了口气。

轿车随着车流顺畅地前进着。

“加东。”

“嗯。”

“犯人抓到了吗？”

西川一个人呆呆地坐在椅子上，看上去显得比平时更加矮小了。

“西川勇吉，二十一岁，”一名警察说，“你确定是那个男人吗？”

田渊美香从灯光被熄灭了的房间里透过半反射镜看着西川，然后点了点头。

“确定。”尽管声音非常小，但是她说得非常明确。

惴惴不安的西川好像在寻找着什么即将逝去的东西一样，抬头环顾着整个房间。感觉西川的眼睛仿佛看到了自己，美香不由自主地向后退了一下。

“你没事吧？”

“嗯……从那边看不到这里，是吧？”

“看不到，这是半反射镜，而且那边很亮，这边很黑。”

“声音呢？也听不到吗？”

“没事的，平常说话的音量是完全听不到的。”警察对她承诺道。

“不好意思……太害怕了……”

“这是可以理解的……确认过就行了，我们回去吧。”

一听说美香父亲的身份，警察的态度一下子就变得亲和了起来。

“那个……我必须一直待在这里吗？”

“大臣马上就过来了。”

“我爸爸吗？”

“嗯……现在也正在和其他三个人的家人联系，让你们各自单独回去有点儿不放心。”

即将离开那个房间的时候，美香回头看了一眼。透过半反射镜看过去，西川勇吉好像非常孤独，他看上去就像一幅沿着镜子的边框所裁下来的肖像画一样。从西川的身上已经感觉不到丝毫生机了。

“怎么了？”警察问。

“没事……那就是半反射镜啊，在电影或电视中经常出现的，为什么我一直都没有注意到呢？这么一想，觉得好不可思议……”

“啊，是啊，”警察好像稍微松了一口气，“唉，不管是谁被带过来，都会失去冷静变得莫名其妙。尽管他一直那样东张西望，但是其实什么都看不到。”

“是吗……”

在美香来看并不是那样的，西川好像是在诉说他知道等待自己的是什么，他只是一味地缩着头，好像要不断地变小直至消失。

当然，这种事是不可能的，绝对不会发生的。

“请您放心吧，”警察说，“我们一定会让那个姓西川的家伙乖乖地开口说话的。”

美香什么都没有说，只是轻轻地点了点头，向走廊里走去。

“不好意思，可以拜托您帮我买杯咖啡吗？我会付账的。”回到小屋正要开门的时候，她对陪同的警察说道。

“啊，哪里的话！马上……我马上就让他们端过来。”

那名警察慌慌张张地离开后，美香打开了小屋的门。

誓　言

门一打开，其他三个人便同时回头看了过来。美香走进房间关上门以后，便立刻确认了一下小屋里是否存在“镜子”。

“怎么样了？”其中的一个人问。

“西川君在。”美香把一把空椅子拉过来坐下。

其他三个人相互对视了一下。

“他……看上去怎么样？肯定很生气吧。”

“是啊，明明什么都没有做，却突然被强行传唤了过来……”

“说什么呢！”美香用尖锐的声音狠狠地说道。其他三个人都吓得几乎要从椅子上跳起来了。

“听好了啊，”美香一个一个地紧盯着她们三个人的脸，“我们已经决定好了，事到如今已经不能再说‘那只是个误会’了，知道吗？”

“可是……”

“犯人是西川勇吉。我们四个人都要坚定地这么说，谁都不会有所怀疑的。”

“假如，西川君有不在场的证据呢？”

“我觉得没有那个可能，”美香说，“假如有证据的话，西川君肯定立刻就会提出自己的意见的，对吧？但是，至少到现在他什么都没有说。”

“但是……哪里都找不到西川君的指纹，警察会不会觉得奇怪啊？”

“关键是我们的证词啊！”美香说，“一个人的话也就算了，假如我们四个人一致都说给我们喝药后施加暴行的人是西川勇吉的话，谁会怀疑啊？而且，我爸爸现在正在赶过来。”

“外务大臣的女儿所说的话，他们应该会相信吧。”

“总之，我们不可以有丝毫的迷茫，知道了吗？”

听了美香的话，其他三个人犹犹豫豫地点了点头。

“西川君……好可怜啊！”其中的一个人嘟囔了一句。

“不可以有这样的想法！”美香再次说道，“知道了吧？‘西川君’，叫的时候不可以再加‘君’了。”

“为什么？”

“他可是个给我们喝下迷药、对我们施加暴行的野兽一样的男人，称呼的时候还加上‘君’，也太不合理了吧？”

“这样啊！”

“我们已经决定好了，”美香像是在叮嘱她们一样说道，“明白了吗？犯人是西川勇吉，我们自己也要坚信这一点。”

压抑的气氛充斥着整个房间挥之不去，直到有人敲门的声音将其打破。

“咖啡来了。”一个女生的声音传了进来。

“我拜托他们拿的。”美香站起来把门打开了。

“打扰了。”一个穿着服务员制服的年轻女孩子把壶和咖啡杯端了过来。

咖啡的香味立刻就充满了整个小屋，紧张的气氛也渐渐缓和了下来。

“不好意思，可以请您给我签个名吗？”服务员将咖啡倒完后拿出发票。

“好。”美香一不小心就随便签了一下自己的名字。

“哎？我签名也没用啊，是吧？”服务员出去以后，她才意识到。

她们四个人一起笑了起来。

“刚刚那个孩子，有多大啊？”

“应该也就是个高中生吧？她肯定是在做兼职。”

“与其说是年轻……”

“不如说是给人一种天真烂漫的感觉。”

“是啊。”

她们喝着咖啡，东一句西一句地聊着。

对，这样就好了。就算自己把罪名强加给了清白无辜的人，自己也不会因此而闻不到咖啡的香味。倒不如说，假如自己进了监狱的话，就再也喝不到这么美味的咖啡了。那会多么痛苦啊，根本无法想象……

对，这样就好了。我们四个人是不会变的。为此，一个不走运的男人需要代替我们受罪。但是，假如牺牲一个人而四个人都会因此而得救的话，这也是件“好事”不是吗？

“‘最好不要这么做’，我明明都已经这么说过了。但是，美香根本不听我的，一直都是我听美香的。但是，这次……这次我是对的，是吧？这种事，美香是不会承认的。把我们带到以危险而知名的六本木的那个人也是美香。”

她们在三个看上去像是美国人的男人的邀请下，走进了一个不知道是什么地方的小房间，抽了大麻。虽然这并不是第一次，但那里面好像还被掺入了其他的药物，有一种奇怪的味道。总之，喝着啤酒还有鸡尾酒，大家都变得豪放了起来，不想在其他人的面前显得像个胆小鬼，于是就故作镇静地抽了起来。接着……发生了什么呢？

在这个四人小组当中，池内小百合和美香交往的时间最长，她们从小学的时候就是朋友了。尽管如此，一直都是美香“率领”着小百合，即使她现在已经二十一岁了，但是基本上还是没有什么变化。假如美香说了“这样做”的话，就一直都是那样做的。习惯了以后，她便觉得一边讨好着美香，同时自己又能从中得到好处，这样也不错。但是，唯独这次……

小百合并不是在担心美香，只是担心事实的真相被大家知道了以后会怎么样呢？一想到这儿，她就感到非常害怕。不管怎么样，都只能按照美香说的去做。她明白的……这么一想，池内小百合的心里放松了一点儿，但是害怕的感觉并没有完全消失，这让她感到焦躁不安。

应该一辈子都不会忘记吧？那个瞬间——在混浊得让人无法呼吸的空气中醒来的时候，感受到仿佛连身体都要被冻僵的寒冷。怎么了？我为什么这么冷啊？想要起身却发现自己赤身裸体的时候，那种仿佛要坠入深不见底的黑洞里一样的感觉。

在那个狭小的房间里，四个人全都赤身裸体地睡着。一个人在床上，一个人在小沙发上，淳子和另一个人在地板上……

“美香！”淳子明显地感觉到了自己的声音在颤抖，“起来！小百合！里美！”

发生了什么啊……尽管脑袋里面很混乱，只有一些片段式的记忆，但是这件事并不难理解。

她们被那三个男人灌了药，然后就什么都不知道了……即便如此，被磨破了的膝盖和胳膊肘、依然钝痛的瘀青，看到这些，便回忆起来了。

“干吗……怎么了……”小百合发出了迷迷糊糊的声音。

“美香！”淳子把美香摇了起来。

“啊，怎么会这个样子……”里美带着一脸做梦一样的表情爬了起来。

那一瞬间，她们四个人该有多么吃惊啊！

“现在……几点了？”美香环顾着四周，急忙捡回了自己被扔掉了的包和衣服。

一个人看着手表说道：“十点……是早上了。”

“我们怎么了？”小百合看上去依然没有搞清状况。

“我们被耍了啊，”淳子说，“被那三个人。”

“钱……也都还在，”美香把包里面检查了一下，“大家，什么都没有被偷吗？”

打击总是不会立马就到来……

总之，现在必须得想办法应付一下这彻骨的寒冷以及赤裸的身体，这是首要的。

“这里，是哪里啊？”小百合说。

“是那个俱乐部上面的那层，”美香说，“这个应该还记得吧？我们来这里的时候已经醉得有点儿厉害了。”

“看！”里美说。

内衣被撕破了……其他三个人的也都是。但是，罩衫和裙子没事，她们四个人暂且穿上了可以穿的衣物。

“绝不会饶了那几个家伙！”里美终于这样说道。

可是，与愤怒相比，恐惧的感觉更加强烈。假如这件事被人知道了的话……淳子首先想到了“绝对不能被父母知道”。

“总之，先从这里出去吧。”美香打开门，环视了一下走廊，“没事……一个人都没有。”

小房间里充满了大麻的味道。她们四个人一来到走廊里便深呼吸了一下，完全就像是来到了山顶上一样。

“那三个人，还在吗？”黑沼里美问道。

“应该已经不在了吧，现在已经是早上了啊！”小百合说。

“头好痛。”淳子皱着眉头说道。

“总之，出去吧。”

就在美香向楼梯的方向走去的时候，随着楼下“咚”的一声巨响，惨叫声和怒喊声突然传了过来。

“警察！安静！”

里美的脸色顿时苍白了起来，她不由自主地握住了淳子的手。

“搜查！所有人不许动！”

很多的脚步声掺杂在一起，也能听到几个人向楼梯上跑过来的声音。

“怎么办？”小百合几乎要哭出来了。

“逃不出去吗？”

“不行的！连窗户都没有。”

她们四个人呆呆地僵立在那里。

昨天晚上是星期天，恐怕这个俱乐部的各处都举行了使用毒品的聚会。

“美香……”里美说，“直接这样被发现了的话……”

“会被逮捕的，我们都已经二十一岁了。”

“怎么办啊？”

“等一下……等一下。”

美香在这样的时候还在拼命地思考着该如何逃走，里美对此感到非常佩服。

“回到房间里面去！”美香说，“快！”

其他三个人还没明白是怎么回事，便在美香的催促下又回到了那个小房间里。

“听着……”美香说，“假如在这里被逮捕了的话，使用毒品的事也会被他们知道的。退学就不用说了，我们已经是成年人了，还会被关进监狱里去的。”

“这简直是太过分了！”淳子发出了悲痛的声音，“我们是被那几个男的耍了啊！”

“那个，”美香说，“我们是被害者，知道吗？我们被骗了，被灌下了毒品睡着了，醒来的时候就在这里了，这样说的话我们就没事了。”

“但是……”里美说，“假如警察问我们对方是谁的话……”

美香沉思了一下。

这个时候，啪嗒啪嗒的脚步声传了过来，有人到楼上来了。

突然，美香打开门向走廊里冲了出去。

“救命！救命啊！”她大声地叫了起来。

看着美香卖力的表演，里美与其说是佩服，倒不如说是惊呆了。

警察向小房间里看了一眼：“只有你们几个人吗？”

她们三个点了点头。

“好了，已经没事了，不要担心。”

她们三个人提心吊胆地向走廊里走了出去。

警察还在环视房间的时候，美香小声地嘱咐道：“我们是被害者，知道了吗？”

警察一脸严肃地从房间里面走出来，问道：“犯人是个什么样的人，还记得吗？”

“是个我们认识的男生，和我们在同一所大学。”里美正要说出不知道的时候，美香却这样说道。

“同一所大学的？”

“嗯，是三年级的，我们和他很熟。所以，没想到竟然会发生这种事……”美香的声音哽咽了。

“我理解……他们的名字是？”

“不是‘他们’，只有一个人，是一个叫作西川勇吉的男生干的。”

听了美香的话，其他三个人吃惊得完全说不出话来了……

嫌疑人

“然后呢？”真野说，“怎么了？”

西川看上去好像是在一动不动地盯着桌面，但是事实上他什么都没有看。

“嗯……”过了一会儿，西川点了点头。

真野警官糊涂了。

“你干了吗？你承认是你干的吗？”

西川呆呆地抬起了头：“什么啊？”

“你刚刚不是说‘嗯’了吗？”

“啊……你刚刚问我，她们四个人我是不是全都认识，所以我才回答了‘嗯’……”

“不要到现在才回答十分钟之前的问题啊！”真野感到非常急躁。

这半个月一直专心办的案子以让他非常不爽的形式收尾了，真野正在灰心丧气的时候，有人轻轻地拍了拍他的肩膀：“喂，去看一下这个家伙。”便把这个施暴的案件交给了他。

西川勇吉是一个很不起眼的男生，作为一名S大学的学生，他还真是很土气。说到S大学，真野便有一种“有钱人的孩子去的大学”这样的印象。被害的那四名女大学生，正是与这种印象完全相符的S大学的学生，而且，还有一个是外务大臣的女儿。

“认识她们四个，是说……？”

“因为一直都在一起上课。”

“交往呢？”

西川稍微犹豫了一下：“那个……”

“什么啊？清清楚楚地说！”

“和田渊美香同学……稍微交往过一段时间。”

这个家伙和大臣的女儿？在真野看来，这是一对不管怎么想象都难以成立的组合。

“交往了多长时间？”

“半年……不到。”

“半年……约会了多少次？”

“五次。”

“回答得一点儿都不犹豫啊，你一直都记得？”

“当然了。”

西川仿佛忘记了自己当下的处境一样，仿佛瞬间追忆起了那些快乐的日子，并微笑了一下。而正是那个曾经交往过的对象，现在正在对西川进行告发。

“最终吵架后不欢而散了吗？是什么时候分手的？”

“已经……过去一年多了。没有吵架。违抗美香，我从来没有想过那种事。”

他终于顺畅地说起话来了。

“你恨她吗？”

“恨美香？怎么可能？”

“可是……毕竟你都被她甩了。”

“那也是理所当然的啊，不是吗？”

真野看着西川，他不禁对这个淡淡地说着话的名叫西川的大学生产生了一种不可思议的亲近感。

“可是，你最终还是说没有干，对吧？”

“我什么都没有做。”

“昨天晚上你在哪里？”

“在我自己的公寓。”西川稍微思考了一下回答道。

“和什么人在一起吗？”

“没有。”

“一个人？一直都是？”

“是的。”

“都干什么了啊？”

西川歪着脑袋稍微思考了一下说：“玩游戏，看电视……看录像带了。”

“租用的录像带？你去租了吗？”说着，真野把身子探了出来。

假如出租录像带的人还记得西川的话，时间上对的上话，可能会成为证据。

“是之前租的……那个，还没有还，”他好像突然想到了什么，“已经到期了，你可以先帮我还一下吗？”西川却给出了这样的回答。

真野吃惊得什么都说不出来了。

“喂，真的是他干的吗？”真野暂且回到自己的座位上，对另一位警察这样说道。

“那几个女大学生是这么说的。”

“可是……不管怎么看，我都觉得他不像是会做那种事的家伙。”

“他会不会是在演戏啊？”

真野生气了。

“喂，你觉得我是什么人啊？你的意思是说，我被那种毛头小子蒙蔽了双眼吗？”他皱着眉头继续说道，“最好再好好地调查一下，我总觉得这并不是表面上所看到的那类案件。”

这个时候，警察局里骚动了起来。

“局长……”不知道是什么人说了一句，“哎，那不是大臣吗？”

真野看到田渊大臣带着局长走了过来，便产生了一种不好的预感。

“喂，大臣女儿的案件是谁负责啊？”局长走进房间环视了一圈。

“我……”真野说着，无可奈何地站了起来。

“那个家伙在哪里？”田渊一边冲着他大步走过去，一边问道。

“那个家伙，您是说？”

“犯人！”

“如果说嫌疑人的话，现在正在审讯。”

“让我见见。”

“这个有点儿……”

“大臣，”局长像是在说情一样，“您的女儿在等您，这边请，请。”

“啊……是姓西川，是吧？”

“因为目前正在审讯……”

“我女儿都明确地指出犯人是那个家伙了吧？这样的话，就肯定错不了，不是吗？”

“可是，必须要有证据……”

“赶紧把证据找齐了，把那个家伙关进监狱里！”田渊的声音因为愤怒而颤抖着，“不紧不慢地干什么呢？！”

真野生气了。

“不好意思，恕我直言……”他说道。

停下来！局长这样给他递着眼色，但是他完全没有在意。

"在那之前，还有'审判'这样一个手续。"

田渊狠狠地盯着真野："这点儿事，我知道！"

"所以拜托您……"真野心平气和地说道。

"大臣，您的女儿……"

田渊回头看去，发现美香正在向他走过来。

"美香！"田渊赶紧张开了双手，像是在迎接她一样。

美香冲进了她父亲的怀里。

"爸爸……"

"已经没事了，什么都不用担心。好了，不要哭。"田渊抱着女儿，眼睛湿润了。

"对不起……没想到会变成这样。"美香抽噎了起来。

"我知道，你什么错都没有。"

哎呀哎呀……真野叹了口气。

什么错都没有，是吗？那边有好几个危险的地方，S 大学的学生是不可能不知道这件事的。

"已经什么都不用担心了，"田渊抱着女儿的肩膀，"犯人已经被抓住了，他已经什么都做不了了。"

"嗯……"美香一边擦拭着眼泪，一边说道，"你不要责骂我们啊，还有其他的孩子们，大家都经历了非常可怕的事。"

"我知道！"

"大臣，"局长战战兢兢地说道，"请到里面慢慢……"

"谢谢……就全都拜托你们了啊！"

“嗯，您言重了。”

“总觉得这里好像有个没什么干劲儿的家伙。”

田渊看着真野的方向，故意想要让他听到。然而，真野并不会因为这种小事而一次一次地生气。

“爸爸！”美香紧紧地抱住了父亲，“假如那个男的被释放了的话……下次我们全都会被杀了的。”

“不要担心，我不会让那种事发生的。”

田渊拍了拍女儿的肩膀，消失在内厅门后了。

“哎呀哎呀……”真野叹着气说道，“局长为什么要像那样点头哈腰啊？”

“哎，冷静一点儿。”

“我很冷静……喂，要不要啊？”

“什么？”

“赌一下啊，西川不是犯人。”真野说。

对　话

“小姐，看到您没事，我也就放心了。”秘书加东站在车旁说道。

“谢谢！”他说完以后，美香冷淡地回应道，“下次出去带着你。”

“不管什么事，您都尽管吩咐。”

“加东，你去坐到前面，”田渊说，“把美香送回家以后去官邸。”

“我知道了。”

加东坐到了副驾驶上，田渊和美香坐到了后面的座位上，然后合上了隔断。

“美香。”车一开动起来，田渊便说道。

“什么事？”

“去医院做一个全面的检查吧，我会妥善安排的，不会惹人耳目的。”

“嗯……那样的话，其他的几个人也都一起去吧。”

“可以，最好要尽快。你先告诉她们，说明天下午去接她们。”

“我知道了，”美香仿佛和刚刚那个趴在父亲胸前哭的女孩子完全不是一个人，“但是……不用担心。对方可能也担心艾滋吧，好好带着工具了，不需要担心怀孕。”

田渊皱了一下眉头：“不是第一次啊？”

美香吃惊地笑了：“我都已经二十一岁了啊，您觉得现在的大学里还有那样的孩子吗？”

“算了。但是，就是因为老是随随便便地玩玩，所以才会招来仇恨。以后要好好地挑选一下对象。”

“我可不想被爸爸你这么说教啊！”美香回应说。

“真是个能言善辩的家伙。”

田渊苦笑了一下，然后握住女儿的手。

“不要这样，好恶心。”

“我真的很担心你，不管怎么说，我都是你爸。”

“对不起，”美香低下了头，“我不该去那种地方。”

田渊轻轻地摇了摇女儿的手，说道：“应该有几十年没听你道过歉了吧。”

“我才二十一岁啊！”

“那或许这是你生下来以后，我第一次听到你这么说。”

“太过分了。”

父亲和女儿相互对视了一下，笑了起来。

或许这才是几十年都没有发生过的事吧！

“那个男的，会怎么样呢？审判的时候会判他有罪吗？”

“应该会，肯定会……可是，也不是杀人，不会关他几十年的。”

“好害怕，或许他出来以后会来报仇。”

“在他刑满释放之前也不是完全没有办法……”田渊稍微思考了一下说，“交给我吧，让我来彻底毁了那个家伙。”

“真的？”

“啊……我会彻底地让他再也站不起来的，放心吧。就算他平安无事地挨到了刑满释放，出来的时候也会是个废人。”

“这样我就放心了。”

“啊，什么都不要担心。”

“爸爸。”

“什么事啊？”

“谢谢你。”

多年未曾出现过的对话都在今天听到了。

“喂，陪我吃个便当。”真野对西川说。

“啊？”

“肚子饿了，一个人吃不香，一起吃吧……你愿意吗？”

“可以……”

“你想吃什么？这附近的便当店相当不错哦！”

“我还以为接受审讯的时候只能吃炸猪排盖饭呢！”西川稍微思考了一下这样说道。

“电视上的警察片子看多了吧，”真野笑着说完拿出了烟，“来一根吧？”

“我不抽烟，”他摇了摇头，“您可以到外面抽吗？我不想得肺癌。”

真野急忙把烟收了起来。“啊，我也没有特别想抽。”说着，他站起来走出去，拜托了别人帮忙买便当。

“美香她们，怎么样了啊？”真野刚回到座位上，西川便问道。

“她们的父母来接她们了，她们都已经回去了。”

“是吗……太好了。”西川淡淡地说道。

真野在椅子上重新调整了一下坐姿，然后探出身子说道：“哎，你也把该说的都好好地交代一下啊，不然的话，你就被当成犯人了。”

“但是，我什么都没有做，没有什么要说的。”

“确实……我大致上已经猜到了。那四个人害怕因为吸食毒品被抓，于是就撒了谎，说是被你耍了。”

“这么过分的事……”

“我觉得她们做得出来！假如自己要坐好几年监狱的话，她们完全有可能会编一些虚假的证词！就算你因此而蹲了监狱，她们也不痛不痒。”

“但是……怎么说，我们也算是朋友。”

“真是太天真了！这样的话，你会被判有罪的啊！”

“但是……”

“我是反对的，没有任何证据，也没有你的指纹，有的只是那四个人的证词。可是，就算我一个人顽强抵抗，也阻止不了逮捕、起诉。审判的时候，仅仅凭证人的几句话就被判有罪的人多的是。”

“那……该怎么办啊？”

“你什么都做不了……但是，至少你可以一直上诉喊冤，说那四个人在胡说八道。”

“会吵起来的。”

“你想进监狱吗？”

“怎么会？”

“那就做好和那四个人决斗的准备吧。”

“我知道了。”西川稍微思考了一下，点了点头。

“好！”

“我有一个请求……”

“什么事啊？”

“我想把这件事告诉乡下的父母，假如他们在电视上突然看到了我的照片的话，可能会因为打击过大而死掉的。在那之前，我想亲自跟他们说明一下情况，告诉他们我什么都没有做。”

“我知道了，可以，”真野在上衣的兜里找了一下，“用这个吧。”

他把小灵通递了过去。

“谢谢！”他拿过去按了一下按键，“可是，警察先生……没有电了。”

“不好意思！好麻烦啊，”真野站了起来，“我现在去把无线电话拿过来。”

他说着走出了审讯室。

“喂！快看电视。”真野刚回到座位上，便有人对他说道。

“什么啊？”

“在播那个家伙。”

西川的照片出现在了电视的屏幕上。

“怎么回事？他还没有被逮捕啊！”真野慌慌张张地跑到了电视的前面。

“是一起给四名女大学生灌下药物，让她们睡去，然后一个一个地强奸她们的恐怖犯罪事件。”新闻评论员说。

“是他，”真野嘟囔道，“是田渊那个家伙安排的！”

真野急忙回到审讯室。

“喂，赶紧给家里打电话！”说着，他把电话冲着西川扔了过去……

闪　光

真野一脸不悦地紧盯着电视的屏幕。

“嫌疑人西川勇吉的老家已经恢复了沉静，这边的天已经漆黑了，但是屋里完全没有亮灯的迹象。”

手里拿着麦克风、对着摄像机的是一名综合节目的女记者，背景是西川勇吉的家。他的父母应该在里面，但是并没有出来。

“嫌疑人西川勇吉的父母看上去好像并没有外出，我认为他们应该在里面呢，用对讲电话叫他们一下试试吧。”

摄像机跟在记者的后面，给正在按大门门铃的手来了一个特写。

“没人出来……”记者按了四五次门铃以后这样说道。

“肯定的啊。”真野嘟囔道。

出来以后说什么啊？反正被问的肯定也就是“您的儿子因为强奸了四名女大学生而被起诉了，作为他的父母，您的心情是怎么样的”这类的问题吧。

你想让他们怎么回答啊？他们甚至都还没有和自己的儿子通上话。

西川勇吉给父母家拨了好几次电话，可是没有人接。在这期间，电话不管什么时候打都是“正在通话中”的状态。

真野从电视机前面走开，脚步不知不觉地冲着局长办公室的方向迈了过去。

“有什么事啊？”局长一脸阴沉地抬起头看了真野一眼。

“那简直是太过分了！”真野说。

“什么啊？”

局长明明知道，却在故意装糊涂。不，装糊涂说明他的良心正在受到谴责。

“您知道的，不是吗？西川勇吉的事，媒体竟然那样对待他，实在是太不正当了！”

“我什么都不知道。”

“没过几个小时，摄像机和记者就拥到了他父母的家，肯定是有什么人把他们的住址泄露出去了吧？”

“不是我！”局长情不自禁地喊了起来。这也恰好可以证明他感到内疚了吧。

“我也知道是那个大臣在背后操纵的，但是在我看来，西川并没有干那种事。”

局长抬起头狠狠地瞪着真野，粗声粗气地叫了起来：“我怎么知道啊？”

“总之……这只是现在这段时间的事，电视媒体马上就会厌倦的。”局长好像是在给自己找借口一样，也许他马上就察觉到自己说得太过分了。

“我只是想让西川用电话和他的父母通个话，但是因为电话号码也被媒体知道了，所以他怎么打也打不通了。”

“所以，你想让我怎么做啊？”

“我希望您能拜托一下当地的警察，让警官去一下他的家里，告诉他的父母，让他们给这里打个电话，”真野把手撑在局长的桌子上，一动不动地盯着他说，“假如从他本人那里听到了‘没有做’的话，他的父母应该也会产生‘得救了’的感觉吧。总之，如果一直是现在这阵子情况的话，他的父母也就无法出门了，会被饿死的啊！”

“你说的事我也知道，”局长喘了口气说道，“幕后操纵的人应该是田渊大臣吧。可是，特意向嫌疑人的家里派人，这……电视台也会怀疑发生了什么事，他们会因此而骚动起来的啊！”

真野感到很失望……那边到底是给了局长什么样的诱饵呢？让他一丝一毫都不敢被田渊盯上。

“我知道了，”真野说，“请准我一天假。”

“你要干什么啊？”

“休息的时候不管我去了哪里，都不是局长您的责任。”

局长盯着真野看了一会儿，说：“我知道了。”然后，他像松了一口气一样点了点头。

“您不用担心，我去的时候会打扮成什么地方的荞麦店里的送外卖的。”

“是吗……那……也给他们送些什么吃的。”

“我会的，”真野看着手表说，“现在开车出门的话，晚上差不多就能到了吧，那我先走了。”

局长对着正要出去的真野说道：“不管被问了什么，都不要对着电视摄像机做答复啊！”

美香正在自己的房间里看着电视。电话响了，她便伸手接了起来。

“喂？”

“美香？我是淳子。”

“啊，怎么样了？”

“那个……我现在在家里呢，”轰淳子不安地说，“哎，美香，怎么办啊？”

“什么怎么办？”

“那个，电视上……一直在播啊！”

“我知道，我也在看。”

“连西川的父母都被那样……做得实在是太过分了。”

轰淳子太诚实了。美香认为其他三个人里面假如出现要说出“真相”的人的话，那个人肯定就是淳子。

“交给我吧。”

“但是……”

“淳子……事到如今已经回不去了，知道吗？我们已经回不去了。”

“这个我也知道。”

“那就不要在意了。”

“但是……现在这样的做法实在是太……”

“我知道。就算是媒体也不会说出我们四个人的名字的，我已经阻止了。”

“我知道。”

“也可以只泄露一个人的名字哦，”美香说，“那样的话，淳子你就无法去学校了吧？”

对方一时间沉默了下来。

美香等待着，她有的是时间。

“美香……”淳子说，“我知道了，我什么都不会再说了。”

“这样就好了，”美香点了点头，“交给我吧，淳子你好好地睡觉就好了。”

“嗯！”

“西川会怎么样啊，不可以在意这些事！”

“我知道了。”

美香一直都知道淳子不会舍弃一切来违抗自己。淳子也有男朋友，她不会为了说出事实的真相，不惜搞砸自己与男朋友的关系。

晚间新闻的时间到了，美香把频道调过去后，静静地等待着。

那个房子出现在了电视屏幕上……西川的父母居住的房子。

当地的记者依然作着评论。

本应该就那样结束的，但不知怎么回事，人群突然骚动起来了。

“请等一下！”记者们跑了起来，摄像机也跟了过去。

“他们好像是订了外卖。”

画面上一个穿着白色罩衫的男人手里拿着外卖专用的提盒对着大门。

“这个男人……”美香嘟囔着。

摄像机转到前面把那个男人的脸拍了出来。美香总有一种好像在哪里见过那个男人的感觉。不管记者们对他说什么，他都只是沉默着摇头。

“对！”美香不假思索地说了出来，“是那个警察！多管闲事！”

美香一直盯着电视屏幕，当地的警察把进入那所房子宅基地的现场报道人员都推了回去。他们打算干什么？美香用遥控器把音量调大了一点。

“西川先生，”真野敲了敲玄关处的门后叫道，“西川先生！您儿子的事……有些情况我想跟您说一下……请开一下门。”

突然，他想到了些什么，然后抓住了门把手。

门没有锁！

房间里的气氛让人很不舒服。

“西川先生……”

家里非常安静。真野走进去打开了灯，屋内依然可以听到媒体在外面骚动的声音。

“西川先生！”真野再次大声地喊道，“我是警察！您儿子的事，有些情况我想跟您说一下……”

他偷偷地向房间里面看了一下，餐厅里什么都没有。他继续向走廊里面走去，发现正对着他的隔扇开了一半。

“西川先生？”他打开了隔扇。

开灯之前，那一幕就冲进了他的眼睛里。

按着开关的手颤抖起来……不要啊！这种事……褥子铺在地板上，西川的母亲倒在上面，浸染了一大片血。可能是割断了喉咙吧，菜刀放在她的旁边。他的父亲上吊了，手上沾染了血。应该是因为他是在杀了自己的妻子以后才上吊的吧。

剧烈的心跳平复之前，真野稍微扶着墙站了一会儿。

坚强点儿！明明是个警察！

他确认了一下他们两个确实已经死了，可以想象距离死亡时间已经过去好几个小时了。

他已经无法继续插手了，必须得交给这里的警察才行。真野回到了玄关，一打开门便对正在整顿媒体的警察招了招手，小声地向他们说明了一下情况。

“不得了了啊……”那名警察目瞪口呆地说，“真是不得了了啊！”

“请通报一下。”

“我知道了。”

“先不要对媒体讲，他们闯进去的话就麻烦了。”

“我知道了！”他特意敬了一下礼，之后跑走了。

真野转身回到餐厅，发现了两封信，一封信上写着“写给大家”，另一封信上写着“写给勇吉”。真野稍微思考了一下，然后把写给西川勇吉的那一封信拿起来放进口袋里。收信人的名字用的是顺畅漂亮的草书，应该是出自他母亲之手吧。文字写得沉着冷静，完全没有慌乱的迹象。

真野拿起了餐厅里样式古老的电话，可以打通，应该是他们去世的时候把它放好了吧。

他给局长的家里打了过去。

“是太太吗？我是真野，好久没有拜访您了……局长回去了吗？”

"还没有，他说今天晚上回来会比较晚……"

"是吗？那他应该还在局里吧。"

"不是，他说今天晚上好像是要和哪位有实力的人一起吃饭……"

有实力的人……真野明白了。

"我知道了，谢谢您！"

挂断电话以后，真野感觉全身好像突然失去了力气。他默默地走出了餐厅。

刚听到咚咚咚的声音靠近了，玄关的门就被打开了。

"听说他的父母自杀了，是真的吗？"

好几个这样的声音飞了过来。真野吃惊得双腿都动弹不了了。

摄像机一起对着真野按着快门。面对着刺眼的闪光灯，真野不由自主地抬起手遮挡光线，并把脸背了过去。可是，摄像机的快门声像下雨一样不断地响着，闪光灯发出的白光让真野褪去了颜色……

结 果

租用的轿车消失在黑夜的路上。加东放松下来喘了口气，返回日式料理餐厅里。他进入榻榻米雅间以后，发现田渊正在一个人喝酒。

“先生，叫个什么人过来吧？”

“不用，自己喝比较自在。”铺席的房间里充满了醉酒后呼吸的余味。

“局长回去了吗？”

“嗯。”

“顺利把礼品送给他了吧？”

“没有任何差池，他好好地收下了。”

“回头就算他说要还回来，也不要接啊！”

“我明白。为此，我特意没有在里面加入我们的名字。”

“嗯，你应该知道吧，里面是什么……加东，你也喝。”

“嗯……”加东用酒盅接过田渊倒的酒，一口气喝了下去。

“都接受了这样的款待，也不能单单不接受礼品了。”

“是啊。”

“现金是旧钞吧？”

“是的，我准备了一千万日元使用过的纸币。号码当然也没有连着，但是我大致都记下来了。”

“好！”田渊点了点头。

“小姐怎么样了啊？”加东盘腿坐好以后紧接着问道。

“到现在为止一直非常冷静……她到底在想什么，我也搞不清楚，”田渊苦笑着说道，“我为她费了多少心思啊……”

“当然，她只是没有直接说出来而已，内心肯定非常感谢您。”

加东正这么说着的时候，房间里的电话响了起来，他急忙站起来走了过去。

“您好……是的……我是他的秘书，”加东向田渊的方向看了一下，“什么时候啊？确定没错是吧……我知道了，谢谢。”

加东的表情变得僵硬起来，田渊紧紧地盯着他问道：“怎么了？”

“西川勇吉的父母……自杀了。”

田渊慢慢地点了点头说道：“是吗？”

“因为媒体一直在他家前面进行持续报道……现在，好像引起了很大的骚动。”

田渊稍微闭了一会儿眼睛，但是马上就用紧张的声音说道：“把父母已经死亡的事，告诉西川勇吉。”

“我吗？”

“给局长打电话，给租用的轿车打电话就行了。”

“我知道了。”

加东给轿车租赁公司打了一个电话，问了局长所乘坐的轿车的电话号码后，马上就打了过去。

“接通以后我来说。”田渊说。

“美香，你看电视了吗？”最先打来电话的是池内小百合。

“嗯。”美香一直待在自己的房间，坐在床上看着电视。

“说是死了，西川君的父母……”

“我知道啊！不是‘西川君’而是‘西川’，对吧？我们已经决定好了，不是吗？”

“啊……对不起。”

“你在害怕什么啊？”

“那个……他会不会变成鬼魂过来啊？来我们这里。”小百合真的非常害怕。

美香从小就认识小百合，她一直都是个胆小鬼，所以一直以来她都是紧跟着美香走过来的。在旁观者看来，美香看上去好像是把小百合当作了自己的部下。确实也有这样的时候，但是事实上大多是小百合主动跟着她的。

在美香的庇护下，一方面小百合会去“跑腿办事”，另一方面她也受着美香的保护。这样看来，美香的确是作为小百合的“姐姐”一直在保护着这个“妹妹”。

保护着这个永远无法依靠的妹妹。

“小百合，到现在为止，有问题的时候一直都是我想办法解决的，对吧？这次也不会有事的，交给我吧，好吗？”

“嗯……”

要是平时，小百合也会就此放心了，但是唯独这次她好像非常吃不消。

“唉，这件事过去以后，我们四个人一起来场海外旅行吧。当然，费用由我来负担。”

“海外旅行……”

“想要忘掉烦心的事，不仅需要时间，空间上也要稍微离开一下。去个十天的话，一切都会忘记的……社会上的其他人也是。”

“是吗……”

“没有什么好担心的。西川现在在拘留所里面，就算他想报复我们也完全做不到的。”

西川君……

好可怜的西川君……美香在自己的内心里带着“君”字称呼着他。在她们四个人中，了解西川勇吉的人只有美香。他们至少约过会四五次。不，从现在的标准来说的话——也就是从美香的标准来看的话，那完全称不上是约会。但是，西川好像因此感到非常幸福。可以和美香在一起，单单是“憧憬已久的女神在可以碰触的地方”就让西川感到非常满足了。

西川君，你现在是在帮我的忙。很幸福吧？你不是说过吗？“不管什么事，假如我能帮上你就好了。”

我并没有陷害西川君，把罪名推给西川勇吉。这样肯定会让西川君感到幸福。其他三个人并不明白，她们把我想成了“冷酷又恐怖的女人”。并不是这样的……并不是这样的啊！

“但是……去哪里啊？”稍微过了一会儿，小百合说道。

“哪里？”美香稍微疑惑了一下。

“海外……是要带我们去巴黎啊，罗马啊之类的地方吗？”

她涨红着脸，战战兢兢地说起了海外旅行的事。

“当然了，去那边买一大堆大牌货。”美香如此回答，才强忍着没有笑出来……

“现在，我以我自己个人的名义向你表示感谢。”

田渊这样说道。

说得真漂亮，可这种说辞根本不管用——对于这件事，他们彼此之间都明白得很。可是，另一方面，自己又非常想相信它管用。田渊非常了解人的心理……还是说，自己太过于单纯呢？

一点简单的礼物，尽管是腌菜之类的包装，但是里面恐怕并不是这样的。既有恐慌，同时也有期待。简直是太荒唐了。作为局长，做这种事是无法被原谅的。

个人的名义……个人的名义，是吗？他悄悄地抚摩了一下那个“简单的礼物”的包裹。

租用轿车里的电话响了，司机接了起来。

“您稍等一下。”司机稍微放慢了一点车速后说道，“您的电话。”

“啊……”

什么事啊？忘了东西吗？

“您好！”

“太好了！赶上了，”田渊说，“我又有一件事，想要拜托你一下。”

“什么事啊？”

“西川勇吉的父母自杀了，你听说了吗？”

真是个晴天霹雳，他连吃惊都没来得及表现出来。

“我不知道。”

“是吗？现在电视上闹得沸沸扬扬的。”

真野那个家伙应该已经去那里了……他都在干什么呢？那个家伙。

“刚刚说又有一件事想要拜托你，说的就是这件事。”

田渊说。

“这件事，您是说？”

田渊又说了一遍刚刚在饭馆里面所说的话。

“这是拜托你个人的……假如拜托作为局长的你的话，你辞去局长职位的时候，这份情谊也就断了。可是，并不是拜托作为局长的你，而是拜托你个人。这样的话，不管到什么时候我都不会忘了你的恩情的。”

“您想让我做什么？请您明明白白地说吧。”

听了田渊的话，几乎被打动了的人并不是局长，而是作为个人的山科昭治。

山科昭治……这是局长的名字。

马上就到夜里三点了，真野暂且回到局里。

他完全没有回家的心情。自己为什么特意去拜访西川父母的家，他必须得向当地的警察进行说明才行。幸亏，媒体还认为真的是过来送外卖的店员发现了他父母的死亡。现在他们肯定在拼命地各处打探吧。

“那是哪家店的外卖啊？”

“哎，”一名留在局里的同事抬起了头，“你去哪里了啊？”

“出了一个远门。”真野打了一个哈欠。

所有的疲惫一下子全都涌出来了。今天发生的事情太多了，好想快点儿回去睡觉。可是……西川父母死亡的场景又浮现在他的眼里，果然还是不能就这样直接回去。尽管不能和西川聊很久，但是真野想至少让收信人本人亲自打开父母的信读一读。

“不好了啊，西川的父母死了！”

“嗯。”

“你已经知道了啊？”

“在车上的广播里听到了，”真野稍微犹豫了一下，随口说道，“局长不在吧？”

尽管他想着局长不可能在，但是以防万一他还是问了一下。

“啊，不在……好像是傍晚的时候就出去了。”

“是吗？”

他反而松了口气。见面了的话，真不知道自己会说些什么。

“但是，他又回来了一次，”同事像是突然想起来了一样说道，“好像是十一点以后吧，总觉得他看上去非常急躁。”

真野停下了脚步。“为什么回来了，他没有说吗？”

“没有，我也没有问。然后他立马又走了。”

不安的感觉在真野的心中涌动起来。十一点……那个时候，新闻应该已经播出来了吧。

“难道说，”真野嘟囔了一句，“再怎么说这也太……”

不可能会那么做吧？那么过分的事。

竟然……竟然。真野呆呆地站着。一时间，他整个人动都动不了了。

他很害怕。自己接下来可能会看到的事，让他感到很害怕。

“你在干吗？”同事这样问道，好像非常莫名其妙一样。

摆脱噩梦

美香从沉重的睡梦中醒了过来。但是，明明意识已经渐渐地变得非常清醒了，身体却完全不听使唤。手，还有脚，一动也不能动……怎么回事？被捆住了吗？明明从来没有发生过这种事。

美香终于明白了。她坐在椅子上，双手双脚被绑在了椅子的靠背和腿上。

怎么了？为什么会变成这样？

“醒了啊？”

这个声音……在看到他的脸之前，美香就已经明白了。

“西川君……”

在一个被混凝土所包围起来的单调无趣的空间里，顶棚上有很多粗粗的管子。“嗖嗖”“咣当咣当”，机器的噪声从什么地方不断地传过来。

“这是哪里？”美香说。

西川转到了美香的前面，手里拿着粗粗的绳子。

“西川君……怎么回事？这是你做的吗？”

“嗯。”西川用和往常一样客气的语调说道。

“可能会有点儿痛苦，你忍耐一下啊！”

“你打算把我怎么样？”

她并不感到害怕……简直是不可思议，美香竟然并没有对西川感到恐惧。仔细想一想的话，可以说是因为美香的谎言，西川的父母才自杀了的。就算西川恨美香，想要报复美香也完全不足为奇。可是，从眼前的西川身上，感觉不到一丝对美香的敌意。

“这里，是大楼的下面。”西川说。

“哪里的大楼？”

美香问完以后，西川的脸上浮现出了很少见的孩子特有的淘气笑容。

“你觉得是哪里啊？猜猜看。”

“我不知道啊！”美香有点儿急躁了。

被人问及自己所不知道的事，这是美香最讨厌的事，她完全无法忍受给予对方优越感的感觉。而且，西川在与美香的多次约会中已经领会到了一些必须避免的事。“这里是你爸爸拥有的公司中的一个。”所以，他马上又这样说道。

“我爸爸？”

“是啊，地下二层只有机械室。你竟然在这里，应该谁都不会想到吧。”

“西川君……”

“就是大声喊叫也不会有人听到的。因为，虽然现在感觉声音并不是很大，但是一打开这扇门的话，机器的噪声简直吵得不得了。”

“拜托你了，把这个绳子解开吧。”

她拼命地扭动了一下自己的手脚，可是没有用。绳子反而把她的手腕勒得越来越紧了，这让她感到很痛。

“西川君，你在恨我，对吧？我知道，但是，我也没想到竟然会变成那样……”

西川将拿在手里的粗绳做了一个圈，对准顶棚上的管子扔了上去。

“西川君，你在干什么？”

美香这个时候才终于感觉到了恐怖，她想起了西川的父亲杀掉他的母亲以后上吊自杀的事。

因为无论如何都无法顺利地将绳子挂在管子上，西川红着脸不断地重复着。过了一会儿，绳子的一端终于钻进了管子中间的缝隙里，耷拉着垂了下来。

“太好了！”西川开心地说，“我真是太笨了，对吧？”

在这样的状态下，即使来征求她的赞同，美香也没能做出答复。她只是一言不发地抽筋似的笑了一下。西川把绳子上的圈下降到适当的高度，然后把绳子的另一端绑在了房间里一个类似于排气口一样的金属零件上。

然后，西川转到了美香的后面。美香吓得直打哆嗦，她明显地感觉到汗沿着后背流了下去。

伴随着咔嗒咔嗒的声音，西川拽着椅子向绳子的方向走了过去——在被捆绑着的美香所看不到的地方，还有一把椅子。

“这样就行了。”

西川看着椅子和绳子的高度点了点头，然后直直地冲着美香的方向走了过来。

“西川君，不要啊，不要杀我。”

尽管她并没有打算这样说，但是这样的话还是一不小心就飞了出来。与不想承认自己的错误相比，她更加无法忍受被西川愚弄。

“杀你？”西川惊讶地说，“怎么会啊……我不可能会做那种事的，不是吗？”

“那……那个绳子，要用来干什么？”

“是我自己要上吊。”

美香说不出话来了。

“你不用担心，”西川说，“你肯定觉得我在恨你吧？”

西川的脸突然变得像冰冷的面具一样。这是她第一次看到西川的另一张脸。

“我确实在恨你，但是我不会杀你的。杀人我根本做不到。这一点你很清楚，不是吗？”西川说，“对女孩子施加暴行也是。”

美香什么都没能说出口。

“我对你的报复就是让你眼睁睁地看着我死掉。接下来，我就要在你的眼前上吊了。痛苦，挣扎，最终死去，身体腐烂掉，你将在这里一直看着这一切。”

美香的汗毛竖了起来。

“不要……求你了，不要啊！我并没有打算让你去死的！”

“事到如今，不要再说这样的话了，你就微笑着远远地看着吧，那样才更像你的风格。”

西川伸出手，用指尖轻轻地触碰了一下美香的额头。那个指尖，已经冰冷得像是死人的东西一样了。

“那……永远不要忘记我死亡的样子啊！”

既没有犹豫，又感觉不到坚定，西川大步地向椅子走过去，然后爬上去将绳子上的圆环挂到自己的脖子上，轻轻地捆住以后就立刻把椅子踢翻了。

“不要！”

美香叫起来的时候，西川的身体已经在绳子的一头沉重地左右摇晃起来了。

“不要！不要啊，西川君！”

“不要！”

她好像确实叫出了声来。

“您没事吧？”

猛然醒过来以后，美香发现驾驶座上的加东正在后视镜里看着自己。

晚秋明媚的阳光射进了车里。

“没事，”美香看着外面说道，“现在到哪里了？”

“差不多再有二十分钟就到成田机场了，会提前到的。”

美香重新调整了一下坐姿。汗液把皮肤上浸得湿淋淋的……那还真是个活生生的梦。可是，那只是一个梦而已。西川已经不在人世了，不会来报复美香了。

坚强点儿！美香痛斥着自己。

她要和池内小百合、轰淳子、黑沼里美三个人一起去欧洲旅行，也就是为了忘记那件事而进行的“驱除不祥”之旅。她的父亲非常爽快地为她负担了费用。

确实，西川父母的自杀，以及听了那件事以后西川本人的自杀唤起了很多的臆测。“警察泄露了信息”，尽管也有这样的批判声，但是应该很快就会被忘记吧。不管怎么说毕竟嫌疑人西川本人已经死了，因此搜查也就中止了。对美香来说，这件事简直是以最理想的形式收尾了。

听到西川死亡的消息时，她的心果然还是痛了。西川把拘留所里的毛毯撕成细条做成了细绳，从窗户的格子上掉下去上吊自杀了。那个梦应该是出自那件事以及美香心中的罪恶感吧。不用介意，时间会解决一切的。

美香努力地告诉自己只考虑接下来的欧洲旅行就好了。

“马上就到机场了。”加东说。

车里的电话响了，加东接起来说道：“小姐，先生打来的。”

“谢谢……喂。”

“怎么样啊？可以赶上吗？”

听到父亲略微带有一点讽刺意味的声音，不知怎么，美香竟不由得松了口气。

“马上就要到了啊！”

“是吗，小心点儿啊，我已经拜托那边的人关照你们了。”

“嗯，谢谢！”

“护照带了吗？”

“当然了！”

自己的爸爸说着普通的父亲所说的话，美香情不自禁地笑了出来。

“还有……美香，那件事，不管什么人问起来都不要回答啊！”

“那件事是说……西川君的事？”

“是啊……虽然应该也没什么事。”

“这是为了忘记那件事才进行的旅行啊……我会鼓足力气使劲儿地花钱的，爸爸你说不定会因为刷卡账单而晕过去哦！”

“去买座城回来吧！”田渊笑着说道。

“那我去了。”

“啊，让加东接电话。”

美香看到超巨型喷气式飞机在近得让人感到意外的地方离开陆地向目的地飞去，心中不由得感到了一丝兴奋。

“美香！”

最先到的人是池内小百合，她神经过敏又比较爱担心，约好见面的时候一直都是最先到达的。美香到达约定好的柜台前面时，小百合已经在那里等着了，轰淳子也马上就过来了。

“里美又是最后一个。”小百合说。

“一直都是这样啊，”淳子说，“我还要去商店里买点东西，但愿她不要把时间卡得太紧。”

黑沼里美是迟到的“惯犯”，用淳子的话说就是“可爱的孩子，再怎么迟到也会被原谅的”。可是，今天好像有点儿不一样。

迟到了差不多十分钟以后，里美也到了。但是，她拼命地推着大得让人吃惊的旅行箱。

“对不起！这个太重了。”

“你带了什么啊？莫非把电视机装进去了？”淳子说。

“不是，把与各套衣服搭配的包啊、鞋啊装进去以后，不知怎么回事就变成这样了。”

加东帮她们办着登机手续。把重重的旅行箱托运，马上就变得轻松下来。她们四个人从加东那里接过了机票。

“那么，一路小心。”加东目送着她们说道。

她们四个人向头等舱专用的休息室里走了过去。这时，一个穿着西装的中年男人跑了过来。

“您是田渊先生家的小姐吗？”

“是的。”

“我是M航空成田分部的分部经理，先生嘱咐要确保让你们顺利登机。”

“谢谢……我们想去休息室稍微休息一下。”

“时间还很充足，我带你们过去。”

四个“小VIP”感觉好像一只脚已经踏进了外国一样，跟在那个分部经理的后面走了过去。就要去旅行了，她们四个人的心情都很兴奋。这个时候，即使西川的灵魂站在了身边，她们也肯定注意不到吧。喷气式飞机起飞的轰鸣声，传进了她们四个人的耳朵里……

相遇

好像发生了什么事。

池内小百合看到航空公司的人在柜台的地方把脸靠在一起说着话，因此变得不安了起来。发生了什么呢？发生了什么事故吗？爱担心的小百合朝着坏的方向产生了无限的想象。她们四个人接下来将要乘坐的航班说不定出现了什么问题，机体发生了故障。“没事，让它飞吧。”可是航空公司的人做出了这样的决定。虽说起飞了，可是在途中发动机起火了。然后……我们大家全都死了。嗯，这样才是对的。毕竟因为我们，西川君和他的父母都死了，这是我们应得的报应。

“刚刚已经商量过了，”那个男人正在柜台打着电话，“头等舱恰好有人取消……是的，请您把那位客人转到这边来吧，名字是？清水先生，是吧？”

什么啊……

那个家伙重复接受了两次预约，因此出现了没有座位的客人。然后，再把那位客人转移到头等舱……这是经常会发生的事。

兴奋的劲头慢慢地消失了，小百合喝起了已经变了味的红茶。

“我去商店看一下。”

因为距离出发还有一段时间，美香说着站了起来，淳子和里美也跟了过去。

“小百合，你看着大家的行李啊！”

“嗯。”小百合只能这样说了。

于是，小百合单独一个人留在了头等舱专用的休息室里。与美香和里美不同，小百合并没有那么习惯海外旅行，更不用说是坐头等舱去了。所以，小百合与其说感到兴奋，倒不如说感到不安。不会被其他的客人嘲笑吧？

“是第一次坐头等舱吧，这个孩子？”她这样指着自己。

对自己说这样的话，她也总觉得好像很没出息。

自动门咯吱咯吱地开了，小百合想着是不是美香她们回来了，心里默默地松了口气。（假如已经逼近出发时间了，可是她们三个人依然还没有回来的话该怎么办啊？这也是她担忧的一种。）可是，发现进来的是一个背着旅行背包的年轻男人，她感到有些失望。

“您是清水先生吧？”

“是的。”接待处的一名女员工说完以后，那个男人好像大吃一惊似的说道。

“给您添麻烦了，非常不好意思。”

“没事……”

“请在这边稍微休息一下，登机的时候我来为您带路。”

“啊，麻烦你了。”

“不好意思，可以把您的机票先存放在这里吗？”

“啊，好……稍等一下！”

他慌慌张张地要打开旅行背包的时候却不小心弄反了，洗漱用品啊，相机啊哗啦啦从里面掉了出来。

“不，不好意思！”他慌慌张张地捡着掉在地上的东西。

真是个十足的蠢货。

小百合一看到这样的人就感觉放心了。

有什么东西滚到了小百合的脚边，好像是从那个男人的旅行背包里掉出来的药瓶子。

“那个……我该坐到哪里啊？”那个男人好像是没有注意到那个东西掉出来了，他好不容易把机票递了过去，然后放松下来喘了口气后问道。

“空着的座位，请您随便坐。”

“这样啊……”

因为有好几个空着的座位，他好像反而不知道该怎么办了，来回转了一会儿后，终于在里面一个不怎么引人注意的座位上坐了下来。

小百合站起来，朝那个男人走了过去。

“这个……是你掉的吧？”她把那个药瓶递了过去。

“啊，不好意思！”他特意站起来低下了头。

“没事，不用客气。”

小百合反而害羞了。她回到自己的座位上没过多久，那个男人就怯生生地走了过来。

“那个……”

“啊？”

“这里的饮料……要多少钱啊？”

“啊……全都是免费的。”

“是吗！”那个男人好像松了口气，“不好意思，我是第一次来这种地方。”

“是这样啊……”小百合微笑着说。

我也是第一次来，她本想这样说的。但是，最终还是没能说出口。

就算是第一次来，但是进入这里的时间也比他早了三十分钟呢，对。

“那……不喝点儿的话就亏了，是吧？”那个姓清水的男人一脸认真地说道。

不知怎么回事，小百合变得不正常了。

“我也想着要再喝一杯。”

他们一起站起来走了过去。小百合好像是找到了伙伴，因此变得轻松下来了。

“这个是咖啡啊……这个呢？”

“开水，用那边的袋泡茶泡些红茶或者绿茶就好了。”

“是这样啊。这个小吃也是免费的？”

“嗯。”

“太棒了！”清水已经被快感动了，“明明一直都很节省的。”

“这次偶然变成了这样，太走运了是吧？”

“真的，”清水往杯子里倒着咖啡说道，“这样在飞机上就不会困了啊！”

“为什么？”

“一生只有一次的头等舱，睡着了的话就太浪费了！”

他说得非常认真，让人感觉特别有趣。

“你是……大学生？”

“嗯……我是K音乐大学的四年级学生清水真也。”

“我是池内小百合，S大的三年级学生。”

“啊，那你比我小一级啊，”他好像稍微放松了一点说道，“你的行李真多啊！”

“哎？”回头看了一眼，小百合才注意到自己一直被四个人的行李包围着。

“全部都是你的？”

“不是啦！那是四个人的。”小百合笑了出来。

“原来是这样！我还以为头等舱的人都带那么多的

行李呢。”

“我在看着朋友的行李，其他三个人去买东西了。”

“全都是大学生吗，你们四个人？是要去玩吗？”

“是啊……不坐下来吗？”

反正美香她们还没有回来。

“我要去那边的音乐大学。”清水说着在旁边坐了下来。

“哇，好厉害！”

“虽然也不知道过去以后会怎么样。”

“你是学什么啊？”

“钢琴……在K大里一直教我的德国老师回国了，问我要不要去那边。”

“那你肯定很优秀吧。”

“怎么说呢，厉害的人太多了，”清水说，“坦率地说，和钢琴相比，德语更让我感到担心。”

“我明白……我完全无法去留学。”

“你去干什么呢？”

“买东西。”

她回答得太过明快了，清水笑了起来。

“但是，上S大的话，你们家应该也很有钱吧？”

“并不是那样的，只是一部分孩子而已……这个孩子倒确实是有钱人家的小姐，”她轻轻地拍了拍美香路易威登的包，“她叫田渊美香，是外务大臣田渊的女儿。”

“是吗……那我就放心了。”

“是啊。”

平和的微笑，有点儿娃娃脸的可爱脸庞……他看上去完全不像一个四年级的学生。连小百合本人都感到吃惊了，自己竟然可以和一个人男人在这么短的时间里就毫无戒备地讲话！也许是由于都是胆小又爱担心的人，他们两个人在这方面很像吧！

“那个，”小百合开口说道，“其实我也是第一次坐头等舱……”

自动门哗啦啦地开了，美香明朗的笑声传了过来。

“不好意思啊，小百合，让你一个人看行李……”

美香停下了脚步，她看到小百合正在和一个素不相识的男孩子说话。

“好快啊！”小百合急忙说道，“有什么想要的东西吗？”

“嗯。”

“那么，谢谢您了！”清水站起来，冲着美香她们点了点头。

他向最里面的座位走去以后，美香问道：“那个人，是什么人啊？”

“嗯？”小百合解释了一下清水的情况以后，美香稀奇地看着清水，“吓了我一跳，我还以为小百合你偷偷地叫了你的男朋友呢！”

“怎么可能？”

“小百合你有什么想要的东西吗？我帮你看着行李。”

“我不用了。”

小百合不知怎么回事变得格外开朗了起来，美香明显地看出了这一点。

是因为那个男人吗？美香自己也去拿喝的了，她悄悄地看了一眼里面座位上的那个姓清水的男孩子。清水，不知道怎么回事总让人联想到西川，老实、安稳的感觉。

明明已经决定要忘了的！

美香把咖啡倒进杯子里，然后坐到了自己的沙发上。

“哎，去这里吧，”淳子打开旅游指南说道，“好像很好玩。”

“哪里？”里美和小百合看了过去。

美香和她们稍微隔开一点儿距离坐着，她已经去了好几次欧洲了，已经习惯了，因此并不会像小百合或者那个姓清水的年轻人那样紧张。

“打扰了。”她正慢慢地喝着咖啡，一名看上去很有修养的上了年纪的男人走了过来，“我是J旅行社的总经理，这次您通过本旅行社去海外旅行，我对此表示衷心的感谢。”

“您好。”

“我们会尽力为您提供周到的服务，如果有什么需要的话，请尽管吩咐。”

“谢谢！”

“一直以来都受到大臣的关照……”

这种时候，用大人般的微笑进行回复，正是美香所擅长的。

那个总经理低了好几次头以后走了出去。“一个小女孩子，却坐头等舱啊！”——自不必说，他心里肯定在这样咂着嘴吧。

人世间就是这么一回事。美香感觉休息室里所有的客人都在看着自己。“大臣？哪位大臣的女儿？”有几句相互低声私语传到了她的耳朵里，让她感到非常愉快。

美香向清水的方向看了一眼，清水肯定也听到了刚刚的对话了吧。可是，清水完全没有想要看一眼美香的意思……他正拿着放在休息室里的旅行手册翻阅着，看上去好像很无聊。大概是小百合已经告诉清水自己的父亲的事了吧，美香这样推测。

突然，美香站起来径直冲着里面清水的座位走了过去。她站在他的眼前，等待着他抬起头来，想着他注意到自己以后，肯定会非常惊慌。

“不好意思，”清水抬起头说，“手边变得好黑啊，您可以让一下吗？”

“让大家久等了，”接待处的一名女员工站起来说，“搭乘去往法兰克福的703次航班的旅客，请跟随我到21号登机口。”

美香回过头看了一眼。

白色的花

“让您久等了。”

美香回过头看了一眼。

“请跟随我来会场。”

美香站在穿衣镜的前面。白皙的美香站在那里，穿着婚纱，一身像白色的瀑布一样落在地板上四散开来的蕾丝。

“请。”

一名会场的女负责人催促了一声。美香深呼吸了一下，然后迈出了脚步，走向了与清水真也的婚礼现场。

“最终也没能成什么大事，对吧？”黑沼里美说。

“但是，也挺好的不是吗？拿下了美香，干得很漂亮啊！”淳子说，“但是，她竟然真的决定和那个穷学生结婚了啊！”

“是美香先爱上了他，毕竟每个周末她都跑去德国见他。已经三个月了，听说每周都去。”

“那样的美香啊……”

那样的美香……

美香……美香。

池内小百合和里美，还有淳子一起正坐在举行结婚仪式的小教堂里。

“小百合……我要和清水君结婚了，你要来参加婚礼哦。”

接到美香的电话是在一个月以前。

美香是知道的，小百合给清水写过信，现在正在为送他什么生日礼物而烦恼。“你觉得送什么好啊？”她甚至找美香商量过。

但是那个时候，美香每周都飞往德国。然后……一个月之前的电话……没有丝毫的客气或者顾虑。倘若有一丝的愧疚或者良心受到谴责的感觉的话，她也就不会说得那么直截了当了吧。“那个，事实上……”“虽然你可能会感到吃惊……”之类的，应该肯定会有这样的前置语。

但是，什么都没有，一上来就是“我要和清水君结婚了”。听到这个消息的时候，小百合一时间甚至思考了一下“清水君是谁”。

说完恭喜、挂断电话以后，她当场蹲了下去，因为受到的打击实在是太大了。当然，美香对这种事是完全不会在意的。小百合会怎么想，美香才不会管呢！

“新娘入场了。”

管风琴响了起来，圣乐团唱着歌。

自不必说，并不是正经八百的圣乐团，而是做兼职的孩子们。小百合刚刚看到一个圣乐团的女孩子打了一个大大的哈欠，那个男孩子是荒唐地睡过头了，急匆匆地跑过来的吗？

美香走进来了，她的父亲握着她的胳膊。

那个……那个新娘，明明可能是我，嫉妒的火苗在小百合的心中燃烧了起来。把我的爱情还给我！把对我这么重要的人还给我！

清水正穿着礼服，等待着新娘走过去。唯一的慰藉是，尽管只是对小百合来说，清水完全没有要向小百合的方向看一眼的意思。至少，清水认为自己做了对不起小百合的事。

小百合的眼睛跟随着若无其事地从自己身旁经过的美香。你偷了属于我的幸福！小偷！简直不是人！

然而，小百合只是一脸羡慕地对旁边的里美说道：“好漂亮啊，美香。”

婚宴很无聊。总之，那就好像是为田渊大臣准备的一样，那些美香和清水也都完全不认识的只有官衔的人一个接一个地讲着话。

美香已经安排好了，她决定在这之后把同一家酒店的酒吧和套房全都包下来，再开一场只有朋友们参加的晚会。

“不好意思。”喝了香槟并因此变得有点儿醉了的小百合走到走廊里喘了口气。

走廊的里面有一个角落，那里放着一张小沙发，小百合决定去那里休息一下。尽管婚宴的会场中正在进行演讲，可是因为内容无聊，所以底下人声嘈杂。

但是，这里很安静。好想一直在这里休息啊！小百合靠在沙发上闭上了眼睛，脑袋晕晕的。

在喝闷酒？并不是这样……事到如今，醉了又能如何？清水君和美香结婚了……听说清水君放弃了钢琴家的梦想，要在田渊的介绍下去什么地方就职。

小百合没有这样的能力。清水将小百合和美香进行了比较，最终选择了美香。即便事实如此，也没有什么不可思议的。但是……在那个头等舱专用的休息室里遇见的时候，小百合一眼就被清水吸引了。这个人的话，和我一定合适——她这么想到。可是……

自那之后，清水回过一次日本，那个时候小百合和他约会了。尽管没有连身体都交给他，但是他亲吻了她。但是，现在来看的话，那次他应该是为了决定和美香结婚才回国的……眼泪从小百合的眼睛中溢了出来，流到了脸上。

“讨厌……在这种地方……”

想要去拿手绢的时候，她才意识到自己出来的时候把包放在椅子上了。

“这个。”

不知道是什么人把手帕纸递了过来。

“谢谢……”她急忙抽了一张擦着眼泪说道，“不好意思。”

“没事，”那个男人在另一张沙发上坐下来以后说道，“你是池内小百合吧？”

“哎？”

他看上去并不像是婚礼的客人，穿着非常普通的西装套装，有四十七八岁吧。但是，总感觉好像是在哪里见过一样。

“你还记得我吗？”那个男人看着小百合的脸说道。

“总觉得……但是，不是很清楚。”

“是吧，尽管我们曾经见过一次，但是那已经是两年多以前的事了。”

“两年多以前？”

“今天是田渊美香的婚礼，对吧？”

“是的。”

“轰淳子还有黑沼里美也在吗？”

“在，”想起来了！“……您是警察吧？那个时候的……”

“你竟然还记得啊！”

“但是……”

“真野，你记得这个名字吗？”

“记得不是……太清楚了，”小百合看着那个警察说道，“您为什么会来这里？”

“想看一眼田渊美香穿上婚纱的样子，”真野说，“她应该已经把西川忘掉了吧。”

“这个……”

“你知道的吧？他的父母死了，他本人也死了。”

“嗯，当然。”

“都是因为你们的谎言。”

小百合吃了一惊。

“您在说什么啊？”

“放心吧，大家都已经死了。事到如今，已经不会有人再重新提起那个事件了。”

“但是，这样的话，为什么……”

“我不是说了吗？想看一眼美香穿上婚纱的样子，所以过来了。”

“警察先生……您回去吧，这可是场难得的婚礼。”

“你是在发自内心地祝福美香吗？”

小百合瞬间说不出话来了。

“当然了……”

“那么，你为什么在哭啊？”

“这个……女孩子的心情一激动就会哭的。”

“心情激动？听了那帮人的演讲？”

真野笑了。

真野在想什么啊？小百合完全搞不明白。

“小百合，”这个时候淳子走了过来，“差不多该准备唱歌了。”

她们三个人要一起唱歌。

淳子看见真野，惊讶地点头示意了一下。

“那再见了，小百合，”真野站起来说道，“再见！”

“那个人是谁？”淳子目送着远去的真野说道。

“没什么……一个熟人，偶然遇到的。”

小百合并不想提起西川。

“是吗……总觉得以前好像见过一样。”

“话说……唱歌时候的钢琴伴奏，要好好地跟上啊！”

因为小百合基本不唱卡拉OK，所以这方面她很不擅长。

“没关系，是清水君来为我们弹的。”

“清水君？”

“是啊，毕竟他曾经的梦想是成为一名钢琴家嘛。”

“这倒也是……不会很奇怪吗？”

“没事的，不干点儿这种事的话，那两个人的身体就要凝固了。”

“谢谢了。”

在走廊里目送着演讲完后早早离场的政治家们的是田渊的秘书加东。

“哎呀，稍微休息一下吧？”加东朝小百合她们的方向走了过来。

“接下来要为唱歌做准备了，”里美说，“小百合！我们回去吧！”

里美这样催促着。

“嗯……”小百合站了起来，她暂且压制住的头痛又开始严重起来。

大　厅

“人生的十字路口啊！”轰淳子说。

“怎么了？突然变得这么有文学气息了。”黑沼里美笑着说道。

“你不这么觉得吗？”淳子在酒店大厅的休息室里看着众多来来往往的客人们说道。

现在，大厅里充满了前来参加婚宴的客人们。不单单是清水真也和美香的婚礼，今天共有五场婚礼和婚宴，大厅里简直是“拥挤不堪”。

“参加婚礼的人，回去的人，爱情如愿以偿的人，破碎的人，祝福的人，嫉妒的人……大家都在微笑着相互打着招呼，但是从心底里祝福他们的人能有多少呢？”

“人生就是这么回事啊！”里美说。

池内小百合一言不发地看着远处的大厅。爱情破碎的人，嫉妒的人……说的就是我啊！

小百合其实是想回去的。但是，这之后还有只有朋友们参加的晚会，“一定要参加啊”，美香对她这样嘱咐道。因此，一直以来“对美香都很忠实”的小百合只能点头同意……

“是美香他们。”里美说。

他们走到大厅里来了，来送重要的客人。换了服装的美香穿着价值好几百万的豪华粉色晚礼服，清水也换上了白色的西装。小百合一边感到不甘心，一边对美香的美丽与华贵叹了口气。

“谢谢。”

可以听到清水不断道谢的声音。

“但是，清水君那边进行演讲的人很少啊。”里美说。

“音乐大学的老师们，他好像没邀请吧？因为他毕竟从那个圈子里出来了。”淳子喝着咖啡说道。

“啊，她注意到我们了。”

里美招了招手，美香便走了过来。

有个词叫“信手拈来”。从这个意义上来说，拖着晚礼服的下摆飒爽地走过来的美香对自己的形象的确是信手拈来。

“辛苦了，典礼一直这么刻板，累了吧？”美香走到桌子旁边后说道。

“这之后使劲儿地爱怎么放纵就怎么放纵吧！”

“但是，美香，闹得太晚的话就太对不住你老公了啊！”里美取笑道。

可是，里美非常喜欢派对啊、酒会啊。不管怎么说，因为她非常可爱，所以总是会有男孩子讨好她。这已经变成了里美“生存下去的能量”。

“我去换下衣服，等我啊！”美香说着，就要冲着大厅的方向走过去。

“小百合！”她回过头来招了招手。

“嗯……干吗？”

“这个是客人送给我的东西，”小百合站起来走过去以后，美香把一个包着绸缎的包裹递给了她，“我一直慌慌张张地容易忘，你帮我拿一下吧。”

“嗯。”

“晚会的时候交给他。”

“他是？”

“当然是清水君了，”美香笑着说，“还是说，必须得说是‘我的丈夫’？”

小百合的心果然还是平静不了。

“那拜托了！”

“哎，美香，那个叫作真野的人过来了。”美香正要离开的时候，小百合说道。

“谁？”

“真野……就是那个时候的那个警察。”

美香的表情僵硬了。

“那件事已经过去了，不是吗？”

“嗯，但是……他肯定在什么地方看着美香你穿着婚纱的样子了，肯定。”

“你和他说话了啊？”

“他来跟我说话了。”

“都说了什么啊？”

“没什么……说那个事件已经过去了，他只是想看一眼美香你穿上婚纱的样子。”

美香稍微笑了一下说：“他是不是喜欢我啊……不用在意，我都已经忘了啊！”

“嗯……”

“不要告诉其他人了啊！”

“我知道了。”

“真也。”美香冲着清水的方向叫了一声，然后快步走了过去。

依然还是如此，她若无其事地使唤着小百合，肯定永远都会是这样吧。小百合拿着她交给自己的包裹走回了休息室。

“这个是怎么回事？”里美问。

“她把这个先放在我这里了，总之，我差不多就是美香的秘书。”

“过不了多久，她就会拜托你帮她照看孩子了。”里美笑着说道。

照看孩子……清水和美香的孩子。只是这么想象一下，小百合的心就感到针扎一样的痛。

“小百合你都已经工作了，有事的时候必须学会拒绝才行啊！”淳子说。

大家都已经二十四岁了，美香根本没有工作过，所以她才能多次跑到德国去见清水。但是，小百合是一家叫作K商事的小商社的上班族。尽管好像很没出息，这个K商事也是经由美香的父亲介绍才能进去的。假如不是这样的话，她应该无论如何也不会通过吧。

四个人中头脑灵光、出类拔萃的淳子留在S大继续读研究生，现在是一位讲师。她今天也依然穿着紧身的西装套装，虽然很朴素，但是有一种引人注目的气场。

“怎么样？淳子，和大学男生里可爱招人喜欢的孩子玩了吗？”里美调戏一样地说道。

她知道淳子不会做这种事，所以才这么说的。

“就是因为电视上老是播一些奇怪的连续剧，”淳子皱了皱眉头说，“说不定真的有这种事——所以才会依然存在还有这种误解的傻瓜。”

“真无聊。人生，波澜起伏才更加有趣。”

这样说着的黑沼里美恰好在那个电视台工作。

“从最开始，面试一次就去上班。”

正如她所宣称的那样，明明笔试完全都不会，面试却合格了！招人喜爱就是好啊，同期的所有人都叹了口气。

因为训练很辛苦，所以她最初并没有立志成为主持人。然而，进入公司没过多久就吸引了台长的目光，她现在已经是S电视台的“实习主持人”了。

“我原本就最讨厌努力奋斗了。”而她本人还喋喋不休地抱怨着。

可是，可能是与那个行业的氛围相符吧，她今天也穿着当红偶像所穿的那种长礼服，非常引人注目。

“小百合，你一直都会待在这里吗？今天晚上的晚会。”淳子问。

“该怎么办呢？我明天也不能休息。”

“我也是，明天要起得很早，我们在中途的时候溜走吧。”

“嗯。”得到了淳子的邀请的话，也就有理由向美香解释了，小百合对此不胜感激。

“我玩到深夜也没事，”里美说，“不行的话，就住这家酒店。”

“真好啊，无牵无挂，”淳子摇了摇头，“哎，那不是美香的父亲吗？”

田渊弥一站在大厅里，正在和一个白发苍苍的看上去很有修养的男人说话。

“那个人，做了演讲对吧？”小百合说，“虽然不记得他都说了些什么了。”

“那是前田哲三啊！”淳子说。

“那是谁？”

“里美，你在电视台工作都不知道吗？那不是田渊先生所在的派系的大人物吗？”

“哎……”

确实，田渊冲他低了好几次头，还为了送他特意走到了大门口。田渊那个时候是外务大臣，而现在已经是大藏大臣了。他的势力非常大，甚至已经有了“将来的首相”这样的呼声。这样的田渊在他面前竟然如此谦逊。

“他肯定是个非常厉害的人吧？”

小百合像小学生一样发表了一下感想。

头　痛

头痛丝毫都不减轻……小百合看了一下表，发现竟然才刚过九点，她失望了。

她原本就很不擅长喝酒，对酒吧、俱乐部这类地方并不喜好。所以，她很羡慕可以在这种地方兴奋不已的里美那样的性格。

“……怎么了？”淳子注意到了以后问道。

“头好痛，要不我先回去吧。”

“是吗？那稍等十五分钟，等我办完事我们就回去。”

“啊，没事啊，我自己一个人回去就行了。”

“假如说是陪小百合的话，我也就比较好脱身了，”淳子微笑着说道，“哎，那里面有用隔断隔开的座位，也没有人，到那里会清净一点儿，去那里坐吧？”

“嗯，好。”

“那我马上就回来。”

淳子走开后，小百合便走到那个酒吧里面的厢式座位上坐了下来。

虽然说是只有朋友参加的晚会，可是美香有各种方面的朋友，所以基本上都是小百合她们不认识的人。

只剩下自己一个人以后，她终于稍微舒服一点儿了。她闭上眼睛过了一会儿，慢慢地头痛也好了很多。

然后，她感觉到有人走过来的气息。

“淳子，好快啊，”她睁开了眼睛，“……清水君。”

清水真也穿着粗花的呢子上衣站在那里。

“我可以坐在这里吗？”

“嗯……”

小百合朝着外面宽广的空间稍稍看了一眼。

“没事，美香去套房那边了，”清水说，“我一直想和你单独地好好谈一谈。”

“可是，那个……”小百合笑着说，“要说谈话的对象的话，你不是有老婆吗？”

“小百合……我觉得我非常对不住你。”

“这个……你别这么说啊，不然我就更可怜了。”小百合低了下头，“我还是美香，必须从我们中选择一个人，最终你选择了美香。这样不就好了吗？”

“我选择？不，是美香选择了我。在德国的时候弄伤了手，是不是还能继续弹钢琴，我心里也完全没有把握。正在绝望的时候，美香飞来了德国……”

“这种事情我是做不到的，”小百合笑了一下，“但是……假如你把这件事告诉我的话，也许我会写一封很长的信。”

“嗯……但是，我当时不想向你发牢骚。”

“‘恋人’就是为了向对方诉说这种事吧？‘恋人’不就是为了倾听这种事吗？假如一直都只是说些自吹自擂的话，一方会觉得对方是不是不信任自己而感到悲伤的。”

这么说着，连小百合自己都感到困惑了，她从来都没有说过这样的话。

“事实正是你所说的那样。”清水低下了头。

“但是……你对美香说了吧？所以，美香才飞了过去，对吧？”

“不……不是那样的。”

“那是为什么？”

“不知道怎么回事，她知道了……因为她父亲的关系，美香在德国也有很多熟人。”

小百合什么都没有说。对美香来说，安排一下和清水一样的留学生或者音乐大学的相关人员，假如清水发生了什么事的话，拜托他们立刻告诉她，简直是太简单了。不，虽然没有什么证据，但小百合觉得自己的推测应该不会有错。面对着从日本特意飞来的美香，清水被她吸引应该也是理所当然的吧。但是事到如今，就算知道了这样的情况又能怎么样呢？

“小百合，”清水说，“以后我们还会继续做朋友吗？”

小百合什么话都说不出来，她感觉非常纠结。

“我是美香的朋友，你是‘朋友的丈夫’。除此之外，也没有什么其他的称呼了吧！”

“这个我知道……”

“这样的话，就什么都不要再说了，”小百合打断他说道，“要幸福，现在我只能这样说了。”

清水默默地站了起来，然后走开了。

就算再严重地中伤他一下，再严厉地责难他一下都无可厚非，小百合有这样的权利。但是……那样的话，清水就只属于美香一个人了。小百合至少希望清水永远都抱有“良心的痛”。

“被甩了的女人能做到的也就只有这个了吧。”小百合喃喃自语着。

“久等了，”淳子回来了，“那我们走吧。”

“嗯。”

“是不是跟美香说一声再回去比较合适啊？”一块儿走出酒吧以后，小百合问道。

“我告诉她了，说小百合你喝了酒以后头马上就疼起来了。”

“谢谢！”

小百合松了一口气，却又为美香没有挽留自己而感到有点儿失落。

美香从套房里走出来以后，一脸意外地停了下来。

“加东，今天晚上是只有朋友参加的晚会，你顾忌点儿啊！”

“我知道，”田渊的秘书说，“但是，有件事无论如何我都想要和您说一下……”

“必须是今天晚上吗？”美香有点儿焦急。

“不是我个人的事，是代先生传达的。”

既然他说出了是以父亲的名义，美香也就无法再继续这样任性了。接下来她与清水的生活，假如父亲不在身边支持的话，也就完全无法想象。

“我知道了，那……”

“被人听到的话，就不好了，”加东说，“请来这边。”

发现他还特意租了同一个楼层的一个房间以后，美香心里不免有些惊讶。到底会是什么事呢？

加东按了一下门铃，门立马就从里面打开了。

“我把小姐带来了。”加东说。

“恭候多时了。”

看到那位女士以后，美香吓了一跳。“桐山女士……”

“突然把你请过来，非常抱歉。”

桐山惠子是一个五十岁左右的体格健壮的女士，她穿着朴素的长裤套装，第一眼看上去就像一位男士。

“今天真是太感谢了！”

美香礼貌地打了个招呼，这是因为桐山是前田哲三的秘书。父亲敌不过前田哲三，这件事美香也是知道的。

“我还以为您和先生一起回去了呢！”

“我又回来了，从地下停车场，”桐山微笑了一下说，“先生也是。”

“前田先生也回来了？”美香大吃了一惊。

看到坐在房间里面沙发上的如假包换的前田哲三，她慌忙向前走去打了个招呼：“失礼了！”

“辛苦了，”今年已经七十岁的前田哲三慢慢点了点头，“你好不容易才刚刚从我们这帮老年人里解放出来松口气，不好意思又来打扰了啊！”

“没有这回事……”

“啊，我也是这么想的。”前田从腹腔中发出了豪爽的笑声，说道，“不会花你太多时间的。”

“那个……您找我有什么事呢？”美香问。

“我来说吧，”桐山说，“在今天的婚宴上，有一位女士吸引了先生的目光。”

美香惊呆了。

“吸引了目光……”

“是的，确认了一下以后，发现她是美香你的朋友，所以把你叫过来了。”

美香不知道该说什么了，她不由自主地向加东的方向看了一眼。

“啊，先生不管到多大年纪都强壮得很哪！”加东急忙吹捧道。

“人，失去了春心的话，也就完了啊！”

“嗯，正是如此。”

“不只是在说女人的事。事业也好，政治也好，假如一个人充满了能够做新事业的能量的话，他就也会有征服女人的欲望。”

假如殿下提出了“想要哪个女孩子”的话，进行安排就是秘书的工作了吧。非常认真地而且丝毫不觉得害羞地说着，这让美香感到十分震惊，她应该一直都是一个忠实的部下吧。

“我有什么可以做的吗？”

“我们想让你和那位女士说一下，但是也绝对不是在勉强你。”

意思就是说“你去这么问一下她——你要不要做他的情人啊”。这是个一点儿都不好笑的玩笑吧？

“我……可是，我也不知道该怎么将这种事传达给她。”

“也是啊，只是暂且想让美香你知道，以后你因此感到吃惊的话就不好了。”

美香稍微调整了一下呼吸问：“就算说是朋友，但毕竟今天也来了很多人，您是说其中的哪位呢？”

“听说是和你在一起上的大学。”前田说。

“那样的话……肯定是黑沼里美吧？”

不管怎么说，里美的美丽可爱应该很引人注目。

“在我老公的钢琴伴奏下，唱歌的人中的……”

“是啊，可是，名字并不是黑沼。”

“那是？”

桐山代替前田做出了回答：“是叫作池内小百合的那位女士。”

回　想

电话不断地响着，黑沼里美摸索着，想要把闹钟的铃声关掉。终于，她想起来了。

“住在酒店里了……”

她的头很疼，毕竟她昨天一直喝到了天快亮的时候。

“是早晨的叫醒电话啊！”

虽然她觉得还比较早，但还是从床上伸出手，拿起了话筒。

“早上好。”她觉得传过来的肯定是磁带的声音，可是……

“醒了？”一个女人的声音传了过来，里美大吃了一惊。

“喂……您是哪位？”里美问道。

“是很久很久以前就认识你的人啊。”

是工作单位的电视台里的什么人在搞恶作剧吗？

因为里美在台里也很引人注目，所以她已经习惯这类电话了。

“与不报上自己名字的人，没有进行对话的必要，”清醒以后，她用稍微强硬的语调说道，“就算你再打来也没用的，我会拜托电话总机，让他们不再接通的。”

“名字？”那个女人说，“但是，会是谁呢？你不知道吗？”

里美感觉到了什么和平常的恶作剧不一样的地方。

“你不说说看的话，我可不知道啊！”里美回应道，“你的名字是？”

“我的名字是，山……”

“‘山’？你是说‘山’吗？喂？”

电话已经挂断了，这让里美感到很生气。

“‘山’？开什么玩笑！又不是‘忠臣藏’。”她不假思索地自言自语道。

“忠臣藏”进攻复仇的时候，义士们在黑暗中确认同伴的暗号是“山”和“川”。虽然不知道是不是真的，在她这个年龄层中，比较爱看历史剧的里美是知道这件事的。

因为一个奇怪的电话被吵醒了，里美打着哈欠从床上爬起来，走向浴室，打算冲个澡。

“啊！”因为看到了一个素未谋面的男人腰上围着浴巾正在刷牙，她叫着跳了起来。

“早，”那个男人说，“睡得不错吧？”

“你是……”

并不是素未谋面的男人。仔细看了一下发现，他是昨天晚上在美香和清水的婚礼晚会上和自己待在一起的那个男人……

“昨天晚上玩得好开心！”

听到他这么说，感觉自己要是问“什么啊”之类的话也很奇怪。

“我也是。”尽管嘴上这么说着，里美的心里却在默默地念叨着“完蛋了”。

“不好意思，我马上就好了。”

这个男人看上去有二十六七岁，好像比里美稍微大一点，是个非常清爽的年轻人，不由得给人一种“教养很好的少爷”的印象。

“……对不起，我，想不起来你的名字了。”里美说道，她表现得有点诚实。

“是吗？”那个男人笑着说，“真是醉得不轻！今天的工作没关系吗？你是主持人吧？”

“还不是正式的，把复印的东西搞错了再改过来，只是做些这样的工作而已。”

“那样的话倒是没事……我马上就好，”那个男人用毛巾擦着脸说，“但是，你不记得了吗？你对我说‘你和我们公司总经理的名字一样啊！代替他让我打一顿吧’，还让我吃了上勾拳。”

听到这些话，里美脸红了。

“对不起。”

“没事，我当时就觉得你真是个有趣的人。我父亲在工作上受到田渊大臣许多关照，我是代他来参加晚会的。”

“这么说，你不是美香的朋友啊？”

“不是啊，事实上我是打算捎个贺礼交给他们就回去的，可是有人说‘既然来了，不喝上十杯就别想回去了’，就把我拽了进去。”

“有人干了这么没礼貌的事啊？”

“就是你干的啊！”

自找苦吃……里美避开他的视线说：“总之……谢谢了。”

“为什么这么说啊？应该道谢的人是我，”那个男人微笑着，“嗯，请。”

然后，离开了浴室。

“完了。”这样嘀咕了一声，里美脱下酒店的浴袍，冲了个澡。

名字和总经理一样……她觉得好像也有点儿印象，因为S电视台的总经理叫作郡修巳，那个男人好像也叫“郡”，好罕见的名字！

“哎呀哎呀……”

还有时间，不用着急。因为今天晚上才有工作，所以中午之前到公司就行了。里美冲了个澡，洗了把脸，感觉舒爽了很多。之后，她穿着浴袍从浴室里走了出来。

“啊！”

那个男人正穿着西装套装坐在沙发上。

“我还以为你已经回去了呢。”

“我想着在分别之前一起喝杯咖啡，你有时间吗？”

“嗯，有时间，但是……”

“那我在下面的休息室里等你，”他站起来以后说，“不用着急，慢慢准备就好。”

“谢谢。”

那个男人走出去以后，里美不禁感觉心里暖暖的。一般来说，这个年龄的男人基本上都非常随意任性，也不理解女士化妆、准备着装都需要时间，总是会抱怨“好慢啊”，也不习惯忍耐和等待……虽然里美表面也像是这种类型，但是其实她的性格还是比较爱为他人着想的。感觉刚刚的那个男人那种自然的态度和自己很像，里美感到非常开心。

尽管最初的一夜喝醉了，而且什么都不记得了，这确实很丢脸。但是，假如接下来还能继续交往下去的话……

于是，里美认真地穿衣打扮，来到休息室后，那个男人在里面的桌子旁冲她挥了挥手。

“久等了。”里美说着，把房间的钥匙放在了桌子上。

“去还给前台吧。”

“啊，但是付款……”

“已经付过了。”

里美感到非常过意不去。

“我喝醉了，然后发生了那种事……真是丢脸。但是，我并不是一直都这样啊！”她一边喝着咖啡，一边这样说道。这明显就是在解释。

“毕竟你还年轻，偶尔发生这种事也没什么，不是吗？”

“那个……我叫黑沼里美，姑且可以说是……”她拿出名片，怯生生地说道，“基本没怎么使用过名片。”

“啊，我知道你。”

“哎？”

“你很出名的，就是在台里面也有很多尽管没见过你但是知道你名字的男人。”

里美惊呆了。

“那……你也在S电视台？”

“嗯，我爸爸是总经理。”他说道。

怪不得姓氏一样，郡周一，他递过来的名片上还手写着他的手机号码。

并不是在做梦！

而那通打进房间里的奇怪电话，里美已经完全忘记了。

“小阿。”

听到叫声，正盯着电脑的轰淳子抬起了头。

“哎。”

“过来一下。”正招着手的是S大的教授，淳子的恩师安井良治。

“老师，有什么事吗？”

“下午有课吗？”

“有四节课。”

“几年级啊？”

“一年级。”

“是吗，那不好意思，可以让一个人观摩学习一下吗？”

“观摩学习吗？”

“嗯，是那个女孩子，”安井招了招手，“马场小姐……这是我的学生轰淳子。”

“我是马场百合香。”

她是一位让人感觉非常踏实可靠的女士。

“叫我‘小阿’就行了，老师也一直都这么叫。”

“嗯。”

“马场小姐也是这个大学的毕业生，在其他的短期大学做了一段时间讲师又回来了。”

“啊，是这样啊，”淳子睁大眼睛盯着马场百合香说，“莫非……我们是同一届的？”

“是的。”

“哎呀！我说呢，感觉好像在什么地方见过一样。”

“我们也是一起上课的啊。轰老师，你们一直都是四个人一起。”

“啊，看来我们当时很出名啊……虽然我自己这么说有点儿奇怪，”淳子笑了，“那……再说一遍，不要叫我‘轰老师’！”

“那么……叫‘淳子’可以吧？”

“可以。”

“让我听听你上课吧，之前短期大学里面的全都是女孩子，四年制的话，课程上法应该也会不一样吧？”

“嗯，来听吧，不要客气，”淳子说，“既然你知道我以前恶迹昭著的事，我也就有短处了。”

正好到了吃午饭的时间，她们决定一起去学校的食堂吃午饭。

“好怀念啊，当时一直都是这样排队的。”马场拿着饭盒和学生们一起排着队。

“味道也没有变啊。”淳子一边吃着一边说道。

“四人小组的各位，现在都怎么样了？”马场问道。

“两个人是上班族，一个人结婚了，昨天刚刚结婚。”

“是吗？”

“她叫作田渊美香，是大臣的女儿……”

“我记得，她一直都觉得自己非常了不起。”

“是啊是啊，”淳子笑了起来，“就是那个女孩儿结婚了。真是的，那个时候还打算一直都做一名学生呢……”淳子突然想到了什么，“那……马场小姐，你和西川君是一个班的吗？”

马场稍微皱了一下眉头，说：“那是谁？男同学我基本上都不记得了。”

“是吗，那就算了，”淳子摇了摇头，“现在，不定期出勤的讲师也挺不容易的吧？”

她转换了话题。

在开往机场的出租车里，清水真也基本上一直都在睡觉。这也难怪，他原本就不怎么适应整晚喝酒的喧闹生活。最终，充其量只睡了两三个小时。

“总之，在飞机上可以爱怎么睡就怎么睡。”

真也揉着睡眼爬了起来……

美香同样睡眠不足，可是在出租车里面她并没能入睡。蜜月旅行……明明接下来要去蜜月旅行，可是美香的心情却不怎么愉快。

去往成田机场的道路格外空旷。

尽管想让他再好好地睡一会儿，她还是把真也摇醒了：“醒醒，就要到了。”

“啊……”真也摇了摇头，“对不起，完全睡着了。”

“没事，困的时候就睡，反正又不是在约会。”

美香说完，真也的脸上浮现出了清爽的笑容。

美香负责支付打车费，真也负责把行礼拿了下去。

他们两个人推着巨大的旅行箱轰隆轰隆地前进着。蜜月的目的地是德国。虽然说是要用自己的钱去，但是为了安全，在父亲的安排下，他们两个人还是登记了头等舱。

好不容易说服了加东不要来送行。

刚存好行礼喘了一口气，航空公司的负责人就跑着过来跟他们打招呼。

“田渊小姐，我一直在恭候您的到来。”

“现在是清水。”她修正道。

“不好意思！请到休息室这边休息一下吧！”

“你好像又要睡着了啊，”美香笑着说，“啊，没关系，这个我自己来拿。”

在负责人的带领下，两个人走进了头等舱专用的休息室。

“啊，好怀念啊！”真也在里面环顾了一圈，“那个时候害怕得都不敢进来，在前面来来回回走了好几次。”

留学时候的往返自不必说当然是经济舱，和美香一起回国的时候也没用这个休息室。所以，确实这是他自那之后第一次踏入这个地方。

“今天是正经八百的客人了啊！”真也看到那个时候美香她们坐的沙发空着，便说道，“坐那边吧。”

“嗯。”

他们两个人的心里都想着小百合。

真也想起了那个时候很不安的小百合（尽管原本他才更加不安），美香不仅想着那个时候的小百合，还想着接下来的小百合。当然，前田哲三对小百合“有兴趣”，她还没有把这件事告诉真也。他本人应该做梦也不会想到吧。美香打算蜜月旅行回来以后再对小百合说……但是，该怎么说啊？

“想喝点什么？我去拿。”美香说。

“啊，我来吧……”

“没关系，咖啡好吗？”

“那……就要咖啡吧。”

“嗯。”美香站起来走开了。

可以为真也做些什么，这让她很开心。

小百合……小百合的事，等回国以后再考虑吧。对，那个时候，前田哲三的兴趣说不定已经减弱了……美香把咖啡倒进了杯子里。

“打扰了，”前台接待的一位女士走了过来，“您是清水美香小姐吧？”

“是的。”

“这个是给您的信件。”

她打开白色的小信封，发现里面有一张贺卡。

会是谁呢？

打开后，她发现上面用潦草的字写着“祝旅行愉快！昭治”。

昭治？是谁啊？

不管怎么也想不起来。可是，美香也并没太在意，她把那个卡片扔到垃圾筐里，便端着咖啡的杯子向座位上走了过去。

“谢谢，”真也吸了一口气说，“在这里我们第一次相遇了。”

“嗯。”美香紧挨着真也坐了下来。

“我们的关系变成了现在这样，太好了。”她说道。

距离飞机起飞还有点儿时间，从屏幕的显示来看，他们两个人乘坐的航班会按预定的时间起飞……

丑闻

“大臣，您特意过来！真是感激至极！”

那个总经理双手紧紧地握着在他儿子的婚礼上献上了祝福致辞的田渊的手，感激得简直都想要揉搓他的手了。

“没有，没有，一直以来都受到了你的关照。”田渊说。

“听到您这么说真是万分感谢！这一天，我儿子也永远都不会忘记的。”

说实话，什么时候受到了这位总经理什么样的“关照”，田渊根本想不起来。但是，既然秘书加东把这件事放入计划之内了，他便觉得应该慎重对待。

“能再多待一会儿就好了，但是我还有事……”田渊正经八百地说。

其实他在婚礼现场待的时间还不到五分钟。不过，光是今天晚上，田渊就要出席四场宴席。就连演讲也是，因为他并不认识当事人，所以也只能说一些场面话，走个形式。

“谢谢了！”

一直把他们送到了酒店大门口的总经理不断地重复着，车向下一个宴席会场驶去。

“M银行的副董事长也是客人之一，”加东说，“那个总经理可能是想要借大臣您的出席想办法借点钱吧。”加东笑了一下，紧接着说道，“他儿子也是，说不定蜜月旅行回来以后，突然发现家已经被查封了呢。”

“人生啊，你永远不知道明天会发生什么，”田渊说，“没有时间去吃点东西吗？就这样一直在各宴会之间赶场，一小块儿三明治完全无法下咽啊！”

“你去买点儿什么过来吧！”加东冲着司机招呼了一声。

这个时候，加东的手机响了。

“喂？您好，我是加东。啊，您好！”认真听着对方讲话的加东表情突然僵硬起来。

“确定吗？我知道了，谢谢！嗯，我现在和大臣在一起呢，过后再给您回电话。”

“什么事？”田渊问。

“不得了了……新闻竟然要播‘演友会’的事。”

“演友会”是模仿“园游会”而起的名字，就是同人会。

“怎么回事？”

“可能是……什么人强行去搭话，然后那些女孩子就说出去了。调查一下就知道了，可是现在没有这个时间……”

田渊非常不愉快地说：“我明明极力地反对增加会员的！就是因为放进去了没什么用的暴发户。”

“好像是今天晚上的‘新闻评论员’。”

“那个节目啊？”

因为经常顶撞政府，所以那个节目很出名。

“也并不是说违法，总之就是些个人作风的问题。”

“但是，先生，假如被报道出来了的话，确实会是个丑闻。周刊、杂志肯定也会幸灾乐祸地猛扑上去吧。”

“演友会”是以演员、艺人为成员，以“鼓励”为目的的同人会。事实上，也就是把当红的女演员、女艺人叫过去玩儿。虽然说是“玩儿”，但田渊他们并不是说要和她们发生关系，只是一起喝喝酒，说说话。不过，成员中当然也有想把她们带进酒店的人，也发生过一无所知的女孩子因此而哭泣的事。

“特别是那个孩子……”加东小声说道。

“嗯。”

现在的大臣里面有一个人比田渊担任大臣的时间早两年，他曾经迷上了一个像孙女一样的少女艺人。假如是十七八岁的女孩子的话就暂且不计较了，可是那个女孩儿只有十二三岁，还在读初中一年级。而且，最近她因为商业广告而人气攀升，所以尽管她一直在拒绝他们的邀请，但还是一直被请过来。

“会不会是那件事啊？”

“假如是那件事的话……政权就很有可能会被动摇。”

把未成年的少女强行叫过来让她陪酒，这确实会是个极其荒唐的丑闻吧。而且，现任的阁僚中竟然有四个人在那个同人会里。

“先生，”加东说，“得想想办法……”

“稍微安静一会儿！”田渊闭着眼睛说，“让车开到前田先生那里。”

“我知道了。”

加东急忙把电话拨了过去，了解到前田哲三正在办公室以后，立刻让车向那边开了过去。

“他没有出门，真是太好了。”加东用手帕擦着汗说道。

轿车开到一座相当老旧的大楼前面刚停下来，前田的秘书桐山惠子便马上走了出来。

“我一直在等您。”

“谢谢。”

完全没有多余的寒暄，田渊和加东向那座大楼里走了进去。

从外观来看，普通人无论如何都不会想到像前田这样的大人物会在这里办公。尽管大楼看上去很老旧，但是乘坐电梯下来到地下后，便会到达如豪华公寓般宽敞的房间。前田哲三正惬意地坐在沙发上。

“前田先生，突然来打扰您，非常抱歉。”田渊走到他面前低下头说，“前些天，在我女儿的婚礼上……”

“先别说了，坐吧，”前田打断他，“现在可不是说这种闲事的时候。”

“先生……”

“我听说了‘演友会’的事。”

田渊也坐到了沙发上，“您已经知道了啊……”

“虽说是艺人，可现在毕竟算是良家妇女了。你不觉得很危险吗？”

“啊……”

“这件事假如在电视上被报道出来的话，全部都得辞职……就是想办法处理，也不得不采取相当牵强的手段才行。”

“这个我明白。”

“总理怎么说？”

“还没有和他联系，”田渊说，“事实上……总理也一直想加入同人会，可是被我拒绝了。所以，现在也无法找他商量……”

“这样啊，”前田笑了，“总理好像也很喜欢。”

“所以，无论如何都请先生您帮帮忙……”

“等一下，那个电视台的台长就会过来。”

“……您叫他过来的？”

“我就觉得事情肯定早晚会变成这样。到了的话，惠子会马上把他带过来的，”前田说，“你认识那个台长吗？”

“算是吧，姑且见过，但不熟。”

“电视台现在也变了，新闻内容不会轻易地因为台长的个人意见而变更，必须得给他约定些相当有诱惑力的担保才行啊！”

“嗯，这个我明白。”田渊的表情一直都反常地僵硬。

没过十分钟，电梯的门就开了。

“郡台长到了。”桐山领着一个人走了过来。

六十岁出头的郡修巳是一位将白发修剪得很短，皮肤因为打高尔夫晒得很黑的男人。

“不好意思，突然把你叫过来，”前田平和地说道，“坐吧。大藏大臣田渊你认识吧？”

“啊……您好，”他点了点头，“您是有什么事吗？”

“时间不多，挑重点的说吧，是关于今天晚上你们电视台的新闻节目将要播的一个叫作‘演友会’的同人会的事……”

“您了解得很清楚啊！”

“要是播出来了的话就麻烦了，用你的力量想办法阻止一下。”

“这个……”郡露出了十分为难的表情，“那个节目确实做得有些过火，也经常收到赞助商的投诉。可是，因为它很有人气——"

"我知道这让你很为难，但是这件事无论如何就拜托你了……田渊君会给你准备丰厚的谢礼的。"

"真让人为难啊，"郡苦笑了一下，"因为察觉到可能存在不得了的新闻，报纸和其他的电视台也在一直打听消息，因此没办法突然终止……"

"那就解释一下，说发现以前的证词是胡说八道的，所以紧急延期了。"

郡吃惊地瞪大了眼睛。

"再怎么说这也太……"

"可以做到吧？"前田打断了他，"搞不好的话就会引发政权的危机。万一导致了大臣人选的变更，就会影响到财政预算，你的电视台会因此遭到记恨的。"

郡明显地动摇了。

如今，日本电视台的经营者已经没有了"新闻工作者"的自觉。对这一点，前田心里很清楚。对他们来说，那仅仅只是一份盈利的事业而已。他们丝毫没有赌上自己的地位去维护"报道自由"的意识。

"那我该怎么办？"郡问道。

"谁的证词最惹眼球，这个你应该知道吧？"

"我还没有听过……"

"马上去调查一下。假如是艺人的话，田渊君会去见她的，还有她所在的事务所的总经理。把现金堆在他们眼前，是现金。让他们写下来‘证词是假的’，然后发传真传给节目组。事后，让当事人即刻逃往海外。当然，费用由我们来负担。”

听了前田的话，郡完全畏缩了。

“我知道了……”

“回电视台查一下那个证人，然后给我们来电话。田渊君，把你秘书的电话给他。”

“嗯。”加东把名片向郡递了过去。

“打手机，随时都可以。”他说道。

“我知道了，”郡叹了口气，“非常抱歉，给您添了这么大的麻烦。”

“务必在一个小时以内完成，拜托了。”

“前田先生，我会努力的，可是……”

“顺利解决的话，会给你重谢的。”

“为了说服台里的干部，必须有一些什么具体的东西才行。”

“在卫星事业中，你们好像比别人落后了很多，不是吗？”

“这是因为……之前的总经理错估了前景……”郡变得吞吞吐吐起来。

“给你们优先批准，怎么样？”

郡吃惊得都说不出话来了。

“真的吗？！”

“我可不会随口乱说啊！”

“一个小时之内，我给你们回电话！”郡猛地站起来说道，然后一路小跑地出了门。

“先生……”田渊擦着额头上的汗。

“借口多得很，”前田说，“你在车上随时准备出发，和对方见面的时候也待在车上，注意不要被人看到。”

“我知道了，”田渊站了起来，“我去准备现金。加东，去银行。”

“从你的账户上取不合适，”前田制止了他，“惠子。”

桐山搬来一个巨大的皮包。

“我已经准备好了，有一亿日元，就用这个吧。”

田渊不禁哆嗦了一下。“该怎么感谢您才好啊……”

“别说了，快收下，惠子都累得喘不上气来了啊。”

加东急忙跑去接过那个皮包。

“好好干。”前田点了点头，对桐山说，“去送他们一下。”

“先生，您回家吗？”送走田渊他们后，惠子回来问道。

前田并没有回答她，而是拿起遥控器打开了电视，又用同一个遥控器打开了录像机，屏幕上出现了公司午休时，外出吃午饭的职业女性们的影像。

“先生，这是……”

“池内小百合，”前田微笑着说道，“是让他们偷偷拍的，但也是用的专业相机。拍得不错吧？”

“啊……”桐山愣愣地说，“您打算怎么做啊？”

“我会得到的，”前田放大了池内小百合开心的笑脸，将画面暂停，又一次说道，“我一定会得到的。”

住 院

雾，突然散开了。

“看！”美香用力地抱着真也叫道。

两人乘坐的小型架空索道缆车在山风的吹拂下轻轻摇摆着，人都要变得头晕眼花了。数千年的时间好像被冻结了一样，岩石、冰层还有被雪所覆盖的悬崖，横跨勃朗峰的峡谷……眼底下的高度究竟有几百米？简直难以想象。

“好高！但是好漂亮啊！是吧？”美香抬着头看着真也的脸说，“你怎么了，为什么闭着眼睛？”

“你不要动啊！”真也的声音颤抖着，“我恐高。”

“哎？那你早点说不就好了嘛，早知道这样的话，我们就不坐了。”美香笑着说道。

“还剩下多远啊？”

“到对面……可能还有三分之一吧。”

“到了告诉我啊！”

真也一直都紧紧地闭着眼睛。

美香笑着说："那你看着上面吧？天空非常清澈，也很漂亮哦！"

"你不要管我了！"

美香踮起脚亲吻了一下真也。

"一动就会来回摇晃啊！"真也悲惨地叫道。

他们来到了蜜月旅行的最后一站——日内瓦。明天一整天会在这个城市里走走看看，买些当地特产，然后就要踏上返程之旅了。

"快乐的时光总是过得好快啊！"美香说。

真也的脸色依然很苍白。

终于，他们回到了地面上，坐进了返回日内瓦城区的列车里。

"没事吧？"

"嗯……我稍微睡一会儿。"

"好，到了以后我叫你。"美香说。

真也立马就睡着了。

美香感到很幸福。就算有人在因为这份幸福流着眼泪也完全没有关系，绝对不会离开这个人——她在心里默默地这么想着。另外，她还有一种自己会在这次蜜月旅行中怀孕的预感。虽然也有朋友在结婚以后喜欢两个人单独相处一段时间，但是美香却希望早点生个宝宝。真也是一个会被这种事所感动的人，美香对这一点非常清楚。因此，假如他们两个人有了孩子的话，真也应该就再也不会移情别恋了吧。但这反过来也可以说明，其实在美香的心中依然还存在着一丝丝的不安。钻了小百合的空子——对这件事的愧疚以及不安的心情，她是无法否定的。

恐怕在真也的心中也有对不起小百合的感觉。

小百合……你恨我吗?

美香一直都记着，记着前田哲三对她所说的事。但是，把小百合……就算政界的大人物再怎么渴望，现在也已经不是从前那个时代了。该怎么对小百合说呢?还有，这件事绝对不可以让真也知道。暂且忘了吧，现在是在蜜月旅行。小百合的事，回国以后再考虑就行了。不知什么时候，美香自己也睡着了，一直到列车驶入城区以后，她才醒过来。

“您不在的时候，有人打来电话找您。”刚回到酒店，一位日本女职员便走过来对她说道。

“谢谢。”

真也去前台拿房间的钥匙了，美香看了一眼便条，然后向他那边瞥了一眼。

她快速地将便条放进了兜里。

“回房间吧，”真也说，“稍微休息一下?”

“好啊，我好想冲个澡。”美香微笑着说。

这里是日内瓦的博里瓦奇酒店，就是维也纳王妃伊丽莎白受到了刺客的刺杀以后被抬了进去的那家酒店。

“老公，你先去洗澡吧。我打算把装特产的行李整理一下，干完了应该还会出很多汗。”回到房间后，美香说道。

真也一走进浴室，美香便拿出那个便条揉成小纸团扔掉了。

小百合说让美香给她回一个紧急电话，会是什么事呢？美香想要在真也洗澡期间打完电话。

“喂？小百合？”

“美香！对不起啊。”

国际电话的时差，让她感受到了距离的遥远。

“我今天出去了，现在刚刚回到酒店，发生什么事了？”

“虽然我也想着不能打扰你们……”

“怎么了？”

“我爸爸病倒了。”

“啊？”

“好像是因为喝多了……从车站的台阶上摔倒了滚了下去，现在……失去意识了。”

“真是太可怜了……我可以帮上什么忙吗？”

“那个公司说是要让我爸爸辞职，这太过分了是吧？我爸爸明明是因为接待客人才喝酒的……”小百合的声音颤抖着。

“等一下啊……小百合，我还有三天就回去了。回去以后，我跟爸爸说一下，让他想想办法。”

“对不起啊，但是我也不知道该怎么办了，我妈妈还一直在哭。”

“打起精神来！他们公司应该也不能做出这么过分的事，现在你跟他们说‘正在和律师商量’就行了，这样的话公司那边也会变得紧张起来的。”

“我根本不认识什么律师啊！”

“我会给你介绍的，放心吧。等一等啊，回去了以后，我给你打电话。”

“嗯……谢谢你，美香。”

“我们是朋友啊！”

“是啊……清水君……你老公，还好吧？”改口好像让她感到很痛苦一样。

“嗯，”浴室里冲澡的声音停止了，“我们刚刚去勃朗峰了，才发现他原来恐高。”

“真的？”

“真的啊，在空中缆车上一直闭着眼睛！”

小百合笑了，笑声听上去非常失落。

“打电话了？”真也穿着浴衣走了出来。

“嗯，”美香已经把话筒放下了，“大使馆的人，问有没有什么烦恼的事。”

“你怎么回答的啊？”

“说太幸福了，好烦恼……”

两个人一起笑了起来，真也弯下腰亲吻了一下美香。

“我去洗澡了，”美香说，“把窗帘拉好。”

“转院了？”小百合有点怀疑自己的耳朵，“这是……怎么回事啊？”

护士歪了歪脑袋说：“具体的情况，我也不是很清楚……”

“可是，连家人都不知道就转院了？怎么会发生这种事……”小百合茫然失措地说，“那么，我爸爸现在在哪里啊？”

来到父亲入住的那家医院以后，小百合又被吓了一跳——这里豪华的装修简直就像高级酒店一样，大厅里也没有医院的氛围。

该去问问谁呢？她正怯生生地站着。这时，“莫非，您是池内先生家的小姐吗？”有个人对她这样说道。

“是……”

“之前的医院和我们联系过了，请到这边来。”

来和她搭话的人并不是护士。小百合慌慌张张地跟着这位穿着西装的女士走了过去。

“那个……为什么要来这里啊？”

“这件事以后再说。”这位女士回答道。

一路跟在她的身后，小百合便来到了院长室。一位白发苍苍的看上去很有修养的男士彬彬有礼地迎接了小百合。小百合一边喝着他的秘书端来的咖啡，一边在半信半疑中听他的介绍。

“……全日本最优秀的医生正在为你父亲进行治疗，没事的，他的意识一定会恢复的。”

“谢谢……”小百合虽然道了谢，却越来越搞不明白这是怎么回事了。

为什么会来这种地方啊？还有，这里到底要收多少钱啊？

“因为是前田先生的指示，所以会尽力给您方便的。”

前田先生？那是谁啊？

从院长室里出来后，小百合发现刚刚的那位女士已经在门外等着她了。

“那么，我们现在去你父亲的病房吧。”她催促道。

“请您告诉我一件事。”

“什么？”

“真的是我爸爸吗？没有搞错人吧？”

会不会是其他同姓同名的人……她所想到的只有这些。

“不要担心。”那位女士微笑了一下。

病房是个单间，房间里阳光充足，装修也非常气派。没错，自己的父亲正在里面睡着。

“我是桐山惠子，”那位女士说，“是前田先生的秘书。”

“前田先生……是哪位啊？”她怯生生地问道。

“他马上就到了，”桐山说着把门打开，“先生，这位就是。”

“啊，你就是池内小百合啊！”走进来的那个男人说道。

“啊……您是在美香的婚礼上……”

“是的，我和田渊君是同行。”他的声音苍劲有力，让人感觉不到他的年龄。

小百合想起来了，他是那个时候美香的父亲多次低头为他送行的那个大人物。

“那个……我爸爸……”

“是在之前的医院里偶然听说的，那家医院治疗小病的话暂且还可以，但是像你爸爸这种状态的话就不灵了，所以就把他转到这边来了。”

“谢谢您。”

“父亲病倒了，你也挺不容易的吧？因为你是田渊君女儿的朋友，所以也不能见死不救啊！”

“只是这么豪华的医院……”

“不只是硬件设备，这里的员工也都是一流水准的，政治家们也经常在这里住院。”

“是吗……”

“费用的事你不用担心，因为是我擅自这么做的，所以由我来付。”

“怎么可以这样……”

“以后再慢慢说，”前田催促着桐山，“喂，走吧。”

“嗯。”

前田带着惠子从病房里离开了。小百合感觉像在梦里一样，冲着已经关上了的门不断地低着头。

充满愤怒的一天

“周一，这究竟怎么回事？！”极富穿透力的声音在S电视台的餐厅里回响着。

一瞬间，所有的人都暂停了用餐，中断了交谈，全都向大步走进餐厅的那位高个子的男士看了过去。当然，大家都知道那是谁——他是S电视台“新闻评论员”栏目的门面户部诚。

户部气冲冲地朝正在食堂角落里的那张桌子上吃晚饭的郡周一走了过去。

“周一，你给我解释一下！”

“什么事啊，这么突然？”

“你不可能不知道吧？你父亲直接下的指示！”

“我只是听说播放了独家新闻而已……”

户部拉了一把椅子坐下后说：“为我们提供证词的那个少女突然给我们发来传真，说‘全部都是我搞错了’。”

“是她本人的字迹吧？”

“是啊！”

“那事实肯定就是她所说的那样吧。”

“传真发过来的时间是六点四十二分，而六点半的时候你父亲就通知了编组，说‘新闻评论员的内容要变’，这是为什么啊？”

“我不知道，我也没有在监视着我爸爸啊！”郡周一有点儿生气地说。

“我们的员工马上赶往了那个女孩子的家，在她即将出门上车的时候拦住了她……你猜她当时正要去哪里？”

“谁知道……”

“拉斯维加斯！而且拿的还是头等舱的机票！即便这样，你还是坚持说没有什么奇怪的地方吗？”

郡周一叹了口气。“确实，户部兄你感到生气，这个我很理解。但是，我也没有什么办法啊！”

“是啊，”户部看上去好像稍微冷静了下来，“但是我不会放弃的，她也不是说要去拉斯维加斯定居，哪天回来了的话，我一定把她揪出来。”

“但是……”

“你跟你父亲说一声，虽然我不知道他们拿出什么作为交换的条件，但是去阻止新闻报道，这就等于电视台在自杀。”

郡周一苦笑了一下。“说够了吧？大家可都听着呢！”

“大家？”

“餐厅里的这些人就是大家……是吧？”

户部稍微笑了一下：“算了，假如被大家误以为是我自己撤回了报道的话就惨了。”

户部诚并不是台里的主持人。他原本是其他电视台的主持人，辞职以后便独立门户了。因此，就算是总经理也没办法轻而易举地把他排挤出去。

“找到什么可以替代的新闻了吗？”郡周一问。

“不管临时更改内容多么困难，我也不会播明星八卦的，而是要播围绕水库建设而产生的疑似贪污事件。这样一来，你父亲会更头疼了吧？还要让他们具体地曝出政治家的名字。”

“户部，你可多加小心哦，我作为一个旁观者都替你感到担忧。”

“你是担心我会有遭遇暴力袭击的危险吗？啊……人是不会那么轻易就死掉的。而且，只要我的言行一直受到关注，他们就不好出手。如果我们被吓得畏缩不前，无法再聚集世人的目光，那时候才是真的有危险了。”

周一一直对户部的职业精神非常敬重。因为很多事都是嘴上说说简单，却没有多少付出实践的人。

“亏得我还为了在众人面前露个脸，特意穿上了新西装。”户部说。

“那个……您的咖啡。”有位女士把咖啡放到了户部的面前。

“谢谢，”户部略微吃惊地说道，“你是这个电视台里的？”

“这位是黑沼里美。”周一说。

“哎呀，是这个败家子的女朋友啊！”

“太过分了啊，户部兄。”周一笑着说道。

“嗯，你坐吧……我马上就走，还要准备。”

户部有点强硬地让黑沼里美坐了下来。里美悄悄地看了一眼周一，这个小动作立马就被户部捕捉到了。

“‘户部诚对女孩子下手很快，多注意啊’，被周一这样警告过，对吧？”

“户部先生，没有这回事……”

“我知道，你一直都在到处喋喋不休地这么说，我可都听说了啊。可是，是黑沼……里美小姐吗？”

“是。”

“我每天晚上都要出现在电视屏幕上，假如带着女孩子去附近的酒吧之类的地方，那第二天整个电视台的人就全都会知道。在这样的立场下，你觉得我还能对女孩子出手吗？”

“啊……”

“这个家伙说的是他自己，不管怎么说他可是总经理的儿子啊！受到了他的邀请的话，没有哪个女孩子不会屈服的。尽管好像你也是其中的一个，但是要记住啊，不只有你一个，说到底你也只不过是他女朋友们中的一个。”

周一一个人独自苦笑着。

“那我走了啊……周一，这杯咖啡记到我们办公室的账上。”

“我知道了。”

户部站了起来：“那么，里美小姐，再见啦。”

“再见……”

里美将这句话说出口的时候，户部已经像一阵风似的走出餐厅了。

“哎呀哎呀，都冒汗了。”

“你们说的话我刚刚在那边的桌子上听到了，今天晚上的独家新闻，真的？”

“可能吧，”周一点了点头，“但是我什么都不知道，真的。”

“嗯，我相信你。”

“还有，户部先生后来说的那几句话，是他最拿手的玩笑，我……”

“原来你这么受女生喜欢啊！”里美笑了起来。

已经晚上七点多了，里美正在收拾东西准备下班。这个时间郡周一肯定还没回去。里美也没有什么特别的事可做，打算先去一趟最近这段时间一直都没怎么去的美容院。先预约一下吧。这样想着，她把手向电话伸过去。

“黑沼小姐！”

有人大声地叫着她的名字，把她吓了一跳。

“哎！”

“黑沼里美小姐？”她刚站起来，一位她不认识的女士便说道，“总经理叫你马上过去。”

尽管她听到了，可是事情太突然，里美吃惊得还是一动不动地站在原地。于是，对方又一次焦躁地说：“马上跟我过来！”

“嗯！”里美慌慌张张地走过去，差点摔倒。

会是什么事呢？和周一交往的事被他发现了，要让我们分手吗？里美只想到了这些。

“你就是黑沼里美？”

打开总经理办公室的门以后，郡总经理阴沉着脸，盯着里美上下打量了一圈。

“是……您有什么事吗？”

“就是因为有事，所以才叫你的，”郡说，“现在立马去 A 棚。”

“啊？”

“A 摄影棚，现在那里正在为《新闻评论员》的播放做准备。”

“户部先生的……”

“你知道吧？”

“当然了，那个……要我去做什么呢？”

“户部刚刚过来了，今天晚上独家新闻的事你应该知道吧？”

“据说……”

“他说因为把那条新闻撤销了，所以作为补偿，提出了‘想从今天晚上开始，让一个叫作黑沼里美的孩子成为栏目组常规主持人’的要求。”

他在说什么呢？里美并不是很清楚。今天，是四月一日吗？

“没有时间了，还得化妆，赶紧过去，一切全听户部指示。”

“总经理，栏目组的常规主持人是……？”

“以后每天晚上都会出现在电视上的，别随便请假啊，”郡说着挥了挥手，“赶紧去！”

“那我先去了！”她正要出去，“A棚……在哪里来着？”

“容易忘记愤怒的、通情达理的日本人，我认为我们非常有必要去颠覆这样的形象……原本来说，一旦生气了的话就会一直生气一整天才合乎情理……那么，今天的报道就到这里。”

户部诚对着摄像机说完后，摄影棚里面的工作人员却有点儿糊涂了。

还剩五秒……一般情况下，户部都会掐准时间一秒不差地结束。

刚刚想到这里，摄像机就切换到了里美的画面。

“这位是今天刚刚成为本栏目组常规主持人的新人。”户部突然说道，并给里美递了一个眼色。

里美正对着镜头说道：“我是黑沼里美，请大家多多关照。”

她比想象中的要沉着冷静许多。

一秒不差，剩余时间零秒。

“好，辛苦了。”

“没事吧？”和户部搭档的老主持人明石百代对里美说。

“灯光照得……我都快要神志不清了。”她坦率地说道。

“不过，中途的那条新闻你读得挺好的，新人基本上都会读得特别快。”

“我还什么都不懂……”

“户部时不时就会干这种事！”

“新人焦虑和惊慌失措的样子真好啊，给人一种天真烂漫的感觉。”

“我……真的会成为栏目组常规主持人吗？”里美问。

“刚刚他不是已经对着摄像机说了吗？那等于对着几百万的观众说了啊，不能撒谎的……不是吗？”

“可是，我什么都……”

“从明天开始，我来对你进行培训，”明石百代说，“你早来一个小时，进行发声训练。”

“嗯……”

开什么玩笑啊！每天？每天晚上都要做这种事？

当然，想坐上这把椅子的人多的是。这一点里美自己也知道，但是她并不是其中一个。户部到底在想什么啊？让自己成为栏目组常规主持人！人生真是讽刺啊！

里美对早早地就感叹起“人生”的自己感到毛骨悚然……

翻　页

成田机场，有个令人意外的面孔正在等待着。

“妈妈？！”美香感到非常惊讶，“您在这里干什么？是从什么地方刚回来的吗？”

“你这话真不中听啊，母亲不可以来接女儿吗？”

“可是……您明明连婚礼都没来参加……”

“那是因为不想和那么多人见面！”

说话的是一位看上去十分高贵的女士，衣着也比美香的气派很多。

“这位就是你老公吧？”

“清水真也……这是我妈妈，一直在和爸爸分居。”

“不用特意说明，”她开朗地笑着，“哎呀，真是个不错的男人啊，配你的话真是太浪费了。”

“不行！妈妈你去找一个与你自己差不多的男人！”

“没有人会对他出手的，”她盯着自己的女婿说道，“我是智子。美香跟你说了吗？说是因为玩得太过火了所以才分居的？那只是那个人单方面的说辞。”

“不要对刚刚蜜月旅行回来的女儿说分居啊！”

“也是，那再过两三天再说吧……你们的公寓我已经为你们收拾好了，想着带你们过去就顺便来接你们了。加东在那边等着呢。”

他们正推着旅行箱咔嗒咔嗒地走着，加东一路小跑着过来。

“欢迎回来，车就在前面。”

“谢谢。”

“吓了一跳吧？她就是一个容易心血来潮的人。我是不是和她有点儿像啊？”母亲和加东并排走在前面的时候，美香对自己的丈夫小声说道。

“但她是一个很阳光的人，不是吗？”真也说，“为什么把公寓……”

“啊，我妈妈啊，别看她现在这个样子，曾经可是室内装饰设计师哦。自己的女儿住的地方，不插手她心里可能就不舒服吧。”

“原来是这样！”

“就算看到了花纹奇特的窗帘，你也不要惊讶，我们之后换掉就行了。”美香说。

事实上，他们两个人要住的公寓看上去完全还只是刚刚完成的状态。要做什么样的内装？家具怎么摆放？美香的母亲根据产品目录决定好以后就一直不停地忙碌着。

想到母亲肯定擅自更换了很多东西，美香的心情变得有点沉重。可是，还不止这些……母亲好像要说些什么，美香已经感觉到了。

“老公你先上车吧，我和妈妈一起走，这样更方便你睡觉。”美香把大部分的行李放进加东开的车里后，对真也说道。

“那么，到那边以后见。”

“嗯。加东，拜托了。”

美香和母亲坐进了另一辆加东为她们准备好的租用轿车里。

“跟着那辆车走。”美香指示道，“他已经很累了。”

“是不是在那边玩得太尽兴了？”

“和妈妈你不一样，他可不是整年都在海外飞来飞去的人。尽管是留学生，但是毕竟很穷。”

“但是你好像很喜欢他啊，随便你吧。”

“他已经很累了，”美香又一次说道，“所以我不想让他听妈妈你发牢骚。”

智子苦笑了一下。“唯独对这些微妙的事，你的洞察力越来越好了啊！”

“是在车里面就能说完的事吗？”

“应该说不完。”智子的表情严肃了起来。

她正要从包里把香烟拿出来的时候，美香说：“不要抽了。”

“哎？你不抽了吗？”

“我说不定已经怀孕了，想从现在开始就小心注意。”

“啊……真的是会变的啊！”

“这就不用您费心了，”美香反驳道，“到底是什么事？”

智子把烟放回了包里。“你爸爸想离婚了。”

“啊？”美香感到非常意外，“为什么？”

“原因很简单，不是吗？他想再婚了嘛。”

即使对美香来说，这也是完全没有想到的事。与母亲分居而已，她一直认为这件事就会这样过去了。

“那么……他有别的女人了吗？不，他一直都有，这个我知道。想要结婚的对象……他有了吗？”

“有啊……但是，我也并没有追查过她是个什么样的女人，你父亲也很谨慎。不管怎么说，他可是现任的大臣，搞不好的话很可能会成为一件丑闻的。”

“我居然完全没有注意到，是从什么时候开始的啊？”

“你们去蜜月旅行的期间……唉，美香，连你的婚礼我都没有参加，你肯定觉得我是个很过分的母亲吧！可是……”

“事到如今，还说这个干什么……”

“不是的。他过来告诉我，让我不要出席。”

美香不由得向母亲严肃的侧脸看了一眼。

“我也……我也想看一下自己的女儿穿上婚纱的样子。即便是现在这种情况，我毕竟也是你的母亲啊！可是，勉强出席的话，很可能会和你父亲争吵起来。我不想让你的丈夫看到那样的场面。”

美香看到母亲的眼里含着泪水。

“我去问问爸爸！”

“算了，你不要干涉，”智子摇了摇头，“你将要建立一个新的家庭，有很多事情等着你去做呢。与你父亲的关系搞僵了的话，你家老爷也会很为难吧？”

“不要说‘老爷’，他才二十五岁。”

“那叫什么？真也吗？叫什么都行啦！我只想告诉你一件事，假如离婚的话，按照那个人的风格看来，他肯定会说是因为我出轨了，把以前的事扒出来数落一通。但是，你要记住，事实并不是那样的。”

“我知道了，”稍微冷静了一会儿，美香说道，“假如你知道了父亲想要结婚的对象，一定要告诉我！”

“就算发现对方是一个非常年轻的女孩子，你也不要感到吃惊，”智子说，“话说，黑沼里美是你的朋友吧？”

美香吃了一惊：“里美怎么了？”

“最近，她每天晚上都出现在电视上。”

“电视？”

“那个……叫什么来着，户部诚，一个新闻节目，她成了那个节目的常规主持人，我一直觉得好像在什么地方见过她。”

“里美啊？她确实是在那个电视台里工作……”

尽管心里一直都更在意小百合的事，但里美的事还是让美香大吃一惊。毕竟就连里美本人也都很吃惊，所以美香的反应也在情理之中。

美香用租用轿车里的电话拨通了里美的手机。

“喂？”

“里美？我是美香！”

“啊，欢迎回来！你是回来了，对吧？”

“对，现在正坐车从成田机场回去。里美，你变成新闻节目的常规主持人了吗？”

“是啊，真是完全没想到，现在每天都在接受严格的训练，我也不知道为什么变成了这样……”

“因为里美你非常漂亮啊！”

“本来训练就特别麻烦，还一直被纠正‘脑袋歪了’‘看摄像机的时候不要向上翻着眼珠’……嗯，被大家称赞‘好厉害’的感觉倒是还不错。”

里美很诚实。被人迎合奉承着，她不可能不开心。可是，说到底她也就是个电视台的职员，也不算什么明星。

“今天晚上也会出镜吗？”

“今天是星期六啊，周六、周日休息。但是，明石百代小姐的训练还等着我呢！”

“那就是星期一会看到你啦，我很期待哦，”美香说，

“对了，你最近和小百合联系了吗？”

“啊，我只是听淳子说过，她的父亲住院了。”

“是吗……那有时间了见面聊，公寓收拾好以后，请你们来做客。”

小百合的事该怎么办啊？美香必须做出决定了。前田哲三是怎么想的，必须得告诉小百合。真是项棘手的工作……

当然，美香这个时候还并不知道，前田已经把小百合缠到他的蜘蛛网上了……

“马上就到了哦。”智子说。

从高速公路上下来以后，轿车向着东京港区的安静居住区驶去。公寓大楼看上去比美香记忆中的还要雅致。

车开进了停车场，真也伸着懒腰从车上下来。

“睡着了吗？”美香问。

“嗯，一上车就立马睡着了。”真也有点儿害羞地说。

“看到我精挑细选的窗帘，你肯定一下子就清醒过来了。”智子说。

“不要说得这么恐怖，”美香挽住真也的胳膊说道，“哎，走吧。”

窗帘并不是她想象中的那种花纹艳丽的，还有面料，虽然都不是美香选的，但是，在这一点上她们母女的偏好很像。还有家具的搭配，让人觉得她母亲果然不愧是位室内装饰设计师。

“怎么样？不错吧。”

“嗯，谢谢，妈妈你也变得成熟多了啊！”

“对自己的母亲说什么呢，”智子笑着说道，“那再见了啊，什么时候有时间的话。我们一起吃个饭吧。”

“您这就要回去了吗？”

“还有约，那我走了。”

“我去送您吧。”加东说。

“麻烦你了。”尽管嘴上这么说着，但是她脸上完全是一副理所当然的表情。

“这里就是我们的家啦。”把母亲和加东送出门后，美香回到起居室说道。

“这是你爸爸买的，不能说是我们的吧。”

“你很介意吗？”

“也不是不介意，但是……我会慢慢习惯的。”

美香还依然像以前那样生活在自己的世界里，而真也走进了那个世界里。

“把行李打开吧。”真也说。

“等一下，”美香拉住了真也的手，“一会儿再开就好了。”

“可是……”

“过来。”

美香拉着真也向卧室走过去。一张特别大的双人床摆在那里。

她掀开了床罩："把窗帘拉上。"

与美香激情过后，真也又睡了过去。

在新婚房间里的新床上承受着真也的重量，美香感受到了从未体验过的满足感。男人，不管是谁都没有什么不同……尽管以前，她也怀着这样蔑视他们的想法与几个男人玩过，但是真也和他们不一样。或许美香也在寻找可以信任的对象，可以倾诉自我的人。这个时候，清水真也就出现了。美香从来没有相信过命运。但是，现在她体会到的安心感一定无法从其他男人那里得到吧。"命中注定的相遇"，这种东西果然还是存在的吧。

"我不会离开你的……"美香紧紧地抱着真也说，"绝对不会离开你的……"

真也动了动身体，翻了个身。依偎在平躺着的真也身上，美香也闭上了眼睛，立刻就睡了过去，一直到天彻底地黑了，他们两个人才睁开了眼睛。

听到电话铃声，美香睁开了眼睛。卧室里面一片漆黑。要去哪里接啊？美香一瞬间不知道该怎么办。电话……对，床旁边的电话肯定可以接。

"你好。"她终于摸索着拿起了话筒，

"我是加东，我过来接你们了。"

"接我们？"

“先生说要一起吃饭……刚刚我回去的时候，留下了一张字条……”

“我没看到啊。”

“因为夫人在，所以我也没有告诉您。”

“等一下……稍微等一下！”

美香把灯打开以后猛地摇了摇头，然后把真也摇了起来。

“快起来！收拾一下准备出门！”

他们两个人急忙冲了个澡，加上穿衣打扮一共花了差不多三十分钟。衣服是放在纸箱里运来的，所以之前还一直像那样放着。然而，他们两个人出门以后公寓床上的衣服啊，包啊都乱七八糟地堆着，好像是家里进了小偷一样……

乘坐着加东的车，他们向麻布的会员制俱乐部出发了。当然，田渊是那里的会员。

他们被领进一个雅间以后，发现田渊正在独自喝着酒。

“日本酒？可不要喝多了。”

“欢迎回来，”田渊微笑着说道，“看上去精神不错啊！”

“还好吧。”

“坐吧，食欲怎么样？”

“和正常人差不多。”

“我有很多话想要和你说，总之，边吃边说吧。”

美香以为父亲肯定是要说他和母亲的事。但是，从父亲的嘴里说出来的却是关于电视栏目《新闻评论员》的事。

“里美现在在那个栏目做主持呢。”

“嗯，我听说了。好像是因为撤销了那条独家新闻，户部提出作为补偿要让那个孩子成为那个栏目的常规主持人。他们之前认识吗？”

“不认识吧，肯定是因为里美在台里很引人注目。”

“不管是哪个圈子，男人和女人都是一样的，”田渊说，“总之，因为这次的事我在前田先生的面前越来越抬不起头了……美香，前田先生好像拜托了你什么事，对吧？”

“嗯，是有一件事，”难道要在真也的面前谈论把小百合撮合给前田？她完全说不出口，“明天什么时候，我再给你打电话。”

“嗯，务必给我打电话。我的地位也是全凭那位先生决定的。我们有的是钱，不管是什么事，没有什么搞不定的。”

一根出人意料的线，把美香、小百合还有里美全都连接了起来。这样的话，里美应该也无法继续做一名简单的“电视台的职业女性”了吧。还有，小百合呢？不管是谁……大学时候的伙伴们，几乎同时翻开了各自人生中崭新的一页。

“打扰了，”俱乐部里负责前台接待的一位男士走了进来，“清水美香是……”

“是我，结婚以后更换了姓氏。”

“不好意思！这封信刚刚到了前台……”

为什么会送到这里呢？美香把信从信封里拿出来，放在腿上打开了。

“旅途中没有什么不顺利的地方吧？”田渊和真也说着话。

美香把信塞回信封，然后放进了包里。幸亏田渊还没来得及问，菜就来了。

“快吃吧！”她故意欢闹着说道。

真也的食欲非常好。

美香一动不动地看着真也的脸。为什么我不可以拥有幸福啊？

信纸上打印着这样几个字：“只有你自己一个人得到幸福，这样真的好吗？西川勇吉就没有得到幸福的权利吗？”

歧路

“该怎样感谢您才好啊……”母亲一直不断地重复着这句话。

“妈妈，我去送她一下。”小百合有点儿急躁地打断母亲的话。

“啊，对……百忙之中还特意过来，真的非常感谢。”

“没关系，您多保重。”桐山恭敬有礼地点了点头，然后离开了病房。

小百合一边陪她向电梯走去，一边说道：“不好意思，我妈妈一直喋喋不休的。”

“没关系，”桐山微笑着说道，“这个世界上比你母亲还执拗的人多的是。假如这点儿事就把我吓住的话，我就无法胜任这样的工作了。”

小百合稍微松了口气：“我妈妈……从来没有工作过。从小娇生惯养，甚至大家都说她不谙世事……说实话，即便爸爸病倒了，她也只知道哭。”

“接下来该怎么办，还真是让人担心啊！”

“嗯，假如父亲能恢复过来，还能继续工作的话，倒也还好……我只是个普通的上班族，还养不了爸爸妈妈两个人。”

“有什么可以商量的朋友们吗？”

“嗯……大概，美香会帮忙想办法吧。”

“田渊先生家的小姐啊！”

“今天您还特意过来……真的非常不好意思。”

尽管说很担心，但是小百合并没有什么实际的感觉。事实上，她觉得总会有办法的。

尽管不是像美香那样的有钱人家，但是小百合的家境也算得上殷实。对一个没有经历过为生活所困的人来说，她也只能选择“想着‘总会有办法的’，而不去想这些事”这样的一条路。冷静地想一下的话，父亲什么时候能回去工作，她也不太清楚。而且，现在的公司会照顾他们到什么时候，她心里也完全没有底。尽管如此，让母亲出去工作——这是完全无法想象的。

但是……总会有办法的，肯定。

“你好，我要买这个。”

小百合拿着一本杂志正在结账的时候，有人突然拍了一下她的肩膀。

“美香！你过来看我了啊！”小百合激动得简直都想要抱住她了。

“当然啦！”美香微笑着说道，“你爸爸怎么样了？”

“没什么大的变化，医生说只是保住了性命就已经够走运了。”

“是吗，我可以去看望他一下吗？”

“啊……现在，我妈妈在那里。”

小百合很担心妈妈依然还在抱怨美香。

“去下面的咖啡馆坐坐吧，”小百合说，“也没有什么大事。”

“小百合……我有话跟你说，”美香说，“是非常重要的事，我们去个没有人的地方吧。你去和你妈妈说一声，就说稍微出去一会儿。”

“嗯……好。”小百合的心里突然紧张起来。

十分钟以后，小百合和美香来到了医院附近的一家酒店餐厅里。虽然吃饭的时间已经过了，但那是一家美香常去的餐厅，所以餐厅依然为她们开放了一个雅间。

点了杯咖啡后，美香先将从蜜月旅行中带回来的特产递给了小百合。

“谢谢……清水君，还好吧？”

“嗯……我也是‘清水’了啊！”

“啊，是啊。”小百合轻轻笑了一下，“我可以打开吗？”她捧着特产的包裹，“清水君……你老公已经开始上班了？”

“今天下午去单位和大家打了个招呼。”

“是吗，他已经不弹钢琴了吗？”

“公寓里面放着钢琴，但是他现在好像不怎么爱弹。”

小百合费了很大力气，终于把特产的包装盒打开了。

“好可爱！谢谢。”

里面是一只木雕的猫，这是美香特意为正在收集与猫相关的东西的小百合准备的。

“喜欢吧？在瑞士的一个小城镇上发现的，说是在那里雕刻的。”

“脸和日本的猫不一样啊……回家以后就把它摆起来，谢谢。”

美香模棱两可地微笑了一下。

小百合喝着咖啡。“话说，你见过里美了吗？她突然变成栏目组的常规主持人了，好厉害！”

“毕竟那个孩子很引人注目嘛！”

“就算是这样，肯定也引来了不少人的嫉妒吧。”

“里美可一点都不介意哦。”

“是啊，因为已经习惯了吧。”

“让其他的女孩子吃醋就好像是她的兴趣爱好一样，”美香接着说道，“为什么会是小百合你呢？我也搞不明白。”

“你在说什么啊？”

“你听我说，”美香说，“我受到了别人的嘱托，让我和你谈一谈。”

“受到了别人的嘱托？”

“是前田先生。”

“美香，你知道些什么吗？我也非常在意。爸爸住在这么了不起的医院，而且还是那么气派的单间里……”

“当然是有原因的啊……那就是小百合你。”

“我？我听不懂。”

“在我的婚礼上，前田先生看到了小百合你，然后他就看上你了。所以，你爸爸的事也这么……”

“等一下，美香，这是……”

“我挑重点的说了啊，”美香的语调变得正式了一点，“前田先生想让小百合你做他的情人。他说，假如你能满足他的愿望，住高级公寓、生活费就不必说了，他还会支付让你可以过上你想要的生活的补贴。这家医院的费用也是，全部都由他来承担。”

小百合呆呆地听着，一动也不动。

“我也很难过，觉得这种事很荒唐，但是不管怎么说，毕竟小百合你现在很为难。”美香不自觉地加快了语速，“你爸爸什么时候才能工作，谁也不知道？你妈妈也不是那种可以出去工作的人，就凭小百合你一个人的收入，住院的费用你也无法全部筹到吧？”说到这里，美香低下了头，“当然，不管怎样，这种事也太过分了，是吧？作为你的朋友，我竟然跟你说这些，真是太过分了。”

小百合好像连呼吸都忘记了一样，呆呆地坐着，身体一动也不动。

“小百合，”美香转换了一下心情，“能不能想想什么办法啊？就算不花这么多钱，也有好一点的医院。把亲戚们聚集起来，能让他们帮忙想想办法的话……还有你妈妈，现在这种情况，说不定她会说自己要出去工作。”

可是，小百合连美香之前所说的话都还没有完全理解。

“他竟然有这样的用心……”她慢慢地点了点头，“但是……确定没有搞错吗？他为什么会看上我呢？里美或者是美香你的话，我倒是还可以理解。”

“小百合，你也见过他本人了，不是吗？不可能会搞错人的。”

“是吗……”

“你也不需要马上就决定……唉，肯定会有其他的办法的。”

小百合终于看着美香说道：“那样的话，美香你不会感到为难吗？”

“我没事的，为难的是我爸爸，不是我。”

“是啊，美香你也已经有清水君了，”小百合稍微出声笑了一下，“美香你得到了清水君，还有两个人单独的生活。我呢？父亲病倒了，母亲只知道一个劲儿地发牢骚。而且，看上我的竟然是一个七十岁的爷爷！”

“小百合……”

“够了！为什么美香你得到了一切，而我却要把一切全部都失去啊？清水君也是，原来他明明是我的男朋友啊！”她的情绪不断地高涨，声音越来越高，眼泪也溢了出来，“这种事，是朋友会干的事吗？夺走别人的男朋友，还在这里说什么假装同情的话！真是太自以为是了！”小百合站起来继续说道，“开什么玩笑！这种事谁会答应啊！我宁愿咬舌自尽！”

她打算要离开了。

“小百合……”

美香试图想要阻止她，小百合回过头向美香的脸上扇了一巴掌。两个人都惊呆了，正一动不动地待着，门突然开了。

“发生什么事了吗？”餐厅的工作人员走过来问。

“没什么事，没事。”美香说。

门关上以后，小百合浑身无力，用沙哑的声音说道：“对不起……”

“没事。”

“怎么会没事，你明明在为我担心……美香，对不起，”小百合摇了摇头，“现在我什么都思考不了，对不起……”

“嗯，回医院吗？我送你回去吧。”

“我自己一个人回去……我自己一个人，没事的。”

“那么……小百合，有什么我可以帮得上忙的话……”

小百合默默地走了出去。美香重新坐回到椅子上，慢慢地喝了口咖啡。

“小妾”这个词浮现在了小百合的脑海里。这是什么时候的事啊？原来现代也有这样的事！

小百合回到父亲所住的医院时已经筋疲力尽了。往回走的那段时间里，她什么都没能思考，也不想直面现在的状况。什么都不想考虑……总之，最少今天晚上她想放空脑袋好好地睡一觉。

她走进父亲的病房时，母亲正在沙发上打着盹儿。小百合站在她的旁边，低着头看了她一会儿，可能是因为感受到了气息，母亲睁开了眼睛。

“回来了啊！”

“嗯。”

“这沙发真是不错啊！根本无法想象这里是家医院，感觉这个房间就像是酒店的房间一样，”母亲开心地说，“必须得好好感谢一下把他转院到这里的那位先生，他叫什么来着？”

“前田哲三。”

“前田先生啊，该给他送些什么呢？”

“不用了吧。”

小百合这么说是想要表达没有那个必要的意思，可是母亲却好像理解反了。

“他喜欢什么呢？已经上了年纪了是吧？”

“确实是，七十岁了。”

而且，是想要拥有我的身体的七十岁。

“这样的话，送一些老少皆宜的东西会比较好吧，网纹甜瓜怎么样？两万日元左右的应该就可以了，他的住址你知道吗？”

妈妈……两万日元的甜瓜？我们接下来该怎样生活啊？小百合现在不得不考虑这件事了。

她的母亲池内瞳是一个比小百合还不愿意直面现实的人。父亲住院后，也是小百合一直在陪伴和照料着他，而母亲瞳却完全不想接受丈夫病倒和失业的这个事实。与其说是担心，倒不如说母亲在生父亲的气。

“明天他肯定会好起来，然后去公司上班的。”不管医生怎么说，她都坚信着这一点。

母亲也无法帮忙分担这些生活的重担……

但是，你是我的母亲，这是永远也不会改变的事实。一直睡着的、不知道什么时候才能醒过来的那个人也永远是我的父亲……

那么，现在能够工作养家的就只有我一个人了……

“池内小姐，”一位护士走了过来，“有人来看望病人了。”

“嗯。”

小百合来到走廊里，看到桐山惠子迎面走了过来。

“您还特意过来了，谢谢……”

“先生马上就到。”

“啊？”

“前田先生也很挂念你父亲现在的情况。”

说着，电梯门打开了，前田哲三从里面走了出来。

“妈妈！前田先生过来了，”小百合走进病房里对母亲说道，“快把头发整理一下！都睡乱了！”

“啊……前田先生？你怎么不早点说。”

母亲惊慌失措得不知如何是好了。

“照着镜子，整理一下！”

小百合向走廊里走了出去，然后关上了门。

“哎呀，”前田微笑着说道，“我想着来看看情况怎么样了。”

“各种琐事麻烦您了，非常不好意思。刚刚我母亲说，想和您打个招呼……”

“你母亲现在在里面？太好了，我也想要见她一面。”

“稍等……请您稍等一下。”

小百合偷偷地打开门往病房里面看了一眼，母亲正站在镜子前面拼命地补着妆。

“妈妈！好了吧？”

“等一下……脸上太不像样的话，很没有礼貌啊！”

"快点！"

小百合感到非常恼火。正在照料丈夫的妻子即便有点儿邋遢，不也是理所当然的吗？但是，母亲为了不显得"不像样"正一心一意地打扮着。

小百合真想找个地缝钻进去。

头发乱也好，一脸疲惫也好，让恩人在走廊里面等着，这才更加没有礼貌啊。对于这种事，她的母亲却完全注意不到。

门终于开了。

"哎呀，您就是前田先生吧！这次真的受您关照了。"

"没有没有，您丈夫的病情我都听说了，太太您也很担心吧。"前田和蔼可亲地说道。

"这个病房真的是太好了，该怎么感谢您呢……"

夸奖病房的妻子也是很少见的吧？小百合简直都想去死了。

"能帮上您的忙，我就非常知足了。"前田说。

"谢谢，小百合的父亲变成了这个样子，我们都不知如何是好了。您的亲切热情我永远都不会忘记……"

"即便是亲戚们，大家也都过得不怎么轻松，应该也是爱莫能助吧。这种时候，才会深深地体会到人世间的无情。"

前田的言语中蕴含着一种好像要把人包裹起来宽厚的说服力，散发着一种站在众人之上的人所特有的自信与从容。这一点立刻就抓住了小百合母亲的心。

“虽然我也没有恨过别人，可公司那边没有任何人过来看望过我们。我丈夫那么拼命地工作，到底是为了什么啊？一想到这个我就……”

话一出口，母亲就好像是受到了自己话语的感染，眼泪不断地冒了出来。

“太太……振作起来！”

前田温柔地拍了拍母亲的肩膀，让她坐到了沙发上。小百合则在旁边一动不动地看着这一切。

“我也会尽最大的努力帮你们的。”

“我们明明非亲非故的，承蒙您能这么说……”

妈妈你什么都不知道……温柔地轻拍你肩膀的那双手在渴望着你女儿的身体啊！

“人会在什么地方以什么样的方式相遇，这谁也说不清楚。”前田平和地说道。

小百合走出了病房。对别人的施恩不感到任何抵触的母亲，她实在是看不下去了。一个毫无关系的人为什么要帮助你到这种程度？母亲一点儿都不会觉得奇怪吗？

小百合走到走廊里，在长凳上坐了下来。她感觉自己身处一种完全无能为力的处境之中。没有其他的路可以走了吗？问问别人的话，肯定会得到各种各样的答案吧。但是，最终谁都不会来帮小百合他们。她的父亲的住院费用以及明天的伙食费是必需的东西，而道德上的约束，他们是无法靠这些活下去的。

桐山走了出来，和小百合并排着在长凳上坐了下来。

“先生和您的母亲正深入地交谈着，”桐山说，“他们好像很对脾气。”

小百合默默地盯着病房的门……假如我说了“可以”的话，父亲就还可以继续待在那里。

“你听说了吗？”桐山问，“从美香那里。”

“听说了。”

“肯定吓了一跳吧？不过，你不要想得太复杂。先生已经不年轻了，你未来的路还很长，是吧？”

“嗯……”

“不要担心。先生是一个信守约定的人，只要你不违约。”

小百合看着桐山说：“前田先生……假如厌倦我了怎么办？到那个时候，我爸爸还有妈妈应该也会被赶出去吧？”

“不会发生那种事的，我保证。”桐山强调道。

“但是……”

“就算有一天他与你之间的关系结束了，他也会提供充分的保障，让你和你的父母可以好好地生活下去。而且，万一先生去世了的话，他也会认认真真地写下遗书，不会让你们为难的。”

“我知道了。”稍微过了一会儿，小百合说道。

“可以吗？”

小百合沉默着点了点头。

她点头了……她同意了。

小百合随即意识到自己后悔了，她的脸色变得苍白。可是，即便后悔了，她依然没有其他的路可以选择。

“太好了，”桐山握住小百合的手说，“你这么痛快就同意了，太好了！以后，我会做你最好的朋友，可以吗？如果有什么担心的事、不懂的事，不管是什么都可以尽管来问我。”

“嗯……”小百合用沙哑的声音回应道。

“我知道你很不安，没事的，先生绝对不会勉强你。尤其是你这么年轻，像个孙女一样，他一定会对你非常温柔的。”

不过，桐山的笑容也没能让小百合变得安心一点儿。

“我有一个请求。”小百合说。

“说说看。”

“我妈妈那边……桐山女士您来跟她说吧。”

“好的，我知道了。”

“还有，这件事要对我爸爸保密……请把这一点也告诉我妈妈。”

“我知道了，一切就交给我吧。”

之后，小百合好像浑身都失去了力气，就像是在听别人的事一样。

“以后的生活会变成什么样子呢？”她这样喃喃自语着。

母亲和前田的笑声从病房里面传了出来，我像那样笑过吗？我说不定再也不会笑了。不，尽管还会笑，但是学生时代的那种明朗轻快得像羽毛一样在空中飞舞的笑声应该再也不会回来了吧。小百合并没有因为母亲的笑声而生气……此时的她已经不再是从前的小百合了。

隐形的牢笼

“真是一个让人非常有好感的青年，”田渊弥一说，“总之，第一印象好像格外不错，真是可喜可贺。”

“当然了，”美香得意地说，“毕竟是我老公啊！”

“过奖了，”清水真也说，“说第一印象不错，就是说没有其他可以夸奖的地方了。”

“别人夸奖你的话你要坦然地接受，贬低的话当场都扔到垃圾桶里就行了。”田渊的笑声非常豪爽。

“还有，池内小百合的事……”吃饭的时候田渊突然提起这个，美香猛然倒吸了一口冷气。

“爸爸，小百合的事……”她看着父亲。

“嗯……也没有什么大事，前田先生说让我替他向你问好。”田渊对女儿的丈夫与小百合的事知道得并不是很清楚，看到女儿的目光才感觉到自己说了不该说的事。

“这不是大臣嘛……”这时，来了一位正要离开餐馆的熟人。

“哎呀，好巧啊！”田渊从座位上站了起来，“下次要不要去参加高尔夫比赛啊？”

父亲一边这样说着，一边向餐馆入口的方向走了过去。

爸爸，你真是的！美香悄悄地冲着父亲的背影瞪了一眼。

“小百合的事是怎么回事啊？”真也问道。

“啊……小百合的父亲病倒了，我不是跟你说过吗？”

“嗯，这个我倒是听说了，可是前田先生为什么要向你问好啊？”

美香喝了一口葡萄酒：“好好喝，我就喜欢这样香醇的味道。”

她想争取一点时间。父亲回来了的话，也就能转换话题了……

“小百合的父亲所住的医院是前田先生介绍的，在医院里也受到了他很多的关照，”美香说，“所以我白天的时候给前田先生打了个电话，想跟他道个谢。可是先生太忙了，所以我就托秘书转达了。所以，先生……”

“是这样啊……可是他们还真是不容易啊，短时间内应该还出不了院吧？”

“好像是，过一段时间后，我打算去看望一下。”

“嗯，去吧，照顾病人是很辛苦的。”真也看上去好像是接受了她的说辞一样，美香松了口气。

三天前，桐山给美香打电话了，报告说小百合一切全都“答应了”。听到那件事的时候，美香一时间什么话都说不出来。

“什么都不必担心，之后的事我会对她多加关照的，”桐山说，“帮了很大的忙，真的谢谢你！”

“不用……”

把好朋友送到了一个七十岁老人的床上，放下话筒以后，美香的手颤抖起来。最令她担心的是，真也早晚有一天会知道真相的。尽管这件事应该也不至于让他们夫妻之间出现裂痕，可是真也一定会对小百合感到同情的。然后，当他知道美香知道这件事却什么都没有说的时候，他会怎么想呢……他应该不会责备美香。可是，对于小百合的处境，真也肯定会感觉自己有责任吧。他就是这种人。

这样一来，既然小百合的青春将要被埋葬在“情妇”这一牢笼之中，那么，她心中对真也的情思肯定也会在某天突然继续燃烧起来吧……

父亲回来了。

“哎呀，一说到高尔夫就停不下来了，你平时打高尔夫吗？”他一边坐下，一边向真也问道。

“一次也没有打过。”

“最好要学会，有时候重要的事就是在草地上决定的。”

“不知道怎么回事，总是提不起兴趣来去干那种事……”

“那就是像驾驶证一样的东西，掌握了不会吃亏的。也没有必要打得特别好，只要掌握了打法，平时聊天的时候说到这个，你也就可以跟上话题了。”

“嗯。”

真也对应酬这种事并没有兴趣，这一点美香也很了解。

“在打高尔夫之前必须先把工作学好，把高尔夫放在后面学也行。”她轻松地说道。

“……先生，”秘书加东不知道什么时候站在了他旁边，“差不多该走了。”

“啊，我知道了，”田渊反而像是松了一口气一样，“你们两个慢慢吃吧……清水君，再见啊。”

“谢谢。”田渊和真也握了下手，然后快步走出了餐馆。

“今天早上的事，总理传话过来说……”

加东一边走着一边拿出了笔记，他们说话的声音都传到美香和真也的耳朵边去了。

“吓到了吧？”美香说，“竟然还和自己女儿的丈夫握手……你不要介意啊，父亲他见到人就想握手，这是政治家的习惯。”

“没关系，你也是，不用这么为我担心，我也没有那么不谙世事啊，”真也看着葡萄酒瓶说，“还有呢，还喝吗？”

“虽然很可惜，但是我不喝了。”美香摇了摇头。

“不舒服吗？”

“不是这个意思……假如现在怀孕了的话，喝酒就不好了，所以我要稍微控制一下酒精。”

真也看着美香，好像有点儿吃惊。

“喂……假如是真的，你觉得怎么样？太快了吗？”美香问。

“我倒是没什么，但是，你呢？”

是啊……假如是以前的美香的话，应该会想着“两个人先好好地玩一段时间”吧。但是，现在不一样了。与两个人一起去旅行、一起去兜风相比，她更想要真也的孩子。

“不知道怎么回事，母爱好像突然觉醒了一样。”她有点儿害羞地笑了。

“那不是挺好的嘛……那么，赶紧鼓足干劲儿，多摄取点营养吧！”

“喂！我不可以变得太胖啊，”美香笑着说道，“不过，甜点还是好好地享受吧。”

美香要来了甜点的菜单，正低头看着的时候，一个服务员走了过来。

“清水，有电话找您。”

“我吗？”

“找您太太。”

“哦，会是谁呢？”

美香站起来，向餐厅的柜台走了过去。

“对方嘱咐说不要把电话拿到座位上去……”服务员说着，把话筒递给了她。

“谢谢。喂。”

“美香？对不起啊，在你吃饭的时候打扰你。”

“小百合？看来你对这里很了解啊！”

“我问了你的父亲。”

“是吗，你现在是从哪里打过来的？”

“前田先生的府邸。”美香顿时哑口无言，小百合用明朗的语调接着说道，“这座府邸简直太气派了，我几乎都要迷路了，走廊什么的也很宽敞……说是建成已经有差不多五十年了。”

“先生自己的宅子？”

“嗯，说是只有大约十个人来过这里……好像我是个特例。”

“小百合……”

“为什么会是我呢？到现在我也没能搞明白，虽说也是每个人各有所爱吧。”

“小百合……对不起，没能帮上你。”美香说。

“别这么说……毕竟也不能让美香你来养我们一家三口人。”

“这个……倒也是。”

现在的美香又能说些什么呢?

“昨天我把工作也辞了，没有什么事做，感觉好闲啊，”小百合笑着说道，“他给我买了一间公寓，在麻布……尽管现在家具还很少，收拾好以后你要过来玩啊。”

“嗯……我会去的。”

稍微沉默了一会儿，小百合说：“你老公，也和你在一起吗？”

“嗯，让他接电话吗？”

“不用了！”她像条件反射般说道，“不用了，你什么都不要说。”

“是吗……我知道了。”

“尽管他早晚肯定都会知道的，但是美香你在他面前也暂且先装作不知道吧。”

“嗯。”

“那个，你知道吗……这个电话，是在以前的老电影里看到过的那种黑黑重重的拨动拨号盘的那种，我还以为这个不能用呢。”

“小百合……你恨我吗？”

“怎么会呢？我们是好朋友，不是吗？虽然前一段时间我对你说了很过分的话……但请你理解一下，我当时受到的打击太大了。”

“嗯，我当然知道。”

“美香……前田先生马上就洗完澡出来了，我刚刚已经洗完了，现在穿着浴衣呢……我现在在一个好宽敞的日式房间里，得有十几张榻榻米那么大吧。尽管铺上了被子，但是我还是感觉太宽敞了，好不协调啊！”

美香什么话都说不出来了。

“那我挂了啊，”小百合说，“刚刚有点……想听一下你的声音，那，再见了。”

“嗯……随时给我打电话，打手机也可以。”

“谢谢你……美香。”

“谢我什么？”

“不要逼我说肉麻的话啊，那我挂了。”

“小百合……”

电话已经挂断了。

是在做噩梦吗？不，不是。现在，小百合正一个人待在前田的寝室里。

美香回到了桌子旁。

“是谁打来的？”真也问。

“那个……以前的朋友们。”

并不是我的错，每一个人都有他无法抗拒的命运……对，就算我再怎么苦恼，现在也救不了小百合。我要保卫自己和丈夫的生活，这是现在的我应该做的事……

“老公，你也吃点什么甜的东西吧？”美香说。

“我也会长胖的，怎么办呢？”

“你是想让我一个人长胖吗？不行！”美香说，“随便选一个！”说着，她把菜单放到了真也的前面。

隔扇打开了，前田走了进来。

“哎呀，彻底洗晕了，”他用轻松的语调说，“不冷吧？”

“不冷，没事。”

“刚刚打电话了？”

“不好意思，稍微……”

“哎呀，没关系。打个电话而已，想打就打吧。”

刚从浴室里出来的前田有点儿发热，脸色非常好，完全不会给人一种“老人”的印象。

“到被子里来吧，过来。”

“嗯，”站起来以后，小百合踉跄了一下，“腿……麻了。”

她感觉自己非常没出息，难为情地笑了一下。

“现在的年轻人，根本就正坐不了啊，”前田笑着说道，“我帮你按摩一下腿吧。”

“没事……太不好意思了！”

小百合好不容易挣扎着走到被子旁边。前田拉住她的手，让她在他身边躺了下来。

“眼神看上去好悲伤，”前田说，“我那时就是被你的眼神所吸引的。”

“这个……从来没人对我这么说过。”

“那些年轻人是不会明白的，理解你的可爱之处的只能是明白世间之事的成熟的男人。”

前田的手向小百合浴衣的接缝中伸了进去。

“先生……”

“怎么了？”

“我……不是处女。”

“我知道。但是你以前所知道的只是男孩子，不是男人，你会慢慢明白的。”

“先生……请把灯关掉吧，把灯……”小百合没有再重复。

夜，长久地持续着，好像永远都不会结束一样。

第二夫人

“总之，这让我们很为难！”

带有怒气的声音在走廊里回响着，与他擦肩而过的员工全都不由自主地回头看了过去。

在走廊里用手机和客户通话的是清水真也。他刚刚开完会，现在正在返回自己座位的途中。

“请按照最初约定好的那样办，那也是好不容易才得到我们领导的批准的。到这个时候才说什么与预计的不一样，怎么可能说出口，”真也停下脚步说道，“……那是你们的原因，和我们没有关系……那样的话只能转给别人了，要倒闭的话就早点告诉我们啊！”说完以后，真也挂断了电话。

他刚刚叹着气回到座位上，就听到一位坐在他附近的女员工说：“清水先生，您太太来电话了，说回来了以后让您立刻给她回个电话。”

美香？会有什么事呢？他马上用桌子上的电话给家

里打了过去。

“喂。”

“啊，老公，对不起，在工作的时候打扰你。”

“没关系，刚刚开完会。怎么了？美千流感冒了吗？”

“确实是小美的事，”美香笑着说，“刚刚她一个人站着走了两三步！”

真也和美香的“小公主”才刚刚出生十个月。学会走路，这是一件很大的事。

“你拍照片了？”

“没拍到，太突然了啊！”

“把录像机一直开着不就好了吗？”

“别胡闹了，我也很忙的啊，”美香笑着说道，“总之，回家以后敬请期待！”

“我知道了。”真也笑了。

“今天晚上可以早点回来吗？”

“谁知道呢？假如能早点回去的话我给你打电话……那我挂了。”

把电话挂断以后，真也不自觉地端起了桌子上的茶杯。茶很烫，他喝了一口以后才察觉到，然后他转过头向后面座位上的杉山明美的方向看了过去。

“杉山小姐？”

他稍稍举了一下茶杯，然后她闪闪发亮的大眼睛调皮地回头看了一眼，微微地点了点头。为了表示感谢，真也也向她微笑了一下。就算是这样微不足道的动作，在公司这样的环境之中也有可能会被当作一件特别的事。

从短期大学毕业后进入这家“S 兴业”的杉山明美才刚刚二十一岁，是个热情开朗的孩子。不管是谁，只要注意到了，她都会为他们倒杯茶。但假如对方是真也的话，周围的人的目光就会变得异样。

尽管清水真也进入公司还不到两年，但是“田渊大藏大臣的女婿”这样的身份却有种不同寻常的意义。因此，他只是与杉山明美热情地说说话，她都有可能会受到无情的中伤。

还有十分钟，午休时间就到了……真也慢慢地品味着茶杯里的茶。

十分钟的话，还可以打三通电话。发现自己竟然正想着这种事，真也被自己吓了一跳。实话说，他从来没有想过自己能够适应这样的“上班族”的生活。这给他带来了一种“自己只是一个平淡无奇的普通人”这样的挫败感，同时又有一种奇妙的安心感。

“清水先生，”周围的座位上都没人了以后，明美说道，“您太太的电话，都说什么了？”

“说女儿自己走路了。”

“我就觉得会是这样！恭喜！”

“谢谢。”

“当小孩子真好啊，只是走路就会受到夸奖。”她夸张地叹了口气。

“你也有个小侄子吧？”

“嗯，但是他已经过了只是走路就让人欣喜若狂的时候了，他现在都可以像战车一样轰轰地跑来跑去了。”

“说得太形象了。”

“被他撞一下的话，我反而会摔倒，真是厉害得不得了。”

“我们家的孩子，也马上就会变成那样吗？”真也说。

电话响了，是手机。

“喂。”

“真也？”

“啊，是你啊。”

原来是小百合。

“我是从车里打过去的，你可以听到吗？”

“嗯，可以听到。”

“已经开始午休了吗？”

“还没有，还有差不多五分钟。”

“好像很忙啊，真想让你分一点儿事给我做做，”小百合笑着说，“哎，门票，还可以拜托你吗？”

“可以啊，当然了，这次想听什么音乐会啊？”

“阿什克纳齐的独奏会，三得利音乐厅的。”

“啊，应该没问题，我知道一家音乐事务所。”

“太好了，那我要两张。”

“拿到后我和你联系，”真也记着笔记，“你……还好吧？”

“还行吧，美香和‘小公主’还好吗？”

“好得不得了。”

话音刚落，午休的铃声响了。

“啊，午休时间到了吧，不好意思，打扰了，”小百合说，“我再给你打电话啊！”

“嗯，好。”真也像松了一口气一样放下电话。

你现在怎么样了？对着小百合，他也不能这样问。

回过神来的时候，他发现大家都已经离开座位去吃饭了。真也慢慢悠悠地站了起来，向电梯间的方向走过去。

小百合把自己的手机关掉以后放回包里。

“您要去哪里？”司机目不转睛地直视着前方这样说道。

“啊，忘记告诉你了是吧，不好意思，”小百合笑着说道，“去B酒店。”

“好！”

司机叫作八田，但是他们相互之间从来不叫对方的名字，也不说多余的话。但是，小百合每天都去了哪里，待了多长时间，八田会把一切都告诉前田。这一点是确定无疑的。

鲜艳的蓝色奔驰车一开进B酒店的停车门廊里，马上就有一名男服务员跑了出来，在车停下的那一刻帮忙打开了车门。

“欢迎光临，前田女士。”

小百合一言不发地从奔驰上下来，走进酒店……吃饭要花多长时间什么的，根本不需要解释这些。

一进入大厅，小百合就乘电梯上了二楼。二楼有几家餐厅，不管是哪家对小百合来说都很熟悉。可是今天小百合没有走进其中的任何一家，而是又向电梯走了回去。

她乘坐电梯来到地下停车场。小百合的奔驰车应该是停在酒店的大门前面，而地下停车场有出租车的乘车处。

“去N医院。”她上了正在等待客人的出租车以后，说了这么一句话。

十分钟应该就能到了吧，她已经预约好了。出租车一开出去，小百合就闭上了眼睛。今天可能会成为一个重要的日子，决定小百合人生的日子。

小百合深深地吸了口气。尽管没有睡，但是她总觉得假如就这样把眼睛睁开的话，一切就都会回到以前一样——健健康康地去上班的父亲，轻松休闲的母亲（这个倒是不会变），还有年轻时候的自己。

但是，她知道，时间永远无法回转。

何况，小百合自己也已经变了。前田哲三至今也依然还是政界中隐形的实力派，而小百合一直被称为“前田先生的第二夫人”。

前田的妻子比前田大三岁，现在隐居在故乡金泽。事实上，知道前田的妻子还活着，也是她做了前田的“情人”并生活在他的公寓里以后的事。这件事本身对小百合来说是完全无所谓的，因为适应现在的处境已经让小百合筋疲力尽了。

还有……

“正门可以吗？”司机问道，她睁开了眼睛。

“嗯，可以。”

尽管医院里现在是中午的休诊时间，但候诊室里依然挤满了患者。晚秋，是感冒开始流行的季节。

小百合敲了敲门。

“请进。”一个听上去有点儿粗的女人的声音传了过来。

“您好。”小百合走进去关上了门。

“啊，您好……请坐。”

接待她的是一位身体健壮的中年女医生。

“抱歉，我来晚了……”

“没关系的。”

那位女医生摘下眼镜，向上挽着白大褂的袖子。小百合战战兢兢地在椅子上坐了下来。

“检查的结果，”女医生说，“确实是怀孕了。”

“是吗……”尽管小百合已经知道了，但是又一次从其他人的嘴里听到这种话，她心里还是感到很复杂。一瞬间，她感觉自己好像是在做梦一样。

“果然是，”她自言自语道，“是真的啊！”

“正常的话，这个时候应该对你说恭喜的……”那位女医生用男性一样的口吻说道。她是小百合姑母的朋友，以前小百合就经常找她看病。

“谢谢。”小百合低下了头。

“打算怎么办呢？”

“这个……还没有想好。”

“现在刚两个月多一点，假如要打掉的话，要趁早，这样对你的影响也比较小。”

“嗯。”小百合一时间只是低着头，双手搭在一起放在大腿上。

“你爸爸的情况怎么样了？”

“语言能力正在慢慢地恢复，但是他自己好像也非常焦躁。”

“我理解，肯定会的……你的事你爸爸知道吗？”

“我没有说，但是不知道我妈妈有没有说……毕竟她是那样的一个人。”

“假如他知道了之所以他可以在那里住院，是因为你牺牲了自己的话，这肯定也会成为他焦躁的原因吧。”

“我也不敢说他什么都不知道，但是我一直也没怎么去过……”

即便如此，她穿着价格很昂贵的套装去看望过他几次，父亲肯定会觉得奇怪吧。但是，他什么都没有问过小百合。他肯定是不敢问吧。

“谢谢，”她又一次道谢道，然后站起身来，“我会好好考虑一下。”

“有什么需要随时和我说。”

“嗯。”

小百合走出了房间，又乘坐出租车回到了 B 酒店，然后在餐厅里吃了个午饭。

时而害喜的感觉就像细微的波纹一样在她的身体里面骚动，让她无法长期放任不管。

告诉他自己怀孕了的话，前田会怎么想呢？完全无法想象……她也已经适应了“情人”这样的身份了，就算前田再怎么有精神，他最多也就只剩下十年了。

可是，假如成为“母亲”的话就又是另一回事了。把肚子里的这个孩子生下来，基本就等于是决定了自己的人生——即使是前田去世了以后，自己也不得不继续作为前田的情人生活。

“您觉得味道怎么样？”餐厅的老板走了过来，和蔼可亲地对她说道。

“嗯，很好吃，谢谢！”

在经常去的酒店还有餐厅里被当作 VIP 对待，这给她带来了一种快感。假如没有“前田”这个名字的话，这些是根本无法想象的。另一方面，小百合的心中也对不断适应了这种生活的自己感到害怕。

但是，决定我的人生的，并不是我自己。

“我去给您端一杯咖啡。”一个服务员说。

小百合默默地点了点头。“等一下，”她又叫住了他，“今天要奶茶。”

“我知道了。”

或许最好避免喝咖啡——小百合几乎是在无意识地这么想着。

苏　醒

“观众发来的传真呢？”一走进接下来要开碰头会的职员室里，黑沼里美便问道。

“就是这沓。”

“内容好好地检查过了吧？可不能再发生上次那样的事啊！”说着，她拉出椅子坐了下来。

“我已经好好地读过了。”

“这是理所应当的……喂！这个字太小了吧！我不是说过了吗，假如传真的字太小，读起来会不方便，要扩印一下。”

“我立马就去办。”

“快点啊！”

那名员工跑了出去，同时，户部诚走了进来。

“怎么了？她一脸苍白地飞奔出去了。”

“传真必须得搞得让人读起来方便一点才行啊，相同的事都说了好几次了，”她一边翻看着传真一边说，

“看上去有趣一点儿的，一封都没有！”

“稍微渲染一下嘛，那也是一种技能。”

“我可和户部先生您不一样，没有当场编造文章的惊人技艺。”

“说什么呢，你是可以做到的啊！”

在一把隔得有点远的椅子上坐下来以后，户部便读起了今天晚上的新闻稿。

“这个顺序……”

里美本来想和户部说一下，但是她又放弃了。

户部一旦专心致志地读起原稿来的话，不管谁跟他说话，他都不会注意到。这份超强的集中力也让里美十分佩服。

还有时间。

其他的员工一个接一个地走了过来。

“您好……”他们和她打着招呼，但是一看到户部的样子便又都急忙闭嘴了。

不可以打扰户部——这是大家心照不宣的共识。不管怎么说户部既是这个栏目的“脸面”，又是这个栏目的“头脑”。

“里美，要咖啡吗？”

“拜托了。”

对话也都以最简练的方式进行。

里美也看了一遍自己要在今天的节目上读的新闻原

稿，她对地名、人名的读法格外留心，就算是感觉自己已经积累了很多经验了，但是在正式开始之前还是会紧张得不知所措。

当然，作为一个主持人来说，她还是个新人，还没有成熟。即便如此，因为可爱的外表还有被户部拽进去时为难的表情，她还是非常有人气的。

里美很努力。尽管在里美此前的人生之中，她从来没有怎么努力过，但是自从每天晚上都要上电视以后，她竟然也开始这么想：“不能笨得太不像话。”

就这样，因为户部一时兴起而被起用的黑沼里美现在确立了自己作为户部搭档的地位。

尽管也有流言说里美是户部的女朋友，得到重用也是因为这种关系。但事实却不是这样的。里美正在和总经理的儿子郡周一交往，而户部也在和台里的其他女主持人秘密约会。当然，这属于台里的“机密”，与里美之间传出流言反而让这件事更加方便了。

就算在资格较老的女主持人之中，里美也出人意料地招人喜欢。一般来说，像里美这样的立场往往会遭人妒忌，受人欺负，但是幸好里美缺乏一种叫作“野心”的东西。并不是自己愿意待在现在的位子上的，也没有再“往上爬”的心情。这种淡然的气场，应该也会被外人察觉吧。

虽然她觉得自己何止不“淡然”，简直都已经在拼命努力了。可是，还是会有人这样说她："你真是没什么欲望啊！"这总是让她感到莫名其妙。

真是想不明白啊……里美的心里深深地这么觉得。"变得出名"这件事自己从来都没有想过，可她已经连续两年每天晚上都出现在电视上了。不管走到哪里，都会有人这样说她："啊，电视上的那个人……"

大学的伙伴们中最不像"家庭型人物"的美香现在已经是一个女孩子的母亲了，看上去非常幸福。轰淳子像预想的那样成为大学里的老师，可是小百合……小百合竟然成了政界老前辈的情人。知道这件事的时候，里美吃惊得一时间都说不出话来了。

"她现在肯定过着奢侈的生活吧！"尽管也有人说过这样带着嫉妒的话，但是里美了解小百合。

"这种事竟然发生在了自己的身上。"她说不定比里美还要无法相信吧。

尽管不知道这种状况会持续到什么时候，但是希望她能快点得到解脱，里美一直这样祈祷着……

"OK。"户部终于又开口了。

大家都像被解除了魔法一样动了起来。

"那么，开始商议今天晚上的特别节目吧。"户部说。

"对不起。"小百合在日式料理厅里端坐着低下了头。

对面座位上拿起筷子正要开始吃饭的前田哲三睁大

了眼睛说道：“出什么事了？”

“今天我避着八田先生悄悄出去了。”

“在外出的途中吗？”

“嗯，在B酒店下车以后又乘出租车出去了。”

“又是这样啊，你还真是能做一些麻烦的事！那么，你去哪里了啊？”

“N医院，上周也像这样去过一次。”

“假如不舒服的话，就对我说啊，我带你去多少次医院都行。”

“在搞明白之前我不想告诉您……我怀孕了。”一瞬间，前田也惊呆了。小百合抬起头说：“我该怎么办啊……一位熟悉的女医生告诉我说，假如想要打掉的话最好要趁早。”

前田把筷子放了下去：“我的孩子啊……”

他这么说是为了以防万一。小百合并没有在等待着与其他男人秘密约会的机会，这一点他很清楚。

“当然是，除了先生我……”

“我知道，抱歉，”前田说，“你打算怎么办？”

一时间，小百合只是一动不动地盯着榻榻米的纹路。然后，她听到了自己的回答。

“我想生下来。”

“是吗？”前田的脸上浮现出了几乎从来没有出现过的温暖的笑容……小百合明白自己的选择得到他的同

意了。

“可以吗？”

“当然了，听到你这么说，我很开心。”

小百合终于微笑了一下：“太好了。”

“你是个温柔的孩子，竟然说要把我这个老人的孩子生下来。”

“在这个孩子成人之前，请您一定要一直健健康康的。”

“那都九十多岁了啊，”前田笑着说道，“总之，太好了。快，好好吃饭，补充营养！”

“嗯！”小百合坐回到餐桌旁，“应该选择哪里的医院啊？”

“假如你觉得那位熟人的地方比较轻松的话，就在那里吧。要是你觉得其他的地方比较好的话，我们找多少家都可以。”

前田对小百合说了让她自己选择，小百合立马就感觉自己到达了特殊的地位。

“来一杯吧。”他拿起酒盅递了过去。

“最好不要喝酒了，对吧？”

“只喝一杯，倒一杯，庆祝一下。”

“我知道了。”

酒从德利小酒壶中倒进了小百合拿在手中的酒盅里，它的表面微微地摇晃着。小百合一口气喝了下去，心脏的周围一下子就变得热了起来。

下定决心了。赌在肚子里面的孩子身上试试吧。

在他出生之前绝对不可以说出“让我做您的妻子”之类的话。当前田真真实实地面对着自己的孩子的时候，“一切全听小百合的”这样的瞬间肯定会到来的。捕捉住那个瞬间，然后拜托他说“为了这个孩子”。顺利的话，作为前田正式的妻子，自己就会成为就连美香的父亲也必须低头的人。

获取“力量”来代替幸福，现在小百合希望得到的就只有这个了。

“那个晚上啊……”前田非常开心地说。

“嗯，刮着狂风下着暴雨的时候，我们不是没有回去嘛。”

“是啊，我们出乎意料地住到外面的时候，还真是有意思。”

“那天晚上我就有这样的感觉了……等待了很久才知道结果。”

“真可爱。”前田伸出手摸了摸小百合的脸蛋。

小百合不失时机地握住那只手说道：“今天晚上，我们也不要回去了吧？”

“接下来，我来读几条各位观众发来的传真，”里美说，“‘即便是公家的人，恋爱也是个人的事，您怎么看待媒体对这件事进行报道呢？’高田康志先生，来自大阪市。‘就算是普通的公司员工也可能会因为出轨暴露而被公司开除，而位于领导地位的人却不会因此而受到任何惩罚，对此我表示无法接受。’来自一位三十五岁的主妇。”

“真是条符合女性立场的建议啊！”户部插话说道。

“接下来，‘每个人都拥有自己的过去，永远无法从中逃脱出去……’”里美稍微皱了一下眉头，有这样的传真？

“来自西川勇吉先生……”里美的话中断了。从电视的画面当中可以看出里美的脸色变得苍白起来。

“怎么了？”户部让摄像机转向了自己的方向，“是曾经甩了的男朋友发来的吗？好，下面我们再一起看一下专家们怎么说吧。”

传真从里美的手里掉了下去，滑落到摄影棚的地板上。

“怎么了？没事吧？”导演的声音传了过来。

里美一边摇晃着头，一边试图想要站起来。

“不好意思……有点头晕……”

里美的身体已经凉了，她失去了意识，变得不省人事了。

“怎么了？”真也从浴室里走了出来。

美香用遥控器关掉了电视。

“里美出来了，我看了一下。”

“是吗？她现在已经彻底适应了吧。”

“嗯，”美香站起来，“喝点什么吧？”

“嗯？那……乌龙茶吧。”

“好。”美香走进厨房，把冰凉的乌龙茶倒进了杯子里。

是鬼魂吗……原本在很久之前就已经忘记了的“死”又回来了。里美手里的传真，应该是什么人把那一张混进去的吧，她不可能没有提前看一遍。但是，会是谁呢？这么长时间一直都没有动静，为什么现在又出现了？

不管怎么说，用“西川勇吉”的名字发去传真的人，肯定知道那个时候的事……

美香把杯子递给真也，说：“小美有没有在好好睡觉啊？我去看一眼。”

说着，她走出了起居室。美千流玩累了，正在踏踏实实地睡着。

这个孩子……现在，我必须得保护这个孩子。从敌人手里……从看不到身影的敌人手里。

“妈妈肯定会胜利的。”美香喃喃自语着，然后抚摩了一下孩子的额头。

里美睁开了眼睛，她感觉屋顶上的荧光灯非常刺眼。

“没事吧？”低着头看着她的是户部。

“我……”

“你失去了意识，然后晕倒了，在进行直播的时候。”

一时间，里美哑口无言。她已经是专业的主持人了，发生这种情况的严重性，她还是知道的。不管是什么原因，晕倒了都是自己的责任。

“很抱歉。”她一直睡在会议室的沙发上，站起来以后有点儿头晕，于是稍微闭了一会儿眼睛。

“不要勉强。”户部的语调中并没温柔的感觉。

“没事……没事的。”

“电视上并没有出现你晕倒时的画面，但是你倒下的声音录进去了。”

“要写检讨书吗？”

“检讨书啊……”户部耸了耸肩，“不需要那种东西。”

“那……”里美看着户部说道，“我会被撤掉吗？”

问了这一句以后，里美才第一次意识到自己有多么热爱现在这份工作。

“一次没事，”户部说，“第一次的话没有人会责备你的。谁都会有不舒服的时候，可是如果出现两次这样的事，就得把你撤了！”

里美不假思索地在沙发上端坐好说道：“这种事再也不会发生了。”

“好，我知道了，”户部点了点头，“话说，西川勇吉是谁？那封传真是从什么地方的便利店传过来的，没有办法调查。”

“那是……”里美吞吞吐吐地说道，“那封传真没有任何问题，碰巧那个时候贫血……”

“就算你想隐瞒也没有用，”户部笑着说，“肯定是因为那封传真，在旁边一看就知道了。”

里美低下了头。

“那是很久以前的事了，而且……因为也不是我一个人的事，所以也不能说……”

“是吗……那算了。”户部站了起来，“要开个关于明天节目的碰头会，走吧。”他用与往常一样的语调催促道。

床旁边的电话收到来电的信号灯不断闪烁的时候，已经夜里一点多了。

果然打过来了。美香确认过真也正踏踏实实地睡着，便快速地从床上爬起来溜出了卧室，小跑着走向了起居室以后急忙接通了电话。

“喂，美香？”里美的声音。

“现在已经是深夜了啊！”美香说。

“对不起，我知道……”

“我就觉得你应该会打过来的，所以把电话提前设置成了静音模式，”美香坐到沙发上，“万一我老公醒了的话，他肯定会觉得有什么事的，对吧？”

“是啊，美香，那就是说你看到了啊？”

“我看到了，读了‘西川勇吉’这个名字后，你的脸色一下子就变得苍白了起来。”

“我……也不知道是怎么回事，然后就失去意识了。”

“我就觉得大概会是这样。幸好，我老公当时没有看。”

“不过，美香……你觉得那是怎么回事啊？”

“冷静一点儿，里美。”美香用有点儿强硬的语调说道，“那已经是过去的事了，那个事件我们早都已经忘记了。”

“但是，那封传真……”

“不用害怕，不是鬼魂干的，知道吗？是什么人把那张传真混进去的。”

“会是谁呢？”

“我不知道，你应该知道吧？在正式开始之前，能做到那种事的人是谁？”

“正式开始之前，有很多人进进出出……应付自己的事我都忙不过来了。”里美说。

“那就不要在意了，”美香直截了当地说道，“看到你受到打击晕倒过去了，干这件事的人肯定非常开心。这样的话，你肯定很不甘心吧？要无视他们，就算是接到了西川君本人打来的电话也是一样。”

“美香你真厉害啊……”里美叹了口气。

“但是必须要小心。说不定他们不仅仅会用那样的形式找麻烦，或许还可能会有直接的危险。关于这个奇怪的人，如果你有头绪了就告诉我。”

“嗯，我知道了。”

“不要打这个电话，打我的手机，你知道号码吧？”

“我知道……但是，你觉得会是谁干的呢？”

“我要是知道的话，现在就过去把他杀了。”美香说。

教　室

“轰淳子老师吗？”办公室里的一个女孩子看了一下课表说，“啊，她现在刚好在上课。”

“在哪个教室？”

“那个……您找轰老师有什么事吗？”

“哎呀，您是田渊女士吧？”一位三十多岁的女性从办公室里面的一张桌子旁站起来，走了过来，“对吧？我还记得呢。”

“嗯，我现在已经结婚了，叫清水美香。”

“哎呀，是吗……轰老师和你是同一期的学生吧？”

“嗯，是臭名昭著的‘四人小组’。”美香说。

“可是当时很出名啊，”她笑着说道，“轰老师在这个三楼的306教室，上楼梯以后往右拐。”

“谢谢，我不会打扰她上课的，”美香微笑着说道，“那我先过去了。”

目送着向着楼梯走过去的美香，那位女性说道：“她是田渊大臣的女儿，上学的时候好像玩得特别厉害。”

“哎……是吗？”那个女孩子好像感觉很稀奇，“她的衣服真好看啊。”

“她家里很有钱……但是她很早就结婚了。”

“对方肯定也很有钱吧？”

“不知道……至少他肯定不是这里的毕业生，说不定……”

这两个人的对话完全展开了想象，停不下来了。

美香一边爬着楼梯，一边摸着扶手嘟囔道：“这里平时都认认真真地打扫干净了吗？”

上学的时候在这里走上走下的日子，好像是很久很久以前的事。

因为今天美香穿着西装，与她擦肩而过的学生把她当作了老师，纷纷和她打着招呼，吓了美香一跳。

三楼的306是一间可以容纳一百多人的宽敞的教室，美香从前也经常在那里上课。她透过门上的窗户向里面看了一下，正好可以看到站在讲台上的淳子，里面还有大概三十名学生。

她看了一下手表，再有十分钟应该就下课了。怎么办？

“您有什么事吗？”她正在犹豫的时候，一个抱着书的年轻女士站在她的面前问道。

“那个……这里可以进去吗？”

“嗯，我是轰老师的助理。”

“在这里上大学的时候，我和她是朋友……”

“啊！”她睁大眼睛说道，“您是淳子老师的好朋友？”

“嗯，是的。”

“我和你们也是同一期的，尽管你可能已经不记得了吧，”她说出了自己的名字马场百合香，“那……我们一起进去吧，没关系的。”

“这样会不会打扰到淳子啊？”

“现在的学生啊，就算迟到三十分钟才过来，也都完全一副若无其事的样子。”马场打开门先走了进去。里面的学生们一起回头看了过来——的确，他们没有全身心地投入课堂当中。

“马场老师，谢谢，”轰淳子说，“所有的书都到齐了吗？”

“嗯，已经齐了。”

“那就拿到这边来吧。”美香悄悄地走进去，关上了门。

学生们的视线也已经返回到讲台那边了。

“那个……刚刚讲到的那个问题的详细解释就在这本书里……”

淳子一页一页地翻着，美香则在距离入口很近的一个座位上坐了下来。

以前，她们四个人经常一起来这间教室，小百合、淳子还有里美……现在，每个人的工作和处境都已经不一样了，她们已经是处于不同圈子之中的四个人了。但是，那些过去并没有消失。淳子的身边会不会也被送来了一些可以让人想到西川勇吉的东西呢？美香想要确认一下。

“马场老师，不好意思，你可以帮忙去把这页复印一下吗？每人一份。”

“好，我马上就去。”马场手里拿着一本很厚的书又走出了教室。

“那么，在这几分钟的时间里我谈一下之前大家所提交的报告，”淳子说，“什么才是出题的重点，还有很多人没搞明白，上课听讲要认真一点儿啊！”

淳子的目光将整间教室扫视一遍，注意到了美香。淳子向她挥了挥手，美香情不自禁地笑了出来，学生们也全都回过头向美香看了过去。

“她是我的朋友，”淳子说，“大学时经常和我在这个教室一起听课的伙伴。”

美香总觉得，淳子好像不知道里美在电视直播中读传真的那件事。假如她知道的话，也就应该知道美香过来的原因了吧。

淳子继续上课。过了十分钟左右，马场回来了。

“谢谢，把复印的东西发一下吧。接下来，我把报告给大家发回去，发完以后时间应该也就差不多了。”

淳子看了下手表说道。

她一个一个地念着名字发报告。还有五分钟就下课了，不过她还是一直上到时间恰好结束的时候，这一点确实很像淳子的风格。

“大滝……大滝，休息了吗？”

一个女孩子睡着了，她被旁边的同学叫醒以后终于从座位上站起来，走了过去。

“我不是说过吗？”淳子把报告递给了她，“叫到了名字的话要回话，你又不是鬼魂。”

尽管淳子这么说着，但是那位女生也没有回答，淳子一副无奈的样子摇了摇头。

“下一位，安西君……接下来，西川君……”淳子的声音瞬间中断了，“西川……勇吉君……”

美香看到淳子立刻把那张报告放到了旁边，接着用毫无异样的语调读起了其他的名字。果然好坚强！

但是，西川的名字今天出现在这里，这只是偶然吗？

“好，今天就到这里。”淳子的语调难免还是有点儿冷漠。

“我不知道哎，”淳子说，“里美？”

“嗯……哎，今天的报告，让我看一下。”

“嗯，是这个。”淳子把那张报告递给了美香。

教室里已经空荡荡了。

“这个是？”

“里面的内容是其他的学生的报告。”

“字也不一样。”

“是复印的，然后把西川勇吉的名字写了上去，”淳子在沙发上坐下以后说道，“怎么回事啊？”

“冷静一点儿，”美香说，“这个根本不用我说，淳子你和里美不一样。”

“你有点儿高估我了，”淳子苦笑着说道，“只有美香你啊，才可以这么坦然处之。”

淳子和美香待在为不定期出勤的讲师准备的休息室里，他们现在在上课，不会有人过来，所以不需要担心谈话会被别人听到。

“讲师的话是没有自己单独的办公室的，至少得做到副教授才行。即便到那个时候，也不是说所有的人都能得到自己的房间，真的很辛苦啊！”淳子说。

“这可一点儿都不像是淳子你的风格。你以前从来不说这样泄气的话。”

“因为现实很残酷！”

这个时候，马场走了进来。

“虽然比较寒酸，不要介意啊，请用。”她把盛在纸杯子里的咖啡端了过来。

“马场老师，谢谢！没关系，你不用做这种事的。”

“我很乐意，”她开朗地说道，“那你们慢慢聊吧……

刚刚的资料，没来的那个孩子的怎么办啊？”

“是啊……你帮我做二十份吧。”

“我知道了。”马场走了出去。

“那个人和我们是同一届的吗？”美香问道。

“她时常会被调到这边来……因为我是讲师所以还好，但是不定期出勤的人真是够辛苦的。学生的人数减少了，也就不得不缩减课时数。上一个课时多少钱，这都是事先定好的，所以甚至有老师感叹说收入变成了从前的一半。唉，他们的年纪也已经不小了。”

“在大学里教课也挺不容易的吧？”

“嗯……所以，假如我被卷进了什么丑闻里的话……毕竟是私立学校嘛，最讨厌这种事了，会马上把我开除掉的。”

美香目不转睛地看着淳子：“好意外啊，我还以为淳子你没有变呢。”

“都会变的，不管是谁。”

淳子把桌子上的香烟盒的盖子打开，拿出一根点着了火。

“你抽烟了？”美香问。

“偶尔吧，中年的男讲师们回去的时候总是从这个盒子里抓上十来根放进口袋里。”

美香瞬间感觉到在“衣食住行”方面从来没有感到过不安的自己很幸运。

“我现在和一个男人一起生活。”淳子说。

美香听了，什么都没有说，淳子又接着说了起来：

“最近有点儿焦躁，或许是因为这件事……他没有工作，已经无所事事半年了。”

“没听你说过啊，他是个什么样的人？”

“也还没有到值得给你们介绍的程度，”淳子耸了下肩，“只是因为他说被赶出去了的话就无法生存了，没有办法所以才在一起的。”

美香好像第一次在淳子的脸上看到了生活的疲惫。

“但是，这到底是怎么回事？”淳子说，“毕竟西川君还有他的父母都已经死了，我们当时撒的谎应该谁都不知道吧？”

“肯定还是有什么人知道了，鬼魂拿不了复印件的。”

淳子笑了一下说道：“你依然还是很现实啊！”

“有了孩子的话，就算你不愿意也还是会变得现实的。”

“孩子已经多大了？”

“马上就一岁了，时间过得好快啊！”稍微过了一会儿，美香又说，“我打算和淳子你两个人一起战斗。”

“战斗？”

“和威胁着我们现在的生活的家伙战斗，里美也指望不上，小百合……”

“小百合那边也发生了什么吗？”

"我不知道，也无法那么随意地给她打电话。"

淳子点了点头："没想到竟然变成了这样……人，真不知道会发生什么啊。但是……方便的时候和她见一面吧？也很久没有听到小百合的声音了，你能和她联系上吗？"

"嗯，那我们三个人一起吃个饭吧，这样说的话我觉得她肯定会出来的。"

"小百合会是一副什么样的'贵太太'形象呢？好期待！"

"从一定意义上来说，或许小百合是最安全的。"

"为什么？"

"有政界的大人物在背后为她撑腰啊！即便是警察，假如前田哲三说些什么的话，他们也会听的……让他们在第二夫人的身边巡视一下，简直太简单了。"

"第二夫人啊……"淳子摇了摇头，"我也是，早知道现在这个样子的话，还不如选个有钱的男人呢，那样的话也就可以埋头进行自己喜欢的研究了。"

"但是，那个人说不定也会干成了什么然后变成有钱人啊。人生，说不清楚的。"

"是啊，尽管和中彩票的概率差不多。"两个人一起笑了起来。

"我差不多该回去了，"美香说着站了起来，"来的时候把孩子放在婴儿中心了，买完晚餐的菜就回去。"

"一起走到那里吧。"

她们两个人走出大楼，悠闲地从校园里面走了出去。

"真不敢相信，那竟然就是仅仅几年之前的我们自己！"淳子远远地看着那些吵吵闹闹、成群结队的女大学生们说。

"尽管大家看上去都一样，但她们其实是不一样的，"淳子说，"假如她们把自己的经历都告诉你的话，你就明白了。父母离婚了的孩子，有男女朋友的孩子，与中年男子有不伦关系、自以为已经成了大人的孩子……不管是哪个孩子，都在拼命地摸索人生的方向，甚至会让人感到怜悯。"

"我们……或许曾经也是那样的。"

"是啊，食用大麻，和男人睡觉……当时一直想要用那种方式进行反抗，"淳子笑了一下说，"但是，即便做了些那样的事，大人的世界还是不会发生任何变化。自己成大以后再回头看去，才清楚地认识到原来那是多么孩子气的行为。"

"西川君，是我们那种'孩子气的行为'的牺牲品。"

"他本人肯定感到很气愤吧。"

"但是，我是这样认为的，我变得幸福，才是对西川君最好的报答。"

听到这些话，淳子惊呆了，她看着美香说道："真羡慕你啊！竟然可以那样想……"

“嗯，我知道自己很任性。但是，没关系的。即便是西川君的鬼魂来了，我也不会道歉。我会堂堂正正地告诉他的，告诉他‘因为你，我现在非常幸福，你就不要再有任何犹豫了，赶快去成佛吧’。”

“真是服了你了，”淳子笑着说道，“那么，就到这里吧。”

“好的，小百合那边我来联系。”

“拜托了。”

美香快步走出了校门。一直以来她回去的时候都很快。

兴　奋

“喂。”

女儿的声音和以前不一样了，池内瞳也注意到了这一点，不管怎么说她都是她的母亲。

“小百合，我是妈妈。”瞳说。

“怎么了？”

“没什么事，不用担心……我就是想问一下你现在过得好不好。”

“还好啊，”小百合说，“你在哪里打电话呢？好吵啊。”

“在商场里。”瞳说。

“你去医院了吗？”

“你爸爸那里？当然了。”

“那就好，因为我不能常去，妈妈你要多去看看啊！”

“我知道……你现在在公寓吗？”

瞳打的是小百合的手机。

“在车里呢，去和先生一起吃饭。”

“哎呀，是吗，替我向他问好。”

“妈妈，你有什么事就说吧。”

瞳稍微犹豫了一下，但还是说道：“那个……我收到朋友们的邀请……就是文化学校的那些熟人，说要偶尔出去旅行两三天，然后今天突然提议下个月去香港……”

“香港？”

“四天三晚，也很近，而且那边也有一位非常熟悉的人……”

“那你就去吧。”小百合说。

“我也想去，只是……”

“要多少钱啊？这个月给你打过去的话，赶得上吗？”

“要十二三万，明天必须得付了才行。”

“那你今天来拿吧。那点钱的话我手里还是有的。”

“不好意思啊，那我去公寓……”

“等一下，说不定我会和先生在一起。那样的话……该怎么办呢？”小百合稍微思考了一下，“我知道了，现在时间还有富余，我去趟医院给你放下再走。这样可以吧？”

“嗯，谢谢，我也这就过去。”

“假如你到的时候我已经走了的话，你就看一下抽屉，我给你放在里面。”

“嗯，我也赶紧过去。对不起啊，明明你在赶时间。”

“我恰好也想看一下父亲，”小百合说，“那我挂了。”

“嗯，小心点……”放下话筒以后，瞳放松下来喘了口气。

她是用商场里楼梯旁边的公共电话打的，把电话卡拔出来以后，她走回了卖场里面的茶馆。

“怎么样啊？”一边喝着茶、一边等着她的几个太太们看着瞳问。

“嗯，没事，给女儿打了个电话，然后她说‘一定要去’。”说着，瞳拉了一把椅子坐了下来。

“哎呀，真好啊！”

“真是个温柔体贴的女儿啊！”

听着大家你一句我一句地这样说着，瞳的心情也变得很好。

“她说还会为我出钱，那个……我现在必须得去见她一下。不好意思，我先告辞了。”

“请吧，请吧。那么，我们一起去香港好好自由地玩一下吧。”

把自己那杯红茶的钱放下以后，瞳先大家一步离开了茶馆。

“香港啊……偶尔得去歇口气才行，”一边快步地在商场里走着，瞳一边自言自语，“明天还要看电影……真是好忙啊！”

好忙，好忙。

瞳的笔记本上每天都写满了各种各样的要做的事，这样一来被忘了的就是“自己的不幸”。丈夫病倒了，现在依然还在轮椅上；女儿被政界的大人物包养成了小妾。这是他们本人的不幸，对瞳来说这是更大的“不幸之事”。

“我是不幸的妻子，不走运的母亲。”瞳一直对自己这样说，现在基本上也相信这一点了。

“今天晚上什么安排都没有吗？”

一走进电梯，瞳便从包里拿出笔记本打开翻看了起来。

病房的门开了，是谁进来了？池内卓并不知道。

轮椅冲着窗户的方向，他也无法回头向后看。

“谁？至少敲下门啊！”

他觉得自己这样说了，即便是在池内自己的耳朵里，那听上去也只不过是有所扬抑的嘀咕声而已。

不，并不是这样的。好好地听一下的话肯定能明白的，肯定是这样的。

以前，他连词语都说不出来，而现在他说出的话已经变得像语言多了。

“瞳吗？”

妻子的名字勉强可以说得让大家听明白。

“瞳？瞳？”

那个进入了病房的人又一言不发地出去了。到底是怎么回事啊？

池内试图操作着轮椅转朝向门的方向，但是他的左半身依然麻痹，左手完全用不上力气。只有右边的车轮转动，有时候还会撞到东西，非常危险。即便如此，他还是想办法挪到了一个可以看得到床的位置。

门开了，一名护士走了进来。

“您好！感觉怎么样啊？”她拿着钢笔和板夹，“给您测一下体温。”

她把体温计夹住，同时也看了一下脉搏。

“没事，”她在表上填了一下，“有什么不舒服的地方吗？”

“没有。”他摇了摇头。

“是吗，有好好地进行康复训练吗？尽管很辛苦，但是要加油啊！”

“刚刚，过来的是谁啊？”池内问道。

“嗯，您太太应该也快过来了，”护士并没有听懂他说的话，“哎？这是？”

周刊杂志被什么人拿了出来，扔在了床上。

“是什么人放的？这是很久之前的了，您要看吗？”

池内并没有看到过，应该是刚刚进来的那个人放下的吧。

“书页上贴了什么东西，您要看吗？那我帮您打开放在腿上吧。”

把贴着红色胶带的那一页打开放到池内的腿上以后，那名护士走开了。

池内的目光落到了那篇报道上……

“一直以来受您照顾了。”小百合对一名熟悉的护士打招呼说道。

她多少应该带点点心过来，可是因为没有时间了，所以就直接过来了。

算了，之后再从商场里买些什么送过来吧。

“爸爸……我进去了啊。”小百合轻轻地敲了敲父亲病房的门，把门打开了。

父亲正坐在轮椅上看着窗户的方向。

“爸爸？”因为他一动也没有动，小百合以为他可能睡着了，“爸爸，是我。”

小百合走过去，往前面偷偷地看了一下。

“什么啊，这不是醒着嘛！我还以为您在睡觉呢，我妈妈又——”小百合看到父亲的脸拉得长长的，“您不舒服吗？我去叫护士啊！”

冲着正要走出去的小百合，池内发出了激烈的呻吟声。

“怎么了？”

小百合吓了一跳，然后回过了头。父亲的脸已经变成了血红色。

那双充满了眼泪的眼睛，一动不动地瞪着小百合。

“您在生气吗？发生什么事了？”

这个时候，她注意到了展开着掉落在父亲脚下的周刊杂志，她把它捡起来以后立刻就认出了那个封面。

“这个……是谁？”

她一页一页地翻着。

果然是这样啊……

这是一本二流的小出版社出版的周刊杂志，封面上赫然刊登着“政界的王者孙女般的第二夫人！”的字样。事前没能阻止他们。上面还登载着小百合和前田哲三一起走出餐厅以后等车时候的照片，尽管偷拍得不是很清晰，但假如是认识的人看到了，还是可以分辨出来的。报道上写着小百合的真名和她毕业于S大的事。

《七十多岁以后竟然又找了一个二十五岁的情人，对他顽强不屈的精神深感佩服》——是这样的一篇报道。空白的地方还放着一张和当事人一点都不像的拙劣的插图，上面画着一个被老人按在身子下面喘息着的全裸的女人。

前田也没有生气，“别管他们”，只是像这样说了一句。

但是……这本杂志出版后已经过去半年多了，为什么现在会出现在这个病房里？

小百合把杂志合上，又看了看父亲的脸。因为愤怒，他的头微微地颤动着。

“就是这样的，”小百合说，“您不知道吗？您觉得我和妈妈在靠什么生活啊？这里住院的费用，为什么前田先生在替我们付啊？”

父亲没有说话。

“到底有什么人会像这样帮助一个素不相识的人？”小百合在床上坐了下来以后说道，“是啊，这个就是条件……您没有觉得奇怪吗？您一直觉得我在穿着这样的西装工作吗？”

父亲眼睛里的愤怒，看上去是在冲着自己的女儿，但实际上是在冲着完全无能为力的自己。

难以接受、可怜、悲哀还有憎恶，她对父亲的心情非常清楚。

“已经变成这样了，不是挺好的吗……我还挺享受的，”小百合说，“可以过奢侈的生活，也可以随便玩。妈妈，因此也可以想做什么就做什么了。爸爸您也是，到现在也没办法再去有很多人一间的病房或者不怎么好好关照我们的医院了吧？这里的话，因为有前田先生的熟人，所以会好好地照顾我们……这种东西，就忘了吧。”

小百合猛地把那本杂志扔进了垃圾桶里。

在杂志的撞击下，垃圾桶倒了，里面的垃圾飞了出来。

这个时候，门开了。

“啊，小百合，你来了啊！”母亲走了进来，“哎呀，怎么了？”

她赶紧把垃圾桶扶起来，把散落的垃圾放了进去。

“就是因为把杂志这样的重东西放了进去，所以它才会倒！”

瞳把那本杂志取了出来：“哎呀，这是……”

她停住了，没有再说下去。

“妈妈……你看了吧？那篇报道。”小百合说。

“朋友说，小百合出现在这上面……”瞳站了起来，“为什么这本杂志会在这里？”

“您看，”小百合转头看着父亲，“妈妈一直都知道，爸爸您应该也是知道的吧……要学会习惯，人，不管是碰到了什么样的事都会慢慢习惯的。我也已经习惯了。即便是再讨厌的事，一旦习惯了的话，它也就有它的乐趣了。”

“小百合，不要说了，”瞳说，“妈妈我也很痛苦啊！”

“是吗？那不是挺好的吗？我还有妈妈还有爸爸，我们大家一起哭就好了，”小百合笑着说，“我要走了。妈妈，你好好地安慰一下爸爸。”

小百合快步走出了病房，来到电梯前面，用力地喘了口气，然后闭上了眼睛。

“小百合！”瞳追了过来。

“不要让爸爸太过激动，”小百合按了一下按钮，“再发作了的话就不好了。”

“我会小心的……哎，小百合，不好意思……”瞳吞吞吐吐地说。

“啊……我忘了。”

小百合把包打开，从里面拿出了钱包，她的手颤抖着。

“这个全都给您，”她把钱包向妈妈的手里递过去，“我就告诉先生说是丢了。”

“不好意思。”

电梯的门开了。

小百合和一名护士一进一出地走了过去，

“妈妈，”她回过头说道，“我肚子里面有了先生的孩子。”

瞳茫然地伫立着。

“太好了，你们可以见到孙子了。”小百合笑着说道。

门静静地关上了，电梯开始向下运行，小百合咬着嘴唇无声地哭了起来……

四重奏

“您是黑沼里美小姐，对吧？”一个看上去像是大学生的男孩子怯生生地问道。

“嗯。”

“那个……在您的个人时间打扰您，非常不好意思。我是您的粉丝，可以麻烦您帮我签个名吗？”

这个男孩子礼貌的说话方式如今已经很少见到了，这让里美的心情非常好。

“可以，写在这个笔记本上吗？”

“请写在封面上。”他拿出签字笔。

“那样的话，很容易让人误以为这是我的笔记本。”

那是一个不怎么像男孩子用的包着白色塑料薄膜封面的笔记本，她在上面用黑黑的字写下了自己的名字。

她原本就是个主持人，并不用像艺人那样进行签名。

“谢谢！我会慎重保存的！”

那个男孩子连续低了好几次头，然后走了出去。

这里是一个大型书店里的茶馆。里美来这里为晚上的新闻收集资料。

像户部那样的大人物的话，收集资料的工作都是由其他的员工来帮忙做的；但是像里美这样的普通主持人的话，什么事情都需要自己来做。

即便如此，以前她从来没有想过去做除了读一下别人交给自己的原稿以外的事，像今天这样为了寻找参考书而奔走，是因为里美对今天的工作有了“值得一做”的想法。

待在茶馆里的其他顾客注意到了刚刚的签名，正在低声地谈论着。她一边喝着咖啡，一边哗啦哗啦地翻着刚买的书。这时，柜台的一个女孩子叫道：“黑沼小姐……黑沼里美小姐。”

她站起来走过去。那个女孩说道：“有电话找您。”

“找我？”

自己待在这里的事应该谁都不知道。不，就连里美自己也只是漫无目的地走进这个茶馆的。

“喂，”她试着呼叫了一声，“……喂，哪位？”

“我是西川。”伴随着一种微妙而遥远的感觉，这样的一个声音传了过来。

里美猛地放下了话筒。

“您怎么了？”柜台的那个孩子看上去非常吃惊。

“没事……谢谢。”

她没事，这次没有晕倒。

那样的事又……

里美回到座位上翻开书以后，发现里面夹了一张纸片。

这个东西，刚刚明明没有的……她把那个折叠得很小的纸片打开看了一眼，发现上面写着这样几句话："写给里美：今天美香、小百合、淳子三个人在一起吃午饭，你被伙伴们排除出去了……好可怜。"

里美悄悄地把茶馆扫视了一遍。什么人把这种东西放在这里的啊？可是，她也不能在茶馆里面太过明显地东张西望。

美香她们……为什么聚集在一起了呢？里美的直觉告诉她那个字条上所写的事应该是真的。自己被伙伴们排除出去了吗？

在她接电话的时候，有个人把这张字条夹了进去。可是，她把周围的人全部看了一遍，也没有发现熟悉的面孔。

于是，里美站了起来。

"干杯。"三个玻璃杯轻轻地碰触在一起，发出了清脆的声音。

聚在餐厅雅间里的三个人，一边喝着香槟，一边相互看着对方。

“已经好久没有像这样聚在一起了啊！”小百合说。

“大家都很忙嘛，”淳子把餐巾铺在大腿上说道，“假如里美也在的话……”

“但是，我觉得今天的事她不在会比较好。”美香说。

“今天的事是……？”小百合说，“对了对了，先听我说一下！但是，对外要保密啊——我怀孕了！”

美香和淳子不禁对视了一下。

“干吗啊？你们不对我说恭喜吗？”

“恭喜啊！”美香笑着说道，“只是，这件事太突然了。”

“这种事本来就是突然间会知道的，不是吗？”小百合开心地说道，“先生也非常开心。这样一来，我的父母也就平安无事了。”

“这样真的可以吗？”淳子问道。

“什么意思？确实，这个孩子会成为私生子。但是，那么一大把年纪才生下来的孩子，先生也会很宠他的。”

“这倒也是……”

“我已经决定了，假如我自己注定只能拥有这样的人生，就鼓足力气去享受它，”小百合轻叹了口气，“确实很轻松啊，也不用工作，也不用为任何人担心劳神，很适合我。”

有人敲了敲门，餐厅老板走了进来。

“前田女士，欢迎光临。一直受到您的关照，真的非常感谢。”

“不用客气，”小百合冲他点了点头，“她们是我的老朋友，给我们上点好吃的吧。”

“我会叮嘱厨师的，毕竟前田女士您是我们的贵宾。”

“拜托了……面包，要热的啊！”

“我知道了。”

老板走出去以后，小百合这样说道：“这里的面包热热的非常好吃，我时不时就会过来吃，你们不介意的话也带些回去吧。”

看到过去在四个人中最老实、最不起眼的小百合现在的言行举止像一个“上流夫人”一样，美香感到非常不可思议。可是，实际上，那就像是戴上了“面具”一样。那个称小百合为“前田女士”的老板也是，事实上他知道那并不是她真正的名字……

美香的手机响了。

“抱歉……会是谁呢？”她从包里拿出手机，看到来电提示以后吓了一跳，“是里美……喂。”

“美香？”

“嗯，怎么了？好久不见了啊！”

“其他两个人还好吧？”

“什么？”

“小百合、淳子，你们三个人正在一起吃午饭吧？”美香瞬间呆住了。里美接着说道，“没关系，但是为什么要把我排除在外呢？给我个解释吧。”

“里美……我只是觉得你应该很忙吧，”美香说，“算了，坦白说，是因为你这段时间发生的事，你明白吧？”

“直播中晕倒过去的事？”

“嗯，我们打算商量一下那件事，不想让你再担心……”

“这样很奇怪，不是吗？明明要商量我的事，却把我排除出去？这样要怎么商量？”

“你不要生气嘛。哎，你现在在哪里？要不要过来？”

“我不会打扰你们的。你们三个人就一起笑话我没出息吧，我挂了。”

“等一下！”美香说道，但是电话已经挂断了。

“到底是怎么回事？”小百合有点儿焦躁地说，“好好地给我解释一下。”

“正打算要对你说的，”美香说，“就是那件事啊，西川勇吉……”

小百合皱了一下眉头：“那件事……美香你不是说过了吗，说快点把它忘了？”

“嗯，但是对方来警告我们了，这就是另外一回事了吧？”

“对方？”

于是，美香说了在电视的新闻直播中里美读的传真里面出现了西川的名字，然后里美当场就失去了意识的事。

“我这边也是。”淳子也说出了那份写着西川名字的报告的事。

“这到底是怎么回事啊？”

“不知道，我也是想借着这次见面的机会商量一下这件事，”美香说，“总之不要慌。因为，那个时候我们干了什么根本没有人知道。”

“但是，就是因为有人知道，所以才会有那些东西的，不是吗？”

“到底是什么人干的，还一点儿头绪都没有。但是我们不可以轻易就慌了手脚，必须保持淡定。这一点很重要，知道吗？”

“这我倒是明白。”淳子耸了耸肩。

有人敲了敲门，冷盘被端了上来。

“边吃边说吧，”美香说，“不用担心，从法律上来说，我们不会受到什么处罚的。”

“那么就放任不管吗？”淳子问道。

美香摇了摇头：“我也并不是那个意思，我会让人仔细调查的，一切交给我吧。”

“但是，这太吓人了，”小百合皱着眉头说道，“我要不要雇个保镖啊？”

“这样也可以。小百合你的身体这么重要，先生也肯定会出钱的吧。”

“但是，四人份的保镖恐怕不行吧，”淳子说，“穷人必须得自己保护自己啊！”

“不要说得那么消极，”美香说，“我一定会把他找出来的。”

“但是，美香……”小百合说，“刚刚里美的电话……”

“嗯，我们三个人聚在一起的事里美已经知道了……她为什么会知道呢？”

“我什么都没有说啊。”淳子说。

“不好了！”小百合说到这里的时候，一名服务员正好过来拿盘子。

“食物不合您的胃口吗？”他的脸色变得苍白。

“哎？”小百合稍微愣了一下，“啊，不是，不是那样的。”她笑了起来。

因为这个小插曲，气氛倒变得没有那么紧张了。

“我的意思是，我们四个人必须团结起来才行，就像以前一样，”小百合说，“把里美也叫到这里来吧，我们是好伙伴，不是吗？”

“但是……”

“你手机里面存了里美的号码吧……那打一下吧，我来说。”

小百合看上去好像认为她自己可以好好地劝慰里美一样。美香犹豫了一下，但是还是拨通了里美的电话。

“通了。”

接过美香递来的手机后，小百合说道：“喂……里美？我是小百合……是吗，我们现在在吃饭，你过来吧。你现在在哪里啊？”

她并没有特别关心里美的想法，而是用一副对方理应服从的语调，一味地说着自己想说的话。

“你在闹什么别扭啊？直播不是晚上吗？我们现在在六本木的R餐厅……你应该知道吧？胡说八道！户部诚常年都过来的，你不可能不知道。现在打个车的话，十分钟不就到了嘛。要不我去抓你了啊……麻利一点儿！你们总经理可是我们家先生的党羽哦，他开心了的话，对你也有好处吧？”

美香和淳子不由自主地对视了一眼——这还是我们认识的那个小百合吗？她们知道对方也都是这么想的。

“嗯，那我让他们上菜的速度稍微慢一点儿，你快点儿……等你啊！”小百合挂掉电话后说道，“她说马上就过来。”接着，她把手机还给了美香。

“那我们四个人还像以前一样团结在一起吧。”

“就是嘛，必须要珍惜朋友啊！”小百合开心得笑出了声。

黑暗中的眼睛

“我们会晚到五分钟。”司机八田一边开车，一边和前田的秘书桐山联系着。

小百合拍了拍胸口，松了口气。

因为途中遇上了交通事故引起的堵车，她还以为要迟到三十分钟才能够到达前田等待她的酒店呢。

尽管前田现在不太会因为一些小事而对小百合生气，但是假如迟到的话，他的心情还是会变差。事故啦，施工啦，他根本不听这样的理由。对前田来说，只有“迟到了”这个事实才是最重要的。

对司机来说，这也是很可能会被炒鱿鱼的事。

八田对小百合说：“我要稍微加速一下，请您两腿叉开牢牢地支撑好。”

说完，他便驾驶着汽车开进了一条窄窄的岔道，限速的标识也全都被无视了，一会儿右转，一会儿左转，在宽度刚刚能通过车身的巷子里疾驰着。车身甚至好几次擦到了电线杆。即便是这样抄了近路，他们也才刚好赶在“晚到五分钟”的时候到达了酒店。

“让您受惊了，非常抱歉。”八田说。

“我还以为自己快要死了呢，”小百合说，“不过，八田你出了好多汗啊！”她笑道。

“这个……因为我说不定会被炒鱿鱼的……”

“活得真不容易啊，我们两个都是。”

八田从后视镜里悄悄地看了一眼小百合，微微笑了一下。之前，小百合一直都认为八田只是前田的眼线，而此刻她才第一次有了他就陪在自己身边的切实感受。

车开进了酒店的停车门廊。

“您辛苦了。”

“麻烦你了。”小百合说。

门口的服务员跑过来帮她打开车门。

“前田女士，欢迎光临。”

下车后，小百合穿过宽敞的玻璃正门向酒店里面走进去。就在那一瞬间，小百合察觉到有一个男人正紧紧地盯着自己。那个男人与小百合目光相遇后，便快速走向外面。

会是谁呢？他穿着已经被磨破的宽松夹克，与豪华的酒店环境完全不相称。即便如此，他还是认真地剃了胡子，整理了头发。假如不是这样的话，或许他早已经被酒店的保安轰出去了。他看上去有些年纪了，应该有四五十岁吧，但实际上也有可能更年轻吗？

毫无头绪。

因为有点儿在意他看自己的目光，小百合回头看了一眼，然而那个男人已经消失在黑暗之中了。

“我来晚了，真的非常抱歉。”服务员替她把雅间的门打开以后，小百合深深地低下了头。

迟到的时候，或者发生了不好的事，都不要找理由——这是小百合在和前田的交往中学到的“铁律”。如果道歉的话，前田就会想要展示一下自己宰相肚里能撑船的器量，因此并不会责备她；假如找理由的话，他就会非常生气。小百合已经掌握了配合前田的技能了。

“已经开始喝了。”前田和桐山坐在饭桌旁，“坐吧，迟到了七分钟，这个程度也是有情有可原的。”

“不好意思。”又一次道歉后，她才坐在了座位上。

即便已经开始吃饭了，但是前田还是和桐山继续商议着正事。这种时候不可以说话，小百合只是默默地吃着东西。

“之后用平时的方法就行了。”

“我知道了，”桐山站起身来，“那我就先走了。”

小百合这个时候才开口说话：“才吃了一半……”

“我已经吃饱了。再见，小百合。”

“辛苦了。”赶紧出去！她的心中在这样叫着。

即便再怎么怨恨桐山都没有用，对小百合来说，自己在桐山面前简直就像被剥光了衣服一样，这种屈辱感她无论如何也无法抹除。

“感觉怎么样？”前田问道。

“偶尔会有害喜的感觉……不过一会儿就没事了。”

“要小心啊！”

“嗯，”稍微过了一会儿，小百合说道，“今天我和大学时候的朋友们四个人一起吃午饭了。”

“大学的朋友？”

“田渊先生的女儿她们。”

“啊，是吗，那个时候的孩子们啊！”前田点了点头。

“感觉非常怀念，一说起话来马上就像回到了大学的时候。”

对啊，对于小百合怀孕的事，桐山并没有摆出什么好脸色。

“不是说过了吗，让你小心？”

“可是先生说没有关系。”因为桐山说话的表情很严肃，所以小百合这样回复道。

事实上小百合对这件事非常小心，怀孕的事不能让前田知道，更不能让桐山知道。假如先找桐山商量，她肯定已经让自己堕胎了吧——小百合的这种直觉让自己决定不要告诉她。

仔细想一想的话，这也是理所当然的。桐山之所以能比小百合高一等，是因为小百合是“情人”。一旦她坐上了“妻子”的座位，桐山就只是个单纯的“秘书”而已。

必须得万分小心才行，小百合心里想。怎么能让那个女人坏了我的好事！

“对了，那个……我有一个——”小百合的话说到一半时，酒店经理敲了敲门，走了进来。

“打扰了。”接着，他走到前田身边，压低声音嘀咕了几句话。

“等一下。”前田制止了他，然后从座位上站起来，走到走廊。

会是什么事呢？

小百合的耳朵灵敏地听到，“那个男人还……”经理对前田这么说道。

“那个男人”是指谁呢？

两三分钟后，前田回到座位上。

“那个，我有一个请求。”小百合坚决不会过问前田的工作，她努力地压抑着好奇心。

“嗯，什么事啊？”

“我的朋友黑沼里美……那个时候，我不是看着电视告诉过您吗？”

“啊，新闻节目里的那个孩子吧。”

“她是S电视台的主持人，不过，有的资深主持人好像对她非常苛刻，请您和S电视台的总经理说说吧。”

“郡吗？这样啊。”

“听她说，和她一起出现在电视上的那个叫作明石百代的主持人说着‘我还以为是垃圾呢’，故意把里美找来的资料扔掉。里美不停地叹气，说多少有些这样的事也没有办法，但是希望她在正式直播的时候不要故意为难自己。”

“人嘛，就是要遭受一些这样的事之后才能变得强大。”

“嗯，这个里美当然也知道，她只是说，不希望她做一些妨碍节目进行的事。”

不是自己任性，而是为了朋友。她认为前田一定也会理解自己的。

“我知道了，我跟他说一声。”前田按了一下呼叫按钮，经理马上就跑了过来。

“给 S 电视台的郡总经理打个电话。”

“我知道了。”经理又急忙走了出去。

前田笑着说：“不立刻说完的话，我就会忘记的。”

两三分钟以后，经理拿着电话走了过来：“现在已经接通了。”

小百合拿出笔记本，快速地写下“黑沼里美”和“明石百代”两个名字，递到前田的面前。

“嗯，和那个叫作明石百代的主持人说一下……对，拜托了。”说完，前田把电话还给经理。

“先生，谢谢您，”小百合说，“答应了我这么任性的请求……”

“没什么，假如你的心情不好的话，肚子里的孩子也会受影响的。”这些话语温柔得让人无法想象是出自前田之口。

照这样下去，说不定可以把桐山远远地抛在后面……但是，毕竟对手是她，一切都要慎重地进行。

果然就像小百合预料的那样，虽然前田只是轻描淡写地说了句“提醒她一下”，但是从听者郡的立场上来看，就是“不好的萌芽最好要掐死”。广播部的部长随即被叫了过去。十五分钟以后，让明石百代去就任“新人教育中心”的讲师一事就确定下来了。那就意味着她要从现任主持人的位子上退出。

“等今天晚上的广播结束以后再告诉她本人。”郡说。

“她会问是什么理由的。”

“没有说的必要，就告诉她说是你的决定。”

“我知道了。”广播部的部长也是一脸莫名其妙的表情。

“我要去谈些事情，”走出餐厅以后，前田对小百合说，“你回公寓等我吧。”

“嗯。”

“你把这个孩子送到大门口。”

“我知道了。”经理带着小百合走到了酒店大厅。

“没事的，你帮我叫一下车就好了。”

经理却说："不行，假如不好好地把你送回去的话，先生……"

小百合注意到经理正在用警戒的目光环视着大厅。肯定是发生了什么。她感觉此刻什么地方和平时有所不同。到底发生了什么呢？

小百合想起了吃饭时经理贴在前田的耳边对他低声说"那个男的还……"的事，和那句话有关系吗？

一来到酒店正门前，经理就叫来了一个服务员。

"前田女士的车，快。"他指示道。

"车马上就过来。晚上的风有点儿大，您感觉冷吗？"经理问道。

"没关系，我不冷。"

这个时候，有一个男人从酒店里走了出来。他的眼神十分锐利，整个人散发着危险的气息。他和经理目光相交了一下，一言不发地和他们隔着一段距离站着。是熟人吗？假如是陌生人的话，他们目光接触的时间就过长了。

"好慢啊！"经理嘀咕了一句。

"让您久等了。"那个服务员跑了过来，八田所开的那辆停得有点儿远的车也跟着开了过来。

"小心点儿。"车刚停下来，经理就帮她打开了车门。

"谢谢！"

就在小百合点头的时候，突然有个男人从大门前停车区的车后面冲出来，向小百合跑了过来。

“等等！”小百合注意到他就是吃饭前在大门口与自己擦肩而过的那个男人。

“池内小姐！”那个男人叫出了小百合的姓氏。小百合吃惊地伫立着。

“你的父亲是——”

小百合简直不敢相信自己的眼睛——刚刚走出酒店的那个男人，就像是在等这个穿着宽松夹克的男人一样走了过去。

“咚”，一个沉闷的声音响起，那个穿着宽松夹克服的男人按着胸口，身体摇晃了起来。

他中枪了！

小百合呆呆地看着那个开枪的男人拿着枪走远了。

“没事吧？”八田下车后，对小百合说道。

“嗯，我……”

那个受到了枪击的男人倒了下去，躺在地上一动也不动了。

“您赶紧上车吧！”经理推着小百合坐进了车里，关上车门后对八田说道，“开车！”

小百合打开车窗，问道：“那个人怎么办啊？”

“警察过来了就麻烦了，后面的事就交给我吧。”

“但是……”

“快点开车！”经理敲了敲驾驶席的窗户。

八田开动了汽车，小百合回头向后看了一眼，但是马上就什么都看不到了。

“应该是流氓混混之间的纠纷吧，”八田说，“幸好您没有被卷进去。”

不对，那个男人知道她姓“池内”，他肯定是有什么事想告诉自己。

“你的父亲是……”那个男人说了这样的话。

父亲的事……他到底想要说什么呢？

小百合又回过头向酒店的方向看了一眼，但是酒店已经完全被遮挡在其他大楼的背后，什么都看不到了……

掌权者

“辛苦了。”浑身都充满了直播结束后的轻微虚脱感，里美觉得这种感觉非常爽快。完成直播对她来说这是一件非常厉害的事。

“里美。”

“嗯？”

“一会儿见！”户部对她说道。

“嗯。”里美明白他的意思。

故意在这种公共场合和里美打招呼，让大家误认为他和里美之间好像有什么一样。而实际上，户部接下来要与他真正的女朋友约会去了。

“直接回家好无聊啊！”里美一边向走向职员室，一边嘟囔道。

“辛苦了，”一名员工说，“里美，你的手机刚刚响了哦！”

“哦，不好意思。”

绝对不能把手机带进正式直播的摄影棚里。假如它响了就糟糕了。

看到来电号码后，她不由自主地笑了——是最近因为各自都太忙，一直都没能见面的郡周一打来的。

“话说，明石小姐被部长叫走了，”一名男员工说，“这种时候会是什么事呢？”

听到这话，里美心里不安起来。

明石百代并不看好自己，对于这点里美心里很清楚，因为她一有机会就会在上司的面前数落里美的各种失误。但是，这也确实不仅仅是所谓的“欺负”，说起来，都是因为户部的一时兴起，作为新人的里美才被起用的。站在资深主持人明石百代的立场上来看，这应该是件让人很恼火的事吧。

“就算你再怎么嫉恨，我也没有办法啊，又不是我想要坐到现在这个位子上的。”这是她真实的想法。

可是，现在明石百代被部长叫走了……

里美总觉得这件事和自己有关系。但是，一直忧心忡忡也没有任何意义，于是里美走到走廊里拨通了郡周一的电话。

“喂。”

“哎，你已经可以出来了吗？”郡周一明朗的声音传了过来。

“可以出去了……你现在在哪里？”

欢笑声掺杂在周一的声音里传了过来……而且是女孩子们的笑声。

“我现在正在和广告公司的人一起喝酒呢，”周一说，“在六本木，你要不要过来？”

里美有点儿沮丧，看来没办法两个人单独待在一起了。

“但是……”她稍微犹豫了一下。

这时，她听到周一稍微把声音压低了一点儿说道：“事实上，对方一直在说非常想见见你。不好意思，拜托了，可以吗？”

“好吧……”里美说，“你也挤出一点儿时间和我见见面嘛！”

“嗯，我知道，这件事办完之后就可以休息了。”

每次都是这句话！她真想这么说他。但不只是周一，每个人都很忙。明明电视连续剧里的恋人们也都是商务人士啊，职业女性啊，但是他们都非常有空闲，下班后两个人总能一起去酒吧里喝一杯……

“我知道了。”

“谢谢！等你啊！”

因为电视台的员工们经常去那家店，所以里美也知道。

“我还要收拾一下才能过去，估计要三十分钟。”

“好，最好让我们等得稍微心急一点点。”

“我可不是那个意思啊！”里美笑着说道。

总之，可以见到周一，单单从这点来说也有去的价值。

回到职员室后，里美整理着今天的新闻资料。不知道从什么时候开始，户部站在了那里。

“户部先生！您刚刚去哪里了啊？”

“部长那里。”

那就是，和明石百代……

里美从户部的表情里看出来，应该是发生了什么不好的事。

“部长找你有什么事呢？”

“嗯，事实上——”户部正要说的时候，明石百代回来了。

“明石……”

“别理我！”百代怒气冲冲的态度把里美吓了一跳。

“到底是怎么回事？要好好地问清楚啊！”

“很明显不是吗？就是要让我退出那个节目。”

“啊？”里美不禁说道，“明石小姐……您不干了吗？”

里美说完以后，正在收拾东西的百代停了下来。“真没看出来，”她冷笑着，“你还很擅长演戏啊！”

“明石小姐……”

“你去部长面前哭诉了，对吗？还是总经理面前？如果是你的话，还真有可能会那么做。”

“到底是怎么回事？我……”

“明石，不要说了，”户部说，“不是她的错。”

“那为什么我会被派到教育中心去？我才三十岁啊！”

“冷静点儿，我也会去问个清楚的。”

尽管户部一直劝慰她，但是百代根本听不进去。

“不用了！我不干了！其他电视台给我发过来的邀请多得很，谁稀罕待在这种地方。”她狠狠地瞪着里美说，“你就鼓足力气作吧，什么时候再失去意识晕过去才好呢！”

说完，她一把抓起包，走出了职员室。一时间谁都没有说话。

“从明天开始，她就不再参与节目录制了。那……就拜托你了啊！”户部叹了口气，拍着里美的肩膀说道。

美香在公寓大厅里查看着信报箱。尽管大部分都是邮寄广告，也不得不大致看一眼才能扔掉。

一个信封吸引了美香的目光。

回到公寓后，她对真也说：“老公，你带美千流去洗个澡吧。”

“正要去洗呢。”真也和美千流脱得光溜溜地走了出来。

“会感冒的！要洗的话赶紧进去！”美香笑着说道。

“嗯，快点儿，那我们进去了啊！”真也抱起美千流走进了浴室。

因为美千流很喜欢洗澡，所以美香就省心多了。

美香先把浴巾和他们要换的衣服拿了出来，接着把不要的信件扔进了垃圾箱，然后打开了那个让她很在意的信封。上面没有寄件人的名字。尽管打印出来的收件人是“清水真也先生”，但是假如之后有必要让他看的话，“晕晕乎乎地没有注意到”，像这样说一句就行了。信只有一页纸，依然是打印出来的文字。

清水真也先生：

突然跟你说这件事可能会吓你一跳——你的太太其实是一个杀人犯，她在上大学的时候曾经将一个清白无辜的人活活逼死了。

我想和你见一面，把具体的情况告诉你。请你在这个星期六的下午四点到S矩形广场。我会主动和你打招呼的。

你的朋友

S矩形广场，是一条从公寓开车大约有十五分钟路程的购物街。

当然，不能让真也看这封信。

星期六，四点……美香决定无论如何都要利用这个机会抓住那个写信的人。可是，怎么抓？美香不知道对方的长相，并且，既然对方认得出真也，他当然也知道美香的模样。还是努力想出点儿高超的办法吧！美香把那封信放回信封后，塞到了厨房抽屉的垫子下面。

不管怎么说，对方要出现了。此刻，美香没有丝毫的恐惧，反而被挑起了斗志，她的内心充满了久违的心潮澎湃的感觉……

“哎，我们要出去了！”听到真也的声音，她一下子回过神来。

“来啦！”她跑向浴室去接美千流了。

“感觉很受打击。”里美说。

“是吗……不好意思，”周一拉起里美的手，“我什么都不知道。”

“没关系，”里美微笑着说道，“我很不擅长应付那样的人，反而让他们的心情变得不好了，是吗？”

他们在六本木的酒吧里和广告公司的要员一起喝酒，而里美没什么接待的经验，只知道一个劲儿地摆着僵硬的笑脸坐着。

之后，两个人去了周一的公寓，享受了片刻的二人时光……尽管也上了床，倒不如说他们只是想把身体靠在一起安静地待一会儿。

“对方也明白的，你又不是女招待，天真烂漫一点儿反而更好。”

“同一件事，就看你怎么解释了。”里美笑着说道。

“今天住在这儿吧？”

“明天要早起，我还是打个车回去吧，”里美爬起来说，“我可以先去冲个澡吗？”

“当然了。”

快速地冲了个澡以后，里美收拾了一下，准备离开。

“我要走了，你去冲澡吧。”

“那样太凄凉了，你等我一下嘛。”

“我知道了，”里美亲吻了一下周一，笑着说，“慢慢来吧。”

“五分钟就好。”

不一会儿，淋浴的水声从浴室里传了出来。

这时，里美的手机响了起来。

“您好。”

“里美？我是小百合。”

“啊，午饭多谢款待，我吃得很开心。”

“你听上去好悠闲，拜托稍微忧心一点儿吧。”

“在忧心呢。”

“话说，那个资深主持人怎么样了啊？”

“啊？”

“被踢到什么地方去了吗？”

里美顿时吃惊得目瞪口呆。

“那是小百合你……？”

“先生给你们那里的总经理打了一个电话，效果怎么样？”

“明石小姐……说她要辞职。”

“那不是挺好的嘛！怎么样，先生的力量非常厉害吧？”听着小百合得意扬扬的话，里美突然心生恐惧。

“喂，你在听吗？”小百合说。

“嗯，听着呢。”

“这样的话，你以后就不用再受欺负了。”

“谢谢。”

“不要这么说，我们不是朋友嘛，”小百合说，“有什么事就告诉我，假如能帮上忙的话，我一定会帮你的。”

“嗯，那个时候一定会——”

“对了，里美，听说你和户部诚的关系怪怪的，是真的吗？”

“哎？啊，不是那样的，那只是他们胡说八道的。”

“不要连我都隐瞒啊！”

“没有隐瞒啊！户部实际上和别的女主持人关系很亲密，我只是用来掩人耳目的。”

“什么啊，原来是这样，”小百合笑着说道，“下次，让我看看你们的摄影棚吧。”

“嗯……随时欢迎。”

“好。那个叫作户部诚的人好棒啊！那我挂了，有时间再联系。”

“谢谢你，小百合。”说完，里美一动不动地低头看着手机。

“怎么了？”周一披着浴袍走了出来，“打电话了？”

“嗯，小百合打来的，”里美说，“没什么大事。”

小百合的一句话就把明石百代从栏目组常规主持人的座位上拉下去了。里美实实在在地感受到小百合已经不再是她以前认识的那个小百合了。

掌权者的情人——这样的身份是非常危险的，这一点小百合肯定不会不知道。然而，以这样的形式彰显自己的力量，或许越发显示出了她的这种心情吧。

可是，现在小百合拥有“特殊的力量”，这是确定无疑的。她把明石百代那样的老手都清除了，里美这样的新人更是轻而易举就能捏得粉碎。过去一直不怎么起眼的自己现在站到了最优越的位置上——里美认为小百合与其说是为了维护她们的友谊，倒不如说是在拼命地对这件事进行显摆。这让她感觉到非常苦涩。

不管怎么样，一定不能让小百合讨厌自己……

“我回去了，再见。”里美亲吻了一下周一，拿过了外套。

疑 惑

她拿起手机以后说道："我是小百合。"

"我会稍微晚一点儿。"前田说。

"我等您。"

"嗯，如果饿的话，你就先吃点儿东西。"

已经夜里九点了。虽然小百合的时间安排和平常人不一样，但是即便如此，午饭在两点左右的时候也已经吃过了。说实话，她的肚子现在非常饿。可是，尽管前田说了"先吃点什么"，她还是知道这样的话是不能当真的。

"一个人吃不香，我等您。"

"我会尽量快点儿回去的。"前田听上去好像非常开心。

"马上就回去"这样的话也不能当真，之后依然需要两三个小时也没有什么不可思议的。假如坚持不下去的话，就吃个饼干吧。

她还以为前田已经把电话挂断了。突然，"昨天肯定吓了一跳吧？”他这样说道，“我听餐厅的经理说了。”他在说那个穿着宽松夹克的男人被杀的事。

“嗯，我当时很害怕。”小百合说。

“还好你没有受伤，假如被卷了进去，就麻烦了。”

她在新闻上看到那个穿着宽松夹克的男人虽然被送到了医院里，但是没过多久就死了。犯人已经逃跑了，还没有抓到。

“但是，我听新闻上说，那个被杀了的人以前好像是一家倒闭公司的总经理……”

“好像是。”

“他为什么会被杀了呢？”

“肯定是被人记恨了。人，假如是为了保护自己的公司的话，什么事都做得出来，”前田说，“总之，你什么都没有看到，与那种事扯上了关系的话不会有好结果的。知道了吗？”

那个男人认识小百合，他是在正想要对小百合说些什么的时候被杀的。

“……小百合，你在听吗？”

“嗯。”

“我是为了你好才这么说的。现在不要想任何多余的事，只好好地关心肚子里的孩子就行了，知道了吧？”

“嗯，我知道。”

“那一会儿见！”前田这么说着挂断了电话。

肯定是有什么事。

小百合明白了。不，假如是以前的小百合，说不定她还什么都没有察觉到。但是，作为前田的情人生活以后，小百合已经掌握了读取人心的能力。如果没有这种能力，就无法守护自己的地位，以及父亲和母亲的生活。

她明白的另一件事就是，前田是一个只会以自己为中心来观察事物的男人。他对小百合温柔只是在他自己想要那么做的时候，与小百合是怎样想的完全没有关系。小百合在前田开心的时候就会受到温柔的对待，然后她必须一直为那件事而感到开心。

在刚刚的电话里，明明小百合什么都没有说，前田却主动针对昨天晚上的事说了一番关心小百合的话，这并不是经常会发生的事。前田从不会因为那种事而特别地关心小百合。昨天晚上会发生什么事前田是知道的，所以他才会说出了那样的话。

那个男人说："你的父亲是……"

她重复着这句话。

父亲到底怎么了？那个倒闭了的公司的总经理为什么一定要被杀掉？

小百合轻轻地摸了摸自己的下腹。寄宿在这里的生命，即便是出生在没有爱的地方，也有一半是我的。

有没有什么办法可以在不惹前田生气的前提下，更详细地了解昨晚的那个事件呢？小百合苦苦地思索着。

一定要慎重再慎重……

为了使和前田一起吃的晚饭不管什么时候都保持温热，小百合走向厨房，开始进行准备了。

“早上好！”清水真也朝大楼警卫室的窗户打了声招呼，“请给我钥匙吧！”

“啊，你好，”已经六十多岁的尽管人很好但是基本上起不到什么警卫作用的保安悠闲地走了出来，“今天也来上班了？辛苦了。”

“是我自愿过来的，”真也说，“办公室的钥匙？”

每当和这样动作迟缓的老年人说话，真也就会感到非常焦躁。保安非常了解真也，不管怎么说，他可是“大臣的女婿”。

“已经被拿走了。”

听到这话，真也觉得很意外。

谁会过来呢？在星期六的早上。

“谢谢！”说着，真也向电梯的方向走了过去。

休息日出勤……在每周休息两天的S兴业，居然有其他员工会在星期六过来，这让人非常意外。

不，也说不上意外。真也在立志走音乐道路的时候，他曾经发自内心地认为“周六日也不休息，依然去公司上班的上班族”他们完完全全就是傻子。然而，现在身处这样的环境以后，他发现“比别人更加努力地工作”

会给人带来一种无以言表的快感。

或者说，平时总会有各种各样的杂事，还要不断地应付各种电话，因此工作总是一次次地被打断。与此相比，周六上班更能专心致志地只做自己的工作，这给了他很大的满足感。

“早上好！”办公室的门打开以后，一个明快的声音便飞了过来。

“是明美你啊，”真也脱下外套说，“我还以为会是谁呢……怎么了？”

“今天的约会被放鸽子了，”杉山明美调皮地说道，“在公寓里待着也没什么事做，然后突然想起来清水先生你说过今天会过来处理积压已久的工作。”

“不好意思啊，明明今天是休息日。”

“没关系！是我自己自愿过来的嘛，”明美站起来说，“你说的工作是制作预算吧？”

“嗯。”

“那我来汇总一下去年以前的，整理好了以后你就加进预算里去吧。”

“那真是太感谢了……”

“不用客气。我脑袋不好用，所以很适合单一的工作。”

真也笑着说：“我知道了，那拜托你了。”

“嗯，这个是跟广告相关的。”她把一摞成捆的资料放在了真也的桌子上。

“这个……是什么时候做的？”

“我一个小时之前就过来了。”

“谢谢……立马就能开始工作，真是太好了。但是，你好好地确认出勤了吗？”

“没有，今天就不用了，今天无偿服务。”

“这样可不行，休息日出勤的话必须得到补助才行。”

“不用了，”明美摇了摇头，“如果让别人知道休息的时候我和清水先生两个人过来了的话，他们会怎么说呀？今天我只是自愿过来给你帮忙而已。”

“是这样啊，”真也心里也很清楚，“我知道了，那我请你吃午饭吧，你喜欢吃什么随便选。”

“太好了！”明美轻轻地跳了起来。

这个动作实在是太可爱了，真也一不小心笑了出来。

因为明美把大部分的烦琐工作都接了过去，所以效率提高了很多，到吃午饭的时候他们就已经完成了今天工作计划的七成。

“好了，去吃点什么吧。”真也抓起外套说。

他们两个人走进了一家离公司步行五分钟左右的面馆，一边聊天一边吃了午饭。对真也来说，这是一种非常新鲜的体验，当然这说不上是出轨，但他心中不由得感到兴奋。尽管算不上是美女，但明美无忧无虑的笑容也非常迷人。

“啊，已经过去一个小时了！”明美看了看手表，“我们回去工作吧！”

“今天的午休并不是只有一个小时就结束了啊！”

“不行，既然来上班了，午休时间就是一个小时。”

“知道了，知道了。”真也笑着站了起来。

回到办公室后，真也先去了趟卫生间。之后他正要回到自己座位上时，看到明美手里拿着一张传真呆站在那里。

“清水先生。”

“怎么了？”

“刚刚……这个……”

“传真吗？写的什么？”

“那个……”

真也从看上去不知道该如何开口的明美手里拿过那张传真。

清水真也先生：

你的太太是杀人犯。今天下午四点，如果你来S矩形广场的话，会看到非常有趣的事哦。

你的朋友

一时间，明美和真也谁都没有说话。

“开这样的玩笑，简直是太过分了！”明美生气地说道，“肯定是个奇怪的人发过来的。”

“嗯，是从便利店发过来的……也没办法调查到是谁。”真也一动不动地看着打印出来的文字。

“我们还是工作吧，清水先生。”

“嗯……”真也看了一眼手表，“下午四点。这个S矩形广场是……？”

“是我们家附近的一条购物街，那里有个广场，我们经常一家人一起去。但是……”明美吞吞吐吐地说道。

“美香是杀人犯？她不会做这么愚蠢的事的。”

“当然了！”明美点了点头，“哎，把它扔了吧，忘了就行了。”

可是，真也把那张传真折叠起来放进了兜里。

“清水先生……”

“四点去了那里的话，发来这个传真的家伙肯定也会现身吧。我要把他狠狠地骂一顿，”真也笑了一下，“快，假如四点去S矩形广场的话，现在就剩不到两个小时了，我们继续工作吧。”

“嗯。”

明美也笑着点了点头。

可是，他们两个人都变得少言寡语了起来，气氛变得就好像无法将低沉地压了过来的乌云驱散一样。

在广场上毫无目的地转来转去的话，不可能不引人注意的。

还有七八分钟就四点了。美香从几天前就开始寻找可以环视整个广场的地方了。可是，现实远不会像电视剧里的那样顺利。这里偏偏既没有可以环视整个广场的咖啡店，也没有安装着玻璃墙面的透明电梯。

平时下午四点的广场是不会聚集这么多人的。尽管是主妇们购物的时间，但是很少有人在广场上悠闲地休息。大家都是急匆匆地忙着回去准备晚饭，或者赶在孩子放学之前到家。

可是，今天是星期六。父亲也陪在身边带着孩子的一家人，即便在购物结束以后也还会继续在广场上的各个地方消磨时间。

到底那个人是谁啊？就连是男是女，她都不知道。

“冷静！”美香对自己说道。

当知道真也今天要去公司上班的时候，她稍微松了口气。把美千流交给一位关系不错的太太后，她提前十分钟就来到了广场。不过，美千流还很小，交给别人照看的时间也不能太久。

“有什么事的话，随时给我打手机。”她离开的时候嘱咐道。

美香觉得，即便顺利地发现了寄信的那个人，应该也没办法迅速地把事解决。今天过来的人会是谁？或者说，会是个什么样的人？只要看上一眼，她也能感到满足了吧！

还有两分钟。

广场的中央有一座钟塔，它的长针马上就要指向正上方了。美香将广场扫视了一遍。来来往往的人很多。怎样从人群之中发现一个人呢？她连一点儿线索都没有。

“啊，对不起。”有个男人撞到她的肩膀。

“没关系。”

伫立在这种地方的话，肯定会妨碍到别人的。她悄悄地瞥了那个男人一眼——他大约有三十五岁，看上去确实就像是个休息日时候的上班族，穿得很随意。那个男人也回头看了一眼，与美香的目光触碰了一下。然而，那个男人明显地倒吸了一口冷气，接着便快步走开了。

他认识我！是那个男人吗？美香正要去追他的时候，却被一个人拽住了。

“哎呀，清水女士。”

她回头一看，发现是和她住在同一栋公寓的主妇，她们偶尔会在这条购物街上碰到。

“你好……”

“遇到得太是时候了！哎，我想去买个东西。你陪我一下，可以吧？”她也许压根儿就没有想到自己会被拒绝。

“啊，今天对不起了，”美香急忙说道，“我有点急事。”

“什么事那么着急啊？只要十分钟就好了！”

她抓着美香的胳膊不松手。

“我真的很着急，下次再……”

那个男人的身影已经消失在人群之中了。

“对不起！”美香甩开她的手，跑了起来。

一定要追上那个男人！美香在人潮中拼命地往前挤着，勉强地继续寻找着那个男人的身影。可是，因为她的目光一直追着走在前面的男人，所以没有看脚下，绊在了一位从她眼前横穿而过的主妇拉着的购物车上，于是就摔倒了。

“干什么！小心点儿！”那位拉着购物车的主妇冲着美香抱怨道，“里面有鸡蛋，要是摔坏了怎么办？”

“对不起了。”美香强忍着脚痛站了起来，压制着想要发怒的冲动说道。

她想继续追赶那个男人。可是，那个男人的身影已经不知道消失在什么地方了。她又坚持不懈地到处寻找了一番，然而偶遇并没有再次发生。最终，她大口地喘着气，停下了脚步。

“哎，”一位中年主妇对她打招呼说道，“你受伤了！”

“啊？”

“你的膝盖在流血……”

听到她这么说，美香这才注意到刚刚摔倒的时候撞到了左腿的膝盖，那里一直在流血。尽管感觉并不怎么疼，但是有好几道血已经流到了脚上，周围的人都睁大了眼睛看着她。

“不好意思，谢谢……”

美香红着脸，急忙拿出手帕把腿上的血擦了一下……

逃　犯

“你还在睡啊？”一走进房间，桐山就用责难的语调说道。

“感觉有点儿……”小百合说，“偶尔会害喜。”

她觉得自己已经努力说得让人听上去没有挑衅的感觉了，但是桐山还是很不愉快地说道：“你是想说我肯定不会明白的，是吗？”

“我没有那个意思……”

“算了，先生对你的身体也很上心。”

桐山来到小百合的公寓是在快到中午的时候，也正是小百合会在床上哼哼唧唧地开始动弹的时候。

“我现在去给您倒杯茶。”小百合披上了长衫。

“不用了，我马上就回办公室了，”桐山坐在沙发上说，“我简单说一下，是关于那天晚上你看到的那场事件。”

“有人中枪了……”

“对，就是那件事，警察来办公室了。”

“为什么？”小百合也在沙发上坐了下来，“那不是暴力团伙之间的纠纷吗？”

“当然了，就是那么回事。但是碰巧当时有个正从酒店里出来的营业员，他说那个被打死的男人认识你，当时正要往你那边跑。”

“往我那边？”

“嗯，听了他的证词，警察过来说想听听你怎么说，”桐山死死地盯着小百合的表情说，“怎么样？你有什么头绪吗？”

“没有，”小百合装作一副什么都不知道的样子摇了摇头，“那个时候，突然就听到了枪声……”

“那样的话，你什么都没有听到是吧？”

“嗯，什么都没听到。”

“那就好。下午两点左右，警察会来这里，我就是因为这件事过来的。”

“嗯。”桐山了站起来，“那么，我立马就回办公室了……与先生的事，不要随便乱说！”

“我知道了。”把桐山送出门后，小百合伸了下舌头，嘟囔道，“讨厌的女人！”

可是，桐山特意提前来访，这并不寻常。果然，肯定是有什么不想让小百合知道的事。

不用说，小百合肯定想知道他们到底隐瞒了什么事。可是，假如私自调查被发现了的话，前田一定会很生气吧。一旦惹怒了他，小百合的地位就会立即崩塌。

必须要慎重……现在最重要的事是平安无事地把肚子里的孩子生下来。

“下午两点啊……”

小百合嘀咕了一声。还是打起精神吧。假如回到床上的话，她又会立刻沉沉地睡过去。她去洗手间洗了脸，正在用毛巾擦拭着。这时，门铃响了起来。

会是谁呢？她接通对讲电话问道：“您是哪位？”

“我是警察。”

咦？现在还很早不是吗？尽管心里这么想着，但是她并没有抱怨。

“请进。”她打开联锁说。

没办法，她就直接穿着长衫急急忙忙地去镜子前面整理了一下头发。

“哎，稍等一下。”听到玄关处的敲门声，她急忙跑了出去，把门锁打开。

“让您久等了。”她说着把门打开。

一个枪口出现在她的眼前。

“到里面去。”一个穿着西装套装的男人低声说道。

小百合认出了他的脸——他就是那天晚上开枪后逃跑的犯人。

“怎么回事？”

脸色苍白的小百合听话地向后退去，然后不小心撞到了里屋的门上。

“进去。”那个男人说。

两人进入起居室以后，那个男人像把自己扔了出去一样，扑通一声坐到了沙发上。

“我是跟在那个女人的后面过来的……你知道我是谁吧？”

小百合点了点头。

“我并不是想要把你怎么样，你只要乖乖听话就没事，知道了吗？”

“我知道了，”小百合说，“你可以把枪放下吗？”

“你会乖乖听话吗？”

“我肚子里面有孩子，绝对不会做危险的事。”

小百合有点儿无法相信自己居然能在枪口面前如此从容地说话。尽管她也感到了恐惧，但是对这个男人的兴趣也在小百合的心中产生了。

“孩子？”那个男人说，“是那个叫作前田的家伙的孩子？”

“是的。”

“那个家伙已经六十多岁了吧！”

“七十岁了。”

“七十岁啊……亏得你想把那么一大把年纪的人的孩子生下来啊！”

“有各种各样的原因，但是我无论如何都想把这个孩子生下来。”

“我知道了，”那个男人把手枪放进了上衣的里面，“这里只有你一个人？”

“是的。”

“今天有什么人会过来吗？”

“前田先生傍晚的时候会去九州，不会来这里的。不过，两点的时候警察会过来。”

“那个女人说的吗？她还说了别的吗？”

“说让我回答说什么都不知道，只有这些。”

那个男人笑了一下：“你还真是个诚实的家伙啊！”

“我的优点只有这一点儿，毕竟我也不是美女啊！”

那个男人不可思议地看着小百合说：“你真奇怪，我还以为你会是个高傲自大的女人呢！”

“你稍等一下，”小百合看了一眼那个男人，然后站起身去拿来了一个小塑料袋，“这是先生出去旅行时随身携带的刮脸套装。”说着，她向那个男人递了过去，“你的胡子已经很长了，邋邋遢遢的样子会让人觉得很奇怪，我觉得你最好剃一下。”

“谢谢！我也一直很在意……那我用一下洗手间。”

“出去以后一直走到头，左边是浴室。我来准备些吃的吧。”

“那就太感谢了，我现在是无论如何都没办法去餐厅……”

“我知道了。”

为了前田不管什么时候突然过来以后说“肚子饿了”都可以应对，小百合平时会做一些前田喜欢吃的东西冷冻起来。她用微波炉解冻加热了一下，迅速地摆到了餐厅的餐桌上。

“哎呀，看上去很好吃！”

“是从餐厅里的厨师那里学来的，请吧。”

刮完胡子的男人看上去干净利落，比她原本想象的还要年轻，应该只有三十五岁左右。虽然还有危险的气息，但是并不至于让人敬而远之。

“真好吃。”专心地吃了一会儿以后，那个男人喘了口气说道。

“要咖啡吗？”

“要，”那个男人点了点头，“可是你为什么要对我这么热情啊？”

小百合设定了一下咖啡机说：“我希望你能告诉我，你杀的那个人为什么会被盯上？新闻上说是暴力团体之间的纠纷，但是在我看来并不是那样的。”

“确实，那个新闻是假的，是有人故意播的。”

“那是……”

“我也不是很清楚，只是有人让我杀了那个男人而已。”

“什么人命令你的呢？”

“这个不能说，总之直接对话的是最上面的人，我只是受到了命令才那么做的而已……你认识那个人吗？”

“不认识，完全不知道。”

“是吗……那个家伙当时正要冲着你跑过去。”

“我也是这么想的，但是我一点儿头绪都没有。”

“肯定有什么内幕。人，总是会因为连自己都不知道的理由遭人记恨，”那个男人说，“多谢款待，又活过来了。”他深呼吸了一口气，得意地笑了。

小百合一边倒咖啡，一边问道：“你为什么要来这里呢？”

那个男人用带着一点儿嘲讽意味的目光看着小百合说：“我觉得这个你最好不要知道。”

“为什么？”

“世间不是有句话叫作‘胳膊拧不过大腿’嘛……你对这一点应该了解得很清楚吧。”

小百合没有再重复相同的问题，这是她在和前田相处的过程中得到的经验教训。男人这种动物，在被问到了他们不想让别人问的事时，往往就会生气。更不要说被问两次了，那样的话肯定会生气的。

“受你关照了！”

“你是不是一直都没有换过衣服啊？”

“啊……一直过着逃亡的生活，可不能有这么奢侈的要求。”

“我这里有男人的衣服，尽管你穿可能会有点儿大，你换了再走吧？”

“那真是太感谢了！”

“冲个澡吧，会变得很清爽的。在这段时间里我把可能适合你换的衣服给你拿出来。”

“洗澡啊……我最喜欢洗澡了。”那个男人好像是受到了诱惑一样。

“时间还没问题，过十五分钟再出去也完全来得及。”

“那就这么办吧。”那个男人伸了个懒腰说道，他看上去非常放松。

不一会儿，浴室里传来了往浴缸里放水的声音。小百合挑出替换的衣服，放到了卧室的床上。

把用过的餐具洗好后，小百合一边用毛巾擦着手，一边走过去悄悄地向浴室里面看了一眼，嘀咕道：“差不多该出来了吧。”

然而，浴室里并没有男人的身影。她又朝卧室里看去，发现一个穿着浴袍的男人正在床上高声地打着呼噜，沉沉地睡着，完全是一副少年的睡相。看着他半张着嘴的睡脸，小百合情不自禁地微微笑了一下。

这时，门铃响了起来。

“您是哪位？”

“我是警察。”

这次来的好像是真的。

“请进。”

打开联锁后，小百合在去玄关的大门之前先关上了卧室的门。

“呼噜声小一点儿！”她小声说着关上了门。

接着，她来到玄关，等待着警察的到来……

各自的夜晚

“好棒啊！”杉山明美抬头看着高级公寓说道，“和我的公寓相比简直就是一个在天上，一个在地上。”

“说得太夸张了吧！”清水真也笑着说道，“上去坐坐吗？”

“不要不要，这怎么可以呢？”明美在高级公寓的大厅门口抬头看着这栋建筑说，“我就先走了。”

“是吗……不好意思啊，还让你陪我。”

“没事的，是我自愿跟你过来的嘛，”明美说，“但是，清水先生，你要和太太好好谈一谈。如果只是一味地凭空想象，就只会一个劲儿地往坏的方面想，说不定什么事都没有呢！”

“我知道，让你担心了。”

“没有……那我先走了。”

“再见。”

明美把高级公寓抛在身后，没有再回头。

她往前走了很久，终于停下了脚步，回头看到那栋高级公寓浮现在夜幕之中，有几扇窗户上透着温暖的光，而清水的家就位于其中。自不必说，它在明美无法触及的很远很远的地方。

她一直都是这样想的。

但是，这种想法在今天改变了。

她和真也两个人一起看着美香拼命地在什么人的后面追赶，甚至摔倒。于是，有一个梦想的雏形在明美的心中浮现了出来。

他的妻子是杀人犯。

尽管不太明白那封传真上的话是什么意思，但是假如那是真的的话……明美想象着自己待在那个明媚的窗户里面的景象，心中突然有什么东西涌动了起来。

“你回来了。”美香走到门口说。

“我回来了，”真也一边脱鞋一边问道，“膝盖怎么了？”

他两眼直直地看着美香包着绷带的膝盖。

“没事，出去买东西的时候不小心摔了一下。”

“小心一点儿嘛！”

“没有什么大事，只是稍微擦破了一点儿皮。”

“去医院了吗？”

“已经消过毒了，没事的。绷带缠得有点儿夸张而已。今天的工作顺利吗？”

“嗯，没有其他人的话很安静，连效率也都提高了。”

“吃午饭了吗？”

“在附近吃了。”真也悄悄地向里面的房间里看了一眼——美千流正香甜地睡着。

“应该是累了吧？”

“现在睡着的话，晚上就会玩到很晚，尽管那会让人很为难，但是也阻止不了她。”美香一边笑着说道，一边把脸颊靠在了正在解领带的真也的后背上。

“怎么了？”

“要我。”等真也转过头来，美香一下子就紧紧地抱住了他，亲吻了上去。

“膝盖不疼吗？”

“不碰它就没事。”美香拉着真也向床上走了过去。

“晚饭，晚一点儿再吃也没关系吧？”

“嗯……”美香平躺到床上，把真也拉到了她的身边。

“电话响了。”

“别管它。”

“可是……”

“还会再打过来的。”

电话铃声响了一会儿，最终安静了。

美香一边接受着真也的嘴唇，一边思考着那个电话可能会是什么人打来的。是那个男人吗？还是……

“老公……”

美香为了把不安的心情完全驱除出去，用尽力气紧紧地抱住了真也。

“把手举起来！不许动！”一名警察叫道，“再动我就开枪了啊！”

“便衣？”

伴随着啪嗒啪嗒的脚步声，敞着浴袍前襟的睡意蒙眬的杀手走了过来。他手里拿着手枪，看着坐在起居室沙发上的小百合。

“你终于醒了啊？”小百合问。

“刚刚警察……”

“是那个吧？”

小百合指了一下电视上正在播放的影片，正好演到一名警察在给犯人戴手铐。

“是这样啊……”

那个男人好像泄气了一样，放下了手枪。

小百合苦笑着说：“那个……浴袍前面全都看到了……”

她说完以后，那个男人才刚刚注意到他的衣服。

“不好意思！”他慌忙转身走了回去。

“好奇怪的一个人。”小百合强忍住笑声嘟囔道。

没过多久，男人穿上衣服怯生生地走了出来。

“刚刚对不起啊！”

“没关系。现在已经是晚上了，你打算怎么办？”

“我要走了，”男人说，“只是……方便的话，可以给我喝一杯咖啡吗？”

“当然可以。”小百合站了起来。

她正在厨房里温咖啡的时候，那个男人走了过来。

“怎么了？”

“啊……没什么。”

“要是肚子饿了的话就叫些外卖吧，我也觉得出去吃饭很麻烦。”

“嗯。”那个男人露出笑脸，点了点头，简直就像个少年一样。小百合忍不住笑了出来。

“你这样的人竟然是个杀手……小野寺先生。”

“你怎么知道我的名字？”

“警察说的，真正的警察。”

“是吗……”他呆呆地说，“在我睡着的那段时间？”

“你一个劲儿地打着呼噜，警察会不会听到啊？我当时可担心得不得了，”小百合向杯子里倒着咖啡，“请吧！你想吃什么，寿司，盖浇饭？也有比萨。”

“什么都行，点些你喜欢的就行了。”那个叫作小野寺的男人坐在桌子旁边悠闲地喝着咖啡。

“那点寿司和盖浇饭两样吧，这些应该能吃完吧？”

“嗯。”

小百合打完电话后说：“十五分钟左右就能送来了，

我把咖啡稀释一下也喝一杯吧。”

“你为什么没有把我交给警察？”小野寺一动也不动地看着小百合。

“这个嘛……我对你本来也没有仇恨，而且就算被抓了，你也不会说我是你的同犯吧？”

“我不会诬陷你的，我发誓。”小野寺拍着胸口说道。

“但是……”小百合往咖啡里加了很多牛奶，“接下来，你要一直到处逃跑吗？”

“这也是没有办法的事啊，我本来就知道会是这样的。”

“万一被抓住了呢？”

“会痛痛快快地认罪，但是我不会说是受人所托，而说是因为个人恩怨。”

“然后被关进监狱？”

“嗯，十五年啦，二十年啦……可是出来以后就可以在组织里面出人头地了。”

“十几年过去的话，就已经没有人记得你了，不是吗？”

“这个到那时候再说，”小野寺耸了耸肩，“我只了解这一个圈子，离开了这个圈子我就无法生活了。”

“才没有这回事。”

“你怎么知道？”

“你好好地看看我。”

“怎么了？”小野寺吃惊地说，“脸上粘什么东西了吗？”

“我曾经是一个完全没有任何梦想的女大学生，尽管后来成了一名职业女性，但是我也从来没有想过去兢兢业业地工作。一直想着找一个和我相配的不怎么起眼的男人结婚，然后过上整天睡大觉、慢慢变胖的生活，”小百合叹一口气，“但是，去参加朋友婚礼的时候，前田先生看上了我，就这样，我的人生全都改变了。”

小百合将公寓扫视了一遍。“可以住在这么豪华的高级公寓里面也好，可以不工作每天只是玩也好，全都是托前田先生的福，这一点我当然知道。但是……我在这里一直等待着的人，尽管他很有权力，但毕竟是个七十岁的老人。我虽然可以玩，但是平时外出的时候都会受到监视。”

接着，小百合看着小野寺说：“谁说到了其他的圈子就没有办法生活了？明明可以继续生活的啊，我就是个例子。我作为‘政界大人物的情人’，现在怀了这个孩子，我要把我自己的未来赌在这个孩子的身上。”

说到这里，小百合又深深地吸了一口气。“不要放弃自己的人生，放弃的话，就只会被他人利用的。”

小野寺好像听傻了一样说道：“你……真是个厉害的女人啊！”

“没什么厉害的，只是因为被放在了这样的环境之中所以才改变了，”小百合反驳道，“你也是，仔细想想，你只是被人利用了而已。虽然我不知道是谁让你去杀人的，但是警察知道是你干的，这肯定是因为那个让你去杀人的人告诉他们了吧？你实在是太傻了，竟然对那样的人尽情尽义！”

“听你这么一说，总觉得我好像是个无可救药的傻瓜一样，是不是？”小野寺的脸绷了下来这么说道。

“我的意见假如让你不开心了的话，就对不起了，”小百合低下头说，“说了些惹怒你这样的杀人犯的话，我也真是个笨蛋，说不定会被杀的。”

“我不会杀对我有恩的人！”小野寺生气地说道。

小百合突然笑了出来。

“有什么好笑的？”

“就像关于流氓的电影一样，不是吗？而且是以前的流氓，说着‘一宿一饭的情义’，然后在打架的时候仗义相助。你是不是很向往成为那样的人？”

“倒也说不上不向往……但差不多也就是那种感觉吧，”小野寺耸了耸肩，“我从来不怎么认真考虑的，都是一察觉到什么就立刻行动。”

“形象都被破坏了。”

“什么意思？”

“我原本还以为你是个非常冷静机敏的杀手呢！”

“不好意思啊，”小野寺回应道，“应该只是你擅自误解成那样而已。”

他们两个对视了一下，笑了起来。这时，外卖送到了，两个人便在餐厅里吃起了晚饭。

“你没有女朋友吗？”小百合问。

“没有……倒是有女人。”

“那不就是女朋友吗？”

“不是，混混没有‘男女朋友’这种东西。”

“真是顽固，”小百合看着眨眼间就把特等寿司和日式炸猪排盖浇饭一扫而光的小野寺说，“做你的女朋友也真够不容易的，不用一个大锅的话，饭就不够吃了，说不定得挨打吧！”

“谁会打女人？”小野寺皱了一下眉头。

“哎，我来帮你给那个人传话吧，这对混混来说也会有失身份吗？”

“你为什么要替我做这种事？”小野寺放下筷子问道。

“因为我也没有什么别的可以帮你做的事了，或许是一种对只是一味地等待的女人的同情吧。”

“她可不是个可歌可泣的女人，”虽然他这么说，“那么……可以拜托你一下吗？”

“你真是一点儿都不坦率啊！”小百合说着微笑了一下。

独家报道

“去六本木。”明石百代乘上出租车以后说。

那一瞬间，司机悄悄地向后看了一眼：“这位客人，您是电视上的……”

“不是艺人，只是个主持人。”

“是吗？我就觉得我以前见过你，”司机暗自笑着说道，“去六本木哪里啊？”

“十字路口处左转。”

“我知道了。”

夜晚的城市下起了小雨，出租车雨刷时不时地摆动着。明石百代的心情稍微变好了一点儿，她乘上出租车的时候还紧张了一下。司机会注意到自己吗？假如完全注意不到的话，她会感到失望的。

不管百代再怎么强调自己“不是艺人，而是专业的主持人”，但是“每个人都认识自己，大家用敬仰的眼神看着自己”的感觉确实不错。而作为新人的黑沼里美，虽然“只有一张光鲜亮丽的脸而已”，但她还是积攒了不少的人气。电视圈是个“外表就是一切”的世界，百代对这一点了解得最清楚不过了。

尽管她对户部和黑沼里美说过“不干了”，但是来自其他电视台的邀请其实根本就没有。她把辞职信放进包里，反复考虑了很久，却并没有下定决心。因为一旦提交上去，就再也无法撤回了。而且，假如辞职的话，百代的面孔很快就会被大家所遗忘，应该谁都不会再注意到她了吧。对她来说，这是一件非常恐怖的事。

尽管不知道去了教育中心后还能不能再回来，但是那种可能性对自己来说并不一定完全是零。百代暂时申请了带薪休假，可以好好地放松一个月，领导应该也不会因此而责难她的。利用这段时间慢慢考虑一下吧，她心想。

从出租车里向窗外看去，百代觉得自己应该不会把辞职信提交出去。户部和里美会怎么想呢？一想到这儿，她就觉得非常窝囊，但或许现在是必须忍耐的时候……

这时，包里的手机响了。

百代急忙接了起来。做节目主持人的时候，电话总是接连不断地打进来，她还抱怨说“烦死人了”。然而，现在假如手机一直不响的话，她就会感到很寂寞。

“您好……啊，您好，正坐着出租车去您那里……”百代的脸上浮现出了失望的表情。

“我知道了……没关系，也是没有办法的事情嘛，以后方便的时候请您一定挤出一点儿时间来……嗯，我知道了。”

挂断电话以后，百代咬了一下嘴唇，她差点儿就要发起牢骚了。不行，不行。有人在看着自己，必须得留心才行。可是……该怎么办啊？

“不太方便了。”本来约好要见面的S电视台的高层对她这样说道。

这样一来，即使去了约定好的六本木的餐厅也是完全没意义了。可是，百代在出租车司机的面前一直像什么事都没有发生一样。

大概是因为担心被郡总经理知道的话就不好了，所以逃掉了吧。

总之，先在六本木下车，然后一个人吃个饭再回去，百代是这么打算的。这就是所谓的倔强。

手机又响了。这次会是什么事呢？

“您好。”电话接通以后，一个女人的声音传了过来，“您是明石百代小姐吗？”

“是的。”

“我想要给您提供一个消息，所以冒昧打了这个电话。突然打扰您，非常不好意思。”

“您是哪位？”

“现在还不太方便透露……”

尽管匿名也是每个人的自由，但是那只是在最终广播和刊载时候才会呈现。假如一开始就拒绝自报家门的话，被人当成是在胡说八道也在情理之中。

“您会有疑惑，这也是理所当然的。”对方的说话方式简单明了，给人一种很机智的感觉。

“可是……”

“请您理解，因为一些特殊的情况，现在我没有办法把名字告诉您，”那个女人说，“但是等到可以说的时候，我一定会告诉您的。您可以听我说一下吗？”

百代稍微犹豫了一下。

“是什么样的消息？”

“死了三个人，三个完全无辜的人。是四个女大学生，把他们逼死了。”那个女人用淡淡的语调说着。

“女大学生？”

“她们四个人的名字是田渊美香、池内小百合、轰淳子，还有黑沼里美。”

听到这里，百代的心扑通扑通跳了起来。

“您应该还记得吧？”那个女人继续说道，“前一段时间，黑沼里美在新闻直播中失去意识晕倒了。”

“嗯。”

“在那个事件中去世的三个人，其中有一个人叫作西川勇吉。”

百代想起来了。那个时候，里美正读观众发来的传真，然后突然就晕倒了。当时，她读的那封传真或许写的就是“西川勇吉”的名字。

“怎么样？我们可以见一下面吗？”

“特别想听您仔细地说一说，一边吃饭一边聊怎么样？”百代甚至都想请这个匿名的人吃顿饭了。

在会员制俱乐部的酒吧里，田渊弥一正等待着他的女儿美香的到来。自从孙女美千流出生以后，她自然不能像以前那样动不动就出来玩了，因此很少会像今天晚上这样主动地对自己的父亲说想见他了。

“欢迎光临！”

听到服务员的声音后，田渊向门口看了一眼，发现美香刚刚走了进来而且马上就注意到了自己。看着走过来的女儿，田渊突然有了一种这样的感觉——和其他的客人相比美香看上去更像个会员，她非常冷静。

“怎么了，还好吗？”

“嗯。”

“膝盖怎么了？”

“不小心摔了一下，没什么大事，”美香坐到沙发上说，“您最近应该很忙吧？不好意思啊！”

“说什么呢？这样可一点儿都不像你！”田渊笑着说道。

她点了一杯烈的鸡尾酒，接着跟父亲聊了聊美千流的事，还给他看了一些照片。

“真好喝，”美香喝了一口鸡尾酒说道，“爸爸，你应该还记得吧，那个叫作西川勇吉的人？”

“当然了，那件事应该都处理好了吧。”

“那个……好像有人想要把那件事重新挖出来。”

“你说什么？”

美香把里美在进行新闻直播时晕倒的事告诉了他：“……也就是说那封传真里有‘西川勇吉’的名字……总之，有人想要旧事重提。”

“我知道了，我调查一下看看。”田渊点了点头。

“也有一封信寄到了我这里……膝盖上的伤就是因为这个。”

“怎么回事？”

“因为不清楚所以很担心，到现在这个时候再因为那件事被人说些闲话就不好了吧？”

“好，那就把他们彻底地摧毁，不能半途而废，一定要处理得干干净净的。”

父亲热爱战斗，对这一点非常了解的美香成功地把他的斗志挑动了起来。

“那不只是你一个人的问题，也是我让他们做的。”田渊把杯子里的威士忌喝干后喊道：“喂，再来一杯。”

他的声音异常洪亮，一个服务员从酒吧的很远处飞快地跑了过来。

把杯子递出去以后，田渊深深地思考着。他问道：“可是，会是什么人呢？知道那件事的人……”

“也许是西川的朋友吧……肯定是当时就处于能知道那件事的位置上的人。”

“嗯……好，我让人调查一下，看看那帮人现在都怎么样了。”

“要小心点儿！假如打草京蛇的话就不好了。”

“不要担心，我知道。”

美香松了一口气。不管自己有多么坚强的内心、下定了怎样的决心去和那个看不见的敌人战斗，但是自己并没有去发现对手真实身份的左右手。通过让父亲“充满斗志”，美香一下子就站到了有利的位置。

“不要忘了啊，”田渊手里端着第二杯酒说，“敌人可不只有那个‘神秘的人物’。”

“什么意思？”

“假如那个时候你的那些伙伴们害怕了，说出一些多余的话就麻烦了。”

“怎么可能？”

“大家可不是都像你一样坚强的。”

“您这话说得好过分啊！”

虽然美香只是苦笑了一下，但是听了父亲的话之后，另一种不安感在她的心里萌生了。

与她的父亲结为同伴是一个不错的选择。因为有孩子要照顾，现在的美香已经没有以前那么自由了。她的父亲一定会想办法帮忙的吧。可是，她的父亲并不知道“真相”。他一直把西川逼进了死路，是因为他一直坚信着西川侵犯了他的女儿。

但是，寄出那封威胁信的人声称西川是个“无辜的人”，他只是想引人注意呢？还是说，他真的知道西川什么都没有做过呢？

可是，西川已经死了，就算父亲产生了怀疑，他也没办法获得任何证据。那样的话，他还是会选择相信自己的女儿……美香确定结果肯定会是这样。

没事的，只要其他的三个伙伴不想去坦白。

真的没事吗？

“那件事平息之后，你跟相关的人见过面吗？”田渊问。

“相关的人？”

“对，任何人都行，在什么地方突然碰到过吗？”

“没有，”美香摇了摇头，“……等一下。”

“你想到了什么吗？”

“那个警察来过……”

“警察？”

“嗯，对那件事进行了调查的那个警察，确实应该是……叫真野，我没有和您说吗？”

田渊也是一个一般不会忘记别人的长相和名字的人。

“嗯，我记得，”他点了点头，“确实有个叫真野的人，好像就是那个家伙发现西川的父母死了，是吧？你和那个警察什么时候见面的？”

“我并没有见到他，他来到了我的婚礼现场，小百合说见到他了。”

“他是有什么事才去的吗？”

“这个……不知道。小百合说，他好像只是想看一眼我穿上婚纱的样子。”

“那个警察特意去看一眼你穿上婚纱的样子？”

“很奇怪吧？但是当时是在举行婚礼的时候啊，假如他想做点儿什么的话也不会等这么久吧？”

“嗯……可是，那个人对当时的情况应该很清楚。他现在怎么样了？我让人调查一下看看。”田渊随即就给加东打了一个电话，命令他去调查一下真野现在所属哪里。

“爸爸，”美香握住父亲的手说道，“假如说我们逼死了西川还有他的父母的话，或许确实是那样，但是西川是罪犯，这也是事实。你一定要相信我啊！”

美香几乎都要被自己所说的话打动了。即便是谎话，但是只要一直不断地重复，自己也就会慢慢相信的。

“我知道。”田渊也轻轻地握了握美香的手，“我永远都会保护你的。不要想着自己一个人去战斗，不管什么事都要告诉我，知道了吧？”

“谢谢，但是……”

“什么？”

“不只是我，也要保护好我的丈夫还有孩子啊！”

“当然了！”田渊笑了，他轻轻地碰了碰美香的脸颊，“不要担心，安心地好好睡觉。”

“谢谢！”美香飞快地在父亲红红的脸蛋上亲了一下。

告　密

从拿起话筒到按完按键，百代一直都很犹豫。到底应该和谁联系？打给户部也可以吧。要是他知道了节目里的搭档曾经把无辜的人活活逼死了，不管有没有证据，他应该都会当即就把那个女人赶出去吧。

或者，和黑沼里美本人谈谈也可以，只是看到“西川勇吉”这个名字她都吓得失去意识了。把这个话题扔到她面前的话，说不定不管自己说什么她都会听的。

又或者……

然而，她按下去的号码既不是户部的，也不是黑沼里美的，而是广播部部长的。把自己从那个节目里赶出去的人就是部长。

要让他承担后果。百代只是单纯地抱着这样的想法给部长打了过去。

“喂。”电话接通了。

“我是明石百代。”

“什么事？”

他没有一点儿想要把厌烦的语调隐藏一下的意思。

“有件事我想和您说一下。”

“什么事啊？我现在正打算要出门，能不能以后有机会了再说啊？”他想要逃避。

部长一直都很偏爱百代，他甚至想到过可能会和她成为“男女朋友”的关系。

可现在已经变成了这种局面……百代与其说是生气，倒不如说有点儿想笑。

“请您听好，如果一直保持现在的这个样子的话，电视台会被卷进一个极大的丑闻里去的。”

“丑闻”这个词是权贵人士最害怕的。

“什么事啊？”部长也被钓了上来。

“是关于户部那个栏目的事，黑沼里美的过去很有可能会成为丑闻。”

“发生过什么事啊？”

“她还是个女大学生的时候，曾经把一个清白无辜的男生活活逼得自杀了，诬告说他强奸了自己。”

“你说什么？”

“而且那个男生的父母也都自杀了。因为里美的证词，他们三个人都死了。”

“这个……清白无辜，这一点确定是真的吗？”稍微过了一会儿，部长开口问道。

“千真万确，是一个对当时的事件非常了解的朋友告诉我的。据说，里美当时是和另外三个女生组成了一个小团伙，一起到处玩。男人就自不必说了，大麻也经常使用，她们当时在大学里是很有名的人物呢！”

“四个人的团伙啊！”

“其他的三个人我也知道，假如能对其中一个人进行采访的话，应该立刻就能播放出去吧。我已经拜托给我提供信息的那个人了，让她无论如何先克制一天。”

她不露声色地给他卖了一个人情。

“这可真是件麻烦事啊，”部长说，“这个信息是谁提供给你的？”

“这个不能告诉您，”百代说，“因为是和她约定过不告诉任何人以后，她才告诉我的。”

“是这样啊……”

“我认为最好趁着还来得及的时候，采取一些措施。”

对方一时间沉默了，百代有点儿不安起来。可是，根据以往的经验百代是知道的，当对方沉默不语的时候自己也只能沉默，如果自己开口了，恰恰会让对方看到自己的弱点。

百代一直静静地等待着，连“喂”都没有说。

虽然感觉过了很久，但最多也就是一分钟的时间吧。

“我知道了，”部长说，“我会想办法处理的，多亏你告诉我了。”

“那就拜托您了，”百代说，“我不想让那个节目因为那种事而受到伤害。”

“我知道。”

百代挂断了电话。

这样就行了，虽然不知道那个女人会怎样，总之她肯定不会像现在这样一切顺利了。

“静观其变就好了。”百代自言自语道。

这里是个连门牌都没有的单元式公寓，但是房门上的号码并没有错。小百合反复确认了好几次以后敲了敲门。

没有人回应，但是里面好像有人在移动的气息，所以小百合一直等在外面。

“是谁？”一个女人的声音透过门传了出来。

“我有点儿事想和你说一下，”小百合说，“是小野寺先生让我过来的。”

过了一会儿，门开了。

“你是千春吗？”小百合对一个头发染得非常夸张的娃娃脸的女孩子说。

“我是……小野寺……”

“他是你的男朋友，对吧？”

“曾经是……”

“现在不是了吗？难道说……屋里面有其他的男人？”

“没有啦！”她有点儿生气地说道，“我可和他那种冷酷无情的人不一样，没办法那么快就移情别恋。”

“那就让我进去吧，我是受到了他的嘱托才过来的。”

“请进。”

她耸了下肩，让小百合进去了。

虽然房间很小，却出人意料地收拾得很整洁。

“那个人……还活着吗？”这个叫千春的女孩子说道。

“你多大了啊？”小百合问，“十八岁？”

“十九岁了，尽管看上去是这个样子。”千春噘了下嘴。

“十九岁……好年轻啊！”小百合走进房间，自顾自地坐下以后说道，“小野寺先生很担心你，他让我把这个交给你。”

说着，她从包里面拿出了一个信封。

“这是什么？”

“我也不知道。”

千春拿过那个信封直接打开了，里面出现了二十张一万日元的纸币——小百合稍微添补了一点儿。

“他很担心你。”

“撒谎！”千春叫道。

“撒谎？”

“要是真的担心我的话，这里肯定不会只有钱，至少应该还有一封信，哪怕只有一张纸！”

确实是这样的。尽管小百合苦口婆心地说了很久，但是小野寺固执地说着："给女人写信，太丢脸了，我才不要写！"

"这我知道，但是那个人很固执啊！你应该也了解他的吧？"

千春狠狠地盯着小百合说道："那个人？别用'那个人'叫他！你是那个人的什么人啊？"

"啊？哎呀，只是萍水相逢而已……"她慌慌张张地说道，"绝对不是情侣什么特别的关系！真的，相信我。"

"我知道了。"

"我现在怀着其他人的孩子呢，所以我们之间绝对没有什么值得怀疑的事。"

"呀，孩子？"千春突然走过来说，"我可以稍微摸一下吗？"

"啊？可以，但我觉得肚子还不太明显。"

"可以吗？拜托了。"

千春把手放在小百合的腹部，一动不动地闭着眼睛感受着。

"莫非，你也……"小百合看着千春的样子说道。

"不知道，"千春叹了口气说，"谢谢你。抱歉，提出这么没礼貌的要求。"

"没关系的……"

"我也一直都很想和那个人生一个孩子，但是他却说'我不要小孩子'！"

“他看上去的确是个会说那种话的人。”小百合点了点头。

“但是，有一次他喝醉回来的时候，我撒谎说‘现在绝对没事’……可自那之后两个月都没有来了，所以说不定……”

“你告诉他了吗？”

“没有，反正他肯定会说些‘我要去送死了’，然后跑掉的，小孩子的事完全没有说的机会，”她的眼泪在眼眶里打转，“好可怜，就算生下来了，他也是个没有父亲的孩子。”

“男人也都是无可奈何的。”小百合摇了摇头。

“那个人……怎么样了？”

“他杀了人，现在正在到处逃。”

“杀人？”

“你在新闻上没有看到吗？”

“我没看，太害怕了。万一看到那个人被射杀了的新闻的话，我说不定就不想活了！”

小百合的心突然痛了一下。当然，就算把小野寺和前田进行比较也没什么意义，可从社会地位上来说，前田是比小野寺高出很多等级的人吧。但是，和这个女孩一片纯粹的爱慕之心相比，自己做的那些事又算得上什么呢？她不知不觉地这样想着。她甚至很羡慕这个可以一心一意地爱着那个人的千春。

“我们想想办法帮帮小野寺先生，好吗？”

千春眨着她的大眼睛看着小百合。“这种事，能做到吗？”说着，她把身体向小百合探了过去，就好像是要揪住她一样。

听到嘀的一声电子音，真也把正揉搓着湿头发的手停了下来。哪里的声音？因为现在不管是什么样的电子产品都会发出那样的声音，所以特别不好分辨非常烦人。

他东张西望地到处看了一下，不是壶也不是洗衣机。“或许是传真？”他确认一下以后嘀咕道。

现在即便是普通的家庭也会收到传真。清水的家里也是，与普通的电话自动转换一下就可以收到传真。等它完全打印出来以后，就会发出嘀的声音。可是，发到家里的传真基本上都是发给他的妻子美香的，同学聚会朋友们之间的午餐会，主妇也非常忙。

美香在哄早先已经洗完澡的美千流睡觉。

真也拿起传真的瞬间，简直无法相信自己的眼睛。

那是一张照片，因为是通过传真发过来的，所以不是特别清楚，但仍然可以认出照片上的脸——真也和同事杉山明美两个人正并肩走着。尽管只是这样而已，但是明美正一脸阳光地笑着。

到底是谁发来的？

这张照片下面还写着一句话：“抢来的东西，总会被抢走的。”

这会是什么意思呢？

“啊，差点儿都和她一块儿睡着了。”

美香伸着懒腰走了过来。真也马上把手里的那张传真捏成了团。

“那是什么？”

“发错的传真，”真也把它扔进了垃圾筐里，“传真的话，就算是发错了，发送人也不会知道的。”

“是啊，发送人肯定还以为已经发过去了呢。”美香打了个哈欠，“那我去洗澡了。”

“嗯。”真也倒吸了一口冷气。

刚刚的那封传真是发给美香的，是她的丈夫和一个年轻的女人的照片，上面还附着一句“抢来的东西，总会被抢走的”。到底是谁干的？

不过，就算把刚刚的那张撕碎扔掉了，相同的传真应该还会再发过来吧。

“等一下。”真也叫住了美香。

“你应该能理解吧？”真也说，“只是同事而已，休息日的时候她也去上班了，然后就一块儿回去了，仅此而已。”

真也把团成了一团皱巴巴的传真摊平，放在了桌子上。

“美香……你肯定会理解的吧？”

“当然了，”美香笑着说道，“发来这样的传真，他到底是想干什么？”

真也松了一口气。

“这个世界上还真是有些奇怪的家伙。”

“这个人叫什么啊？”

“杉山明美。”

“多大了？看上去好年轻。”

“二十……一吧，好像是。”

“看上去工作很努力嘛，你可不能被她迷住啊。”

“说什么呢？”真也笑着说道，“我会小心的，假如传出了流言蜚语的话，也很对不住她。”

“是啊，把这张传真放起来吧，说不定以后什么时候会用到的。”

“嗯，”真也看着那张传真，“什么意思啊？‘抢来的东西，总会被抢走的’。”

“肯定没有什么重要的意思，”美香站起来说，“我去洗澡了。”

“啊……这种东西，忘了吧。”真也把那张传真折叠成了一个小方块。

美香走进浴室，脱下了衣服，入神地看着镜子中自己的裸体。虽然已经生了孩子，但是她依然非常漂亮。“抢来的东西，总会被抢走的。”那句话应该是冲自己说的吧。也就是说，那个发来那张传真的人知道美香从小百合手里把清水真也夺过来这件事。

她往浴缸里又加入了一些热水，然后身体沉了进去。她并不认为真也在和那个叫作杉山明美的女人搞婚外情，真也不是能够把那种事巧妙隐藏起来的人。但是，的确有一种不安悄悄地潜入美香的心里。就算真也觉得她单纯只是个同事，但是杉山明美或许并不是那样想的。从那张照片上面的灿烂的笑容中可以看出，她放下了对这个男人的戒备之心，放心地让他看着自己的素颜。这正是因为她心中包含着对真也的爱意。凭借女人的直觉，美香可以确定这一点。

真也现在应该还没有对她进行回应吧……

可是，假如真也知道了美香她们把西川勇吉和他的父母活活逼死这件事的话……由此受到的打击很可能会把真也推向那个杉山明美。

“必须趁早把她干掉才行。”美香自言自语道。

看不到的敌人……但是，对方正在一点一点地暴露出来，在对方向自己发起进攻之前，我就要主动先将他们击碎。

哪怕是……杀了他们。

只要不被抓住，自己应该就会满不在乎地这样做吧。美香对这一点很清楚。

失业的人

在办公楼林立的街区，午休时的小公园里满是穿着制服的女职员，长凳上也已经“满员”了。真野独自一个人坐在那里。

“请问我们可以坐在这里吗？”结伴同行的三个年轻女职员这样问道。

真野默默地点了点头，往旁边挪了过去。

“不好意思！”

她们三个人相互挨着坐了下去，好像是在分享着一起去旅行时拍摄的照片，每看到一张都会迸发出欢乐的笑声。

真野看到一只野猫冲着吃剩下的便当远远地走了过来。

野猫啊……或许我和它也差不多。

午休的时候像这样混在众多的上班族之间坐着，自己看起来或许就像一个正在享受悠闲时光的职场人士。

毕竟自己也是一身西装加领带的打扮，即便已经非常破旧了，但是西装就是西装。可是，午休还有两三分钟就结束了，几乎所有的人都会回到办公室里去。

“啊，必须得赶紧回去了！”其中的一个人说，“下午的工作要开始了。”

“真的。”她们三个人急忙站起来，“打扰您了。”她们和真野打了一声招呼便走开了。

“哎呀……”

一个人坐在长凳的一端还是有点儿危险的，他赶紧又回到了长凳的中部。

接近下午一点时，女职员们就会像海水退潮般消失。假如剩下几个人的话，绝对会是男人——就算回去了也没有什么事做的人，或者是尽管穿着西装系着领带但是事实上却没有工作只是在消磨时间的人。

总之，留下来的人们之间无意中形成一种了不与其他人对视的共识，他们只是各自默默地坐着。真野也不例外。

下腹部传来一阵强烈的疼痛感……是器官病变的疼，还是来自神经的疼，他也不是很清楚。然而，当他想站起来做点什么的时候，那个疼痛的地方就好像是个看不见的洞，力气嗖一下就泄了出去。

我也完了啊，明明还不到五十岁……

他连从长凳上站起来的力气都没有了。

“不好意思……”一个穿着西装的男人不知道从什么时候开始站在了他的面前，“您是真野先生吧？”

“我是真野……”他吃惊地说道

“您可以跟我过来一下吗？”

“为什么？”

“因为先生说想和您聊一聊。”

“先生？”

算了，反正自己闲着没事，应该也没有理由拒绝吧。

“我知道了。”真野用尽力气终于站了起来。

“那么，这边请。”

在那个男人的带领下，他迷迷糊糊地坐上了一辆租用来的轿车，五分钟后便来到了一家酒店。“先生”到底指的是谁？他没敢问，因为那个对真野打招呼的男人坐到副驾驶上以后就不再和他说话了。

进入酒店的正门后，他跟着那个男人走进了一家法式餐厅里的一个单间。

“请您在这里稍等一下，”那个男人说，“因为先生还在工作，可能会稍晚一点儿过来。”

“啊！”

“那我就先出去了。”

真野一个人在桌子旁边坐了下来。“真是个冷酷无情的人，竟然把我带到了这种地方……”他叹了口气，嘟囔道，“至少给我来杯喝的啊！”

这时，有人敲了敲门，喝的送来了。

虽然服务员也走了进来，但真野的眼睛里却只看到了那个放在托盘上的香槟酒杯。

“马上就给您准备可以吗？”

“哎？”

“有人让我们为您准备一些简单的餐饮。”

“这样啊……嗯，马上就为我准备就行了。”他不自觉地也改变了说话的腔调。

服务员在他面前摆好五六把刀子和叉子，又马上端来了开胃菜。说实话，真野有点儿担心。连“先生”到底是谁都不知道就接受了这样的款待……他无奈地笑了。

不过，我已经不是警察了！现在自己不管受到谁的款待，别人都不能再说三道四了！真野瞬间就把盘子里的食物消灭干净了。

不管是谁，总之可以确定那位“先生”对真野的胃口非常了解，“简单的的餐饮”中竟然还包括了正儿八经的牛排，这让真野受宠若惊。酒水也是一应俱全，白色和红色的各一杯。吃完甜点以后，他正慢悠悠地品味着餐后咖啡，“用餐的感觉怎么样啊？”伴随着这样的声音，门打开了，走进来一个人。

“田渊先生。”

“你还记得我啊！”

“大藏大臣长什么样还是要知道的……”

“那个时候我还是外务大臣，你应该还没有忘记吧？”和那个时候相比，现在的田渊弥一看上去好像一点儿都没有变。

“不管怎么说，谢谢您的款待。”真野说。

“这没什么。我听说你最近生活得非常困难。”

“您调查过了吧？”

“嗯，可是你被免职这件事真是不合理啊！”

“当然了。”

“那之后一直都没有工作？”

“我因为生病住院了，”真野说，“老婆也回娘家去了，吃尽了苦头。”

“是吗……人生之中总是有高峰也有低谷。”

“我马上就要五十岁了。”

“我六十四岁了，虽然我觉得今后肯定还会经历一些让人感到痛苦的事，但我一定会重新站起来的。”

“作为政治家的力量，我可完全比不了。”

“是吗？”田渊笑了笑，对走了过来的服务员说道，“给我来杯牛奶，温一下。”

“牛奶吗？”

“咖啡会给胃带来负担，”田渊说，“不管我们对权力如何执着，身体都会老去的，所以平时也一直都很注意。”

“胃真的会疼啊，”真野又喝了一口咖啡，皱了一下眉头说道，“但是，这份疼痛让人感觉很愉快。”

“你看上去比那个时候老了十几岁呢！”

“您真是坦诚啊！”

“你应该知道我想要见你的原因吧？”

“不，完全不知道。”

“你应该还记得吧，西川勇吉的那个事件？”

真野正要去拿咖啡杯的手停了下来。

“当然了。”

“西川勇吉的父母死了，他本人也自杀了……那件事已经那样过去了。”

“嗯，确实是……”

“你应该一直都对那个事件感到非常不痛快吧？”

“正如您所说，”真野点了点头，“但是凭我自己一个人又能怎么样呢？更不用说，我现在已经连警察都不是了。”

“我知道，所以我觉得说不定你可以胜任。”

“您的意思是……？”

“我女儿结婚了，现在也有了孩子。你应该知道吧？”

“我知道她结婚了。”

“我听说婚礼的时候你去过了。”

“那件事啊，您要是不提起来的话，我都忘记了。”

“你为什么要特意过去呢？”

“那天我正好不用上班，去那附近办点儿事，您的女儿……美香小姐是吧，我知道她举行婚礼的日期和地点，然后就顺便过去看了一下，只是这样而已，”真野怀念地说道，“那件事，怎么了？”

“最近，关于西川勇吉的死，我女儿那里收到了一封充满威胁意味的信。”

真野皱起了眉头：“那是怎么回事？”

一动不动地听完田渊的话之后，真野问道：“这样的话，就是说有人和那四个女孩子联系了，是吧？”

“是的，你没有什么头绪吗？”

“完全没有……”他摇了摇头，“您在怀疑是我干的吗？”

“我确实怀疑过。但是，看起来并不是你干的。”

“现在的我可没有多余的精力去做那种事，”真野喝完咖啡后说道，“可是，为什么到现在这个时候又……真奇怪。”

“你这么觉得？”

“事到如今，再做这些事又能怎么样呢？他们应该也不是想要钱吧？”

“可不可以拜托你去调查一下这件事？”

真野睁大了眼睛说道：“您是认真的吗？”

“当然了，我会因为一个玩笑而请你吃饭吗？”

“这倒也是……”

“那个人知道西川勇吉的事。而且，虽然我觉得应该并不是事实，但是他一直都认定他的死是不正当的。”

“是啊！”

“或许你也是这么想的，不过，你只要可以把这两件事当作不同的问题，分开来看就好了。”

“这样啊！”

“你能做到吗？”

“报酬，就是这顿午饭吗？”真野稍微思考了一下问道。

“当然还有别的，我会提供足以让你无忧无虑地生活一年的报酬，也可以再帮你找份工作。”

“工作吗？”单单这一点就打动了真野的心。

“你还不想就这么退休吧？”

“确实是的。”

“你应该也不想再回到警察的队伍里了。保安公司，怎么样啊？”

“可是……”

“我可不是让你去做保镖，”田渊说，“而是制作警卫计划的正式员工，已经和他们打过招呼了。”

“您还真是心急。”

“我不喜欢信口开河，一直都坚持着信守承诺的原则。”

真野慢慢地点了点头。“我知道了，我做。”

“好！”田渊从上衣里面的口袋里拿出了一个信封，

放在桌子上，“这是预付金。”

“那我就收下了。”

“去买身新西装吧。”

“不好意思，”真野苦笑着说道，“那么，就从西川勇吉身边的人开始查起吧。为什么在事情过去四年以后又做这样的事？这一点我也很好奇。”

“那就拜托你了，”田渊看了下手表，“接下来还有事，我就先走了。”他站起来身，“差点儿忘了，这是给你的，有什么事的话我再和你联系。”说着，他把一部手机放在了桌子上。

单间里只剩下了真野一个人。他沉默地坐着。

突然，那个手机响了起来，把他吓了一跳。是什么人打错了吗？可是手机一直在响，他也不能不管。

“真野先生？”电话接通后，一个女人的声音传了出来。他对那个声音还有印象。

“是你！”

“我是清水美香，您应该已经和我爸爸说好了吧？既然都接了这个电话了。”

“嗯，我也是个无法提出什么奢侈要求的人。”

“我听说了。那件事调查起来也不容易吧？”

“我想调查得详细一点，可以给我一些时间吗？”

“当然，有什么要求您都尽管提。”

“那个时候的女孩子们……我还想知道其他三个人

的联系方式，你应该有吧？”

“嗯，我知道。”

“你提前和她们沟通一下，告诉她们我或许会去拜访的。”

“我知道了……真野先生。”

“怎么了？”

“您果然不愧是警察！”

“曾经是警察。”真野更正道。

失　算

“喂。”

来到走廊后，户部诚已经在那里等着了。

“怎么了？”明石百代挑了一下眉毛，“你也被转到这里来了吗？”

“不是，”户部笑着说道，“他让我把你叫过去。”

“谁？”

“总经理。”

“是吗，什么事？”百代装出一副什么都不知道的样子。

不用说，肯定是黑沼里美的丑闻传到郡总经理的耳朵里去了吧。

“要去哪里，总经理室？”

百代现在所在的教育中心和电视台的总公司之间隔了一段距离。

“不是，是这里的所长室，”户部说，“快走吧。”

走廊上，吵吵闹闹的实习主持人们不断地与百代擦肩而过。

“老师的工作怎么样？”户部问。

“总会想起以前的自己。”

“怀念吗？”

“我们那个时候，不像现在的新人那样无忧无虑吧……只是这样想的而已。”

“谁知道呢，”户部摇了摇头，“不管是哪个时候，想要幸存下来都是很不容易的。”

“我知道。”百代点了点头

所谓的“所长室”其实就是一间稍微宽敞一些的接待室。户部敲了敲门，然后把门打开。

“坐吧。”郡总经理说道。

里面只有郡一个人，百代有点儿意外。

“您叫我吗？”百代在沙发上浅浅地坐了下来。

户部一直站在门的旁边。

“嗯。”

郡盯着百代看了一会儿，然后从上衣的内兜里拿出来一份文件放在了桌子上。

“这是什么？”

“在这上面签个名。”郡说。

“签名？”

“这是你承诺会把自己告诉部长的关于黑沼里美的

那些流言全部都忘掉的契约书。”

百代的脸上渐渐失去了血色……搞砸了。

“总经理……”

“什么都不要说了，在这上面签名，然后去给黑沼里美道歉。”

“恕我直言，我很担心那个节目……”

“你先担心你自己吧，”郡冷酷地说道，“假如你不愿意签名的话……”他把身体向外探出一点儿，“你将再也无法在这个行业里工作，不管是哪家电视台、制片厂都不会再雇用你。不管你到哪里去拼命地说些什么，都不会变成白纸黑字的印刷品，也不会被放在电波里。”

百代的身体因为屈辱而颤抖着。

“假如你不签名的话，你会被立即辞退，没有任何人会保护你。签名了的话，你还可以继续像现在这样在教育中心工作，以后说不定还会有可能作为主持人重新回到新闻节目里。你打算怎么办？”

百代咬着嘴唇盯着桌子上的文件，最终，她还是拿出笔，连文件的内容都没看就签上了名字。

“好，”郡把它重新放回兜里，“打扰了。”

说着，他站起来离开了所长室。百代吓出了一身冷汗。

“到底是怎么回事？”

“对手没有选好，”户部说，“里美君的背后有田渊弥一大藏大臣支持。”

百代惊呆了。“他们是什么关系？”

“不知道，田渊和总经理之间的关系你应该知道吧？那个里美，也和他们有联系吧。”

“我完了……”

百代甚至已经没办法从沙发上站起来了，她的全身都失去了气力。

“你也不要这么失望。总之，一直能待在电视台里的话，总经理迟早会换人的，到那个时候……”

“十年，还是二十年以后？那时，我都变成一个老太太了。”百代苦笑了起来。

“打起精神来吧！”

“我很有精神啊！毕竟和做栏目常规主持人的时候完全不同，我现在每天都可以早早地下班，悠闲得不得了。”

“做些自己喜欢的事吧，去上个文化学校什么的。”

“谢谢你的忠告。”

“那我走了。”

房间里只剩下百代一个人。她一动不动地坐着，最终还是把脸趴在桌子上，强忍着声音哭了起来……

夜也已经很深了。地下停车场里一个人影都没有。

小百合悄悄地打开门后，左右环顾了一圈，说道：

“可以了，出来吧。”

然后，小野寺从电梯间里快步走了过来。

“没事，一个人都没有。”小百合说。

小野寺放松下来，喘了一口气说道：“真是麻烦你了。”

“一点儿都不麻烦。我觉得很开心，”小百合拿出车钥匙催促道，“这边。”

她事先在停车场里停好了一辆租赁来的汽车。

“是这个，我特意选了一辆不起眼的车，你可能会不太满意。”

“总比被射杀了好。”

“你终于会好好说话了。”小百合笑了起来，接着把钥匙塞给他。

“等你好久了啊！”车门打开后，千春出现在里面。

“喂！不要吓唬我啊！”小野寺睁大着眼睛，“你……”

“你们两个一起逃跑吧，”小百合说，“千春说不定已经怀孕了。”

“什么？为什么不早点儿说？！”

“我觉得你要是听说了之后，肯定会摆出一副不耐烦的表情。”

“喂！现在可不是争论这个的时候啊，赶紧走！”小百合催促道。

“谢谢你。”千春紧紧地握住小百合的手。

目送着那辆汽车开出停车场以后，小百合长吐了一口气。今后，日子又会像往常一样了吧。即便是个奇怪的男人，但自己能够把他救出来，小百合也感觉很开心。

那两个人以后会怎么样，小百合也不知道。他们可以顺利地逃走，去某个遥远的小镇上开始新的生活吗？还是说在途中被抓到了，然后丢掉性命呢？不管怎么样，自己以后也帮不上什么忙了吧。

小百合回到公寓后，走进了浴室，往浴缸里放了热水。今天晚上前田或许会过来，在那之前先收拾一下房间吧。

走进起居室后，小百合被眼前的景象惊呆了——坐在沙发上的是桐山惠子。

“你在吃惊什么？”桐山问道。

“你怎么突然……”

“这里是先生的公寓，我可以自由地进出。”桐山趾高气扬地说。

“我觉得我也应该有自己的隐私。”小百合生气了。

“哎呀，那样的话就真是对不起了。不过，把男人拉进来也是隐私？”桐山反问道。

一瞬间，小百合以为桐山知道了小野寺的事。

“不知道先生会怎么想呢，虽然我也了解你的心情。”桐山意味深长地这么说道。

原来，她以为只是个普通男人而已。小百合默默地松了口气。

“男人？”

“垃圾桶里面有剃须刀。假如你长了胡子的话，我倒是也可以理解。”

小百合想象了一下桐山翻着垃圾桶的场景，苦笑了一下。

“就算是男人，也只是以前的朋友，叫了几个人过来聊聊天而已。”

“你这样说给先生听一听啊！”桐山说。

这时，有人敲了敲门。

“肯定是先生来了。”桐山站了起来。

不……不是前田。小百合的直觉这样告诉自己。

桐山快速地走到玄关处，把门打开了。然而，接下来却再也没有传来任何声响。小百合走出起居室，看到桐山蹲坐在门口，而正背着手关门的竟是小野寺。他的手里还拿着手枪。

“怎么回事？”小百合说，“你们不是已经走了吗？”

“发现忘带东西了，然后就回来了。”小野寺说。

“但是，被她听到的话就不好了吧？”

“所以……”

小野寺正要解释的时候，让小百合不敢相信的一幕发生了——桐山的后背上红色的斑痕正一点一点地扩散开来。

“你……开枪了？！”

“因为她看到我了啊，”说着，小野寺把枪收了起来，“不用担心，我会收拾好的。”

惠子就那样一动不动了……小野寺走进屋里，不一会儿就回来了，手里拿着一条毛巾。

“我会注意让她不留下血迹的。”

小野寺把毛巾捂在桐山中枪的地方，接着把她的一条胳膊跨到自己的脖子上，用力把她的身体抬了起来。

“这样没事吗？”

“不用担心，和你没有任何关系，”小野寺打开门，走了出去，“就此别过了。”

“小心点儿。”

“这样是否报答了一点儿你的恩情呢？”

“嗯，足够了。”

“太好了，”小野寺微笑着说，“赶紧收拾一下这个女人带的东西！”

“我知道了。”

“那再见了。”

门关上以后，小百合把手按在了自己的胸口上。桐山惠子死了！这对小百合来说意义重大。不过，桐山就这么平白无故地消失了，前田肯定会怀疑的。可事情已经变成了这样，也没有其他的办法了。

“对。”

小百合立刻走进起居室，抓起桐山的包暂且塞到了柜子里面。还有什么呢？为了以防万一，她把每个房间都检查了一遍，但是什么也没有发现。她这才放松下来，喘了口气。就在此时，玄关的门铃响了。这种按铃的方式才是前田，她心里想。小百合带着与往常一样的微笑打开了门。“我就觉得您今天会过来的。”说着，她抱住了前田。

良　心

走进警察局之前，真野犹豫了一下——虽然距离他从警察这个职位上离开只过了很短的一段时间，自己却已经是“外部”的人了，这让他有了一种微妙而奇怪的感觉……虽说如此，但是这间警局并不是真野曾经工作过的地方。

“不好意思，打扰了，”他对前台接待的人说道，“我想见一下山科局长。”

“啊？”年轻的巡查员呆呆地回应道，“局长吗？”

“山科局长。”

“那个……您是哪位？”

“我叫真野，曾经是他的部下，请您这样转告他。”

“您稍等一下。”他立刻站起来向里面走了过去。

不知道怎么回事，真野总觉得他的反应有点儿奇怪。也许是自己也并没有那么出名吧。对，现在警察的丑闻多得像山一样，不可能谁都记得。

“喂，快！”

两个警察啪嗒啪嗒地跑了出来，很可能是收到了一直在搜寻的犯人出现了的消息吧。

“加油哦！”真野暗自说道。

“喂，是真野吗？”

他回头向后看去，一位身材比记忆中胖了很多的老同事走了过来。

“哎呀，好久不见了，”真野和他握了握手说，“你现在在这里工作啊？”

“嗯，我刚刚听说，你来见山科先生？”

“他不是调来这里了吗？”

“来了，但是……现在不在。”

“那他现在在哪？”

“你来这边一下。”他催促着真野。

“山科先生的事现在对外一律保密。”在大厅里的椅子上坐下后，他才这么说道。

“发生了什么事吗？”

对方有点儿为难地说：“这是机密。”

“我知道了，我发誓一定不会对任何人说的。”

“好吧，因为是你……山科先生在四年前的一天突然变得不正常了。”

“不正常？”

“从出事的几天以前开始，他就有点神经质的感觉，出席会议的时候也只是发呆，看上去好像什么都没有听一样。”

“然后呢？”

“出事的那天，从早上开始，他就一直窝在局长室里，还锁上了门，一步也不出来。大家很担心，于是就用备用钥匙把门打开，然后几个人一起进去了……突然，山科先生就开枪了。”

“什么？”

“一个人受了重伤，两个人受了轻伤……然后，他本人把枪口指向自己的太阳穴拉动了扳机。”

“他去世了吗？！”

“没有，幸好开枪的时候枪口没有对得特别准，子弹削过了骨头，虽然受了重伤，但是性命是保住了。”

“为什么会这样？”

“毫无头绪啊……山科先生现在基本上是个废人了。”

“是吗……”

“局长在警察局里面开枪打伤了四个人，这实在是太严重了，就把它当作一场事故处理了。”

“所以是‘机密’啊！”

“拜托了，千万不要说出去！”

从他的语调里就能明显地感觉出来那个事件给大家带来了多么大的打击。

“我知道，我也不想让那种事成为社会上流言的素材。”真野说。

这是他的真心话。但与此同时他又想到，据田渊弥一所说，最近各种形式的骚扰和威胁被送到了以美香为首的事件相关人员所在的地方。

虽然那个时候把西川勇吉指控为罪犯的是美香她们，但是使调查被迫终止的却是西川父母的死以及知道此事以后西川本人的死这两件事。真野一直坚信，当时担任局长的山科和这件事也有关系。而四年前山科自杀未遂，这只是偶然吗？

“不过，真野，你来见山科先生是有什么事吗？”

听到他这么问，真野瞬间不知道该说什么。

“那个……我原本想来问问他愿不愿意帮我找个工作。”

这样的说辞在经济不景气的现状下是很有说服力的。

“原来是这样啊，可是，山科先生已经帮不了你了。”

“我知道了，我去别的地方试试吧，”真野站了起来，“可是……之前受到了他那么多的照顾，对他不闻不问的话，我觉得心里很过意不去。”

“你想怎么办呢？”

“山科先生现在在哪里？”

“我也不是很清楚，也许还在住院呢，或者是他的家人在家里照顾他吧。”

“没有人说过吗？我也是，辞职的时候匆匆忙忙的，受他关照了那么久，连一句感谢的话都没有说。就算他什么都不知道了，我也想见他一面……你可以帮我查一下吗？”

“好吧，我一有消息就和你联系。”

“拜托了，”真野握了握前同事的手说，“能见到你真是太好了！”

“好好干！”

来到警局外面，真野不由得放松了下来。这真是太意外了！明明在不久之前这里还是“自己的地盘”，现在却已经变成了一个“令人窒息”的地方。过去，自己还是警察的时候，经常觉得普通人对警察持有一种敬而远之的态度，反而让自己感到很焦躁。但是当自己也成为一名普通人之后，才发现警察机构就像一座防守严密的堡垒一样。

“工作吧。”他嘟囔了一句。

现在必须做一些可以挣钱的事才行。真野大步通过了信号灯已经开始闪烁的人行横道……

“是什么人干的？”前田焦急的声音传了过来。

小百合在浴室冲完澡，小心地擦拭了一下身体，披上浴袍走了出来。

“有消息的话，立刻和我联系，”坐在床上打着电话的前田把话筒放下以后，生气地说道，“不给命令的话就什么都不会干，现在的年轻人啊！”

“我已经准备好早餐了。”小百合说。

“什么？”

“‘不给命令的话就什么都不会干’，我也是‘年轻人’之中的一个啊！”

前田脸上露出了微笑。“我不是在说你。”说着，他伸出手抱住小百合的腰，把她拉到了身边。

“发生了什么让您担心的事吗？”

“惠子消失了，不知道去什么地方了，他们找来找去却哪里都没有发现。”

“啊……从什么时候消失的？”

“昨天晚上。都已经告诉她要给我的手机打电话了，可是她并没有和我联系。以前从来没有发生过这种事。”

“真是让人担心啊！”

“在我过来之前，她没有打电话过来吗？”

“没有，有的话我早就已经告诉您了。”

“是啊……不好意思，这件事就算告诉你也没用，”前田站了起来，“吃早餐吧。”

“嗯……”小百合热情地亲吻了一下前田，“我最幸福的时候，你知道是什么时候吗？”

“待在我的臂弯里的时候。”

“那是第二名。”

“哦，是吗？”

“最幸福的时候是您住下来的第二天早上我们一起吃早餐的时候。”

“竟然是这样啊！”

“是啊，这就是女人的心思。”

“你真可爱。”前田笑着把小百合胸口的浴袍打开，亲了一下。

小百合不由得叹了口气。“过不了多久，这里就会被小孩子独占了。”

“在那之前，我还是抓紧时间尽情地品味吧，”前田又在小百合的额头上亲吻了一下，“我马上就过去，你先吃饭吧。”

“我等您。”

小百合在餐桌上准备好早餐，又检查了一下有没有忘记什么东西。

她的“演技”已经变得越来越出色了。

在与前田的情爱中怀上了这个孩子，这是她发自内心渴望得到的。她是真心地爱着前田，因此感到非常幸福——这样的想法不知道什么时候已经超越了演技，变成了对自己的暗示，她甚至慢慢地觉得这就是真正的爱情。事实上，假如这个孩子出生了，她肯定会因此而发自内心地感动不已吧。

“怎么回事？我都已经说了让你先吃了。”

“我想和您一起吃嘛！”

自己在短短的时间里就掌握了讨前田这样的“大人物”欢心的技能，小百合对此也十分惊讶。这种事，我竟然可以做到！

穿着长衫的前田把自己的手机放在桌子上。“说不定惠子会打电话过来的。”

“但愿她没事。”小百合倒了杯咖啡。突然，一个危险的“淘气之心”冒了出来。“说不定，她和男朋友一起去了什么地方吧。”小百合说道。

听到这句话，前田十分惊讶。“你说男朋友？”

“啊，对不起！什么都没有，”她语速飞快地说道，“没有什么……”

“惠子有男人？”

“那个……”

“你要是知道的话就告诉我啊！”

“也并不能说是知道……只是，她偶尔过来这边的时候……我觉得可能因为都是女人所以也比较轻松吧，她曾经因为男朋友的事抱怨过……”

“是个什么样的男人啊？”

“这个我就不知道了。只是，听她说总是会央求着找她要零花钱，可能是个比她年轻的……”

“那种家伙？我怎么不知道啊……”前田叹了口气。

“先生，拜托了，千万不要说是听我说的啊！假如被她知道的话，说不定我会被惠子杀掉的！”

小百合那逼真的语调，甚至连她自己都叹为观止。

“知道了，知道了……我不会说的，”前田愉快地说道，“即便是这样，过去的时间也真是不短了。”

“这么说的话，先生您是不是要在这里待得更久啊？”

“确实是。”前田笑着说道。

前田的手机响了。

“会不会说曹操曹操就到啊？”

怎么可能……难道说，真的是桐山打来的？

“是我……田渊啊，怎么了？”

小百合偷偷松了口气。

“给她打个电话试试吧，”结束了与田渊简短的对话以后，前田说着按下了手机的按键，“要是她正和那个比她年轻的男人在床上的话，我绝对不会原谅她的。”

小百合稍微笑了一下，然后……

“怎么不接啊？”

嘟嘟嘟……嘟嘟嘟……什么地方的电话在响。

小百合正端着咖啡的手停了下来……桐山的包！手机正在她塞到柜子里面的那个包里响着！

“她在干什么啊？”前田摇了摇头。

铃声还在继续响着，然而前田并没有注意到。

小百合站起来走向了卧室。

假如把柜子打开的话，声音会变得更大吧。小百合掀起毛毯，团成一团，趁着来电提示音的短暂间隙，快速地把柜子打开，把毛毯盖到包上面又关上了柜门。声音变小了，但是还在响。前田注意到的话怎么办？该怎么办啊？！

小百合回到餐桌子旁边。此刻，前田也正好放弃了，他放下了手机。

“唉，一直焦躁不安的也没有用。”

“是啊！”

“你怎么了？不舒服吗？”

“有点儿……肯定是害喜，偶尔会有点儿不舒服。”

“你去躺着吧，我吃完自己就走了。”

“不用，没事的。”

没事……没事的。

冷汗从小百合的全身各处慢慢地渗了出来。

桐山的尸体现在怎么样了啊？

敌方队友

“轰老师吗？”坐在办公室里接待窗口的那个孩子问道。

“嗯，我想见她一下。”真野说。

一位正在倒咖啡的女性回头看了一下，问道：“您找我有什么事吗？”

“哎？”

“我就是轰淳子。”

真野突然愣了一下。

“啊，那个……”

“您是哪位？”

“‘真野’这个名字不知道您是不是还记得？”

轰淳子的眼睛稍微张大了一点儿。

“我知道了，请您稍等一下，等我接完咖啡。”

“那么，我在那边的大厅里等您。”

走廊上，学生们匆匆地冲向下一堂课的教室。真野从人群中逃离出来，站在了一边。看着女孩子们大声地笑着从自己的眼前走过，他甚至感觉有点儿刺眼。

轰淳子也从人群中横穿过来。

“让您久等了，警察先生。”

“是曾经的警察，你没有听说吗？”

“听谁说啊？”

“田渊美香……不，现在应该是清水美香吧。”

“美香对您……？”

“她拜托给了我，西川勇吉的事。”

“您？”淳子疑惑地笑了一下。

“您忙吗？”

“接下来没有课，我们去喝杯咖啡吧？”

“很乐意奉陪。”

“这边请。”

“老师，早上好。”行走在大学里面，学生们这样对轰淳子打着招呼。

“早上好。”淳子一一回应道。她看上去要比二十五岁的实际年龄沉稳得多。

距离午休还有很长一段时间，此时的学校食堂里面空荡荡的。

“是自助的。”

“好怀念啊！”真野说，“我真幸运！”

“谢谢，我还没吃早饭，所以先吃点儿面包，要不然没办法坚持到中午。”

他们两个人在里面的一张桌子旁边坐下来。淳子从袋子里拿出面包吃了起来。

“感觉好像大学生啊！”

“西川君的事，到现在我也忘不掉，”淳子说，“但是，我必须得守护我现在的生活才行。”

“我知道。”

不管是谁都一样，只是为了把当下的生活过下去都已经忙得手忙脚乱了。如今，“大人们的对话”在他们两个人之间进行着。

“我听说了，”轰淳子点了点头，“但是，并不知道您会过来。”

“是吗，我倒是有让她先通知一下你们这几个伙伴们，”真野慢慢地喝着咖啡，“这个真好喝啊，在大学的食堂里竟然可以喝到这么好喝的咖啡。”

“现在的学生们对味道很挑剔，他们一直都是吃着好吃的东西长大的。”

“您应该也是这样的吧？”

“别开玩笑了，我和美香啊，小百合她们可不一样。”

“可是，那个时候……”

“嗯，但是，我当时待在美香她们的圈子里一定程度上也是出于一种对父母的抵抗心理。说实话，我原本并不喜欢那种人。而像现在生活在‘大学’这个保护罩之下让我觉得很放松，我是这种类型的人。”

这个应该不是谎话吧。虽然真野不打算说出自己在四年前就看穿了，但假如是已经融入了大学的自然氛围里的轰淳子，说出这种话是可以让人接受的。

“大学生们高超的味觉也顺便提高了便利店里的便当啊，还有快餐店的味道，现在是一个满足不了学生们就无法生存的时代。”

“警察也受到了他们带来的恩惠，即便是在暗中监视别人的时候也可以吃到热腾腾的味道相当不错的便当，这真是太了不起了。”

“我觉得学生们并不会连警察先生的事都考虑到啊。”淳子笑着说道，“美香挺忙的，还要照顾孩子。昨天之前，我出去旅行了，所以不在……说不定她和我联系过了。”

“啊，算了……现在威胁清水美香的人，你有什么头绪吗？”

“这个……毕竟她的父亲是大臣，就算现在再把西川君的事挑起来又能怎么样呢？何况他本人也都已经死了……”

“确实是这样。”

“那么，他的目的是什么呢？扳倒她的父亲？”

听到这句话，真野吃了一惊，他并没有想到这一点。

假如被人知道自己的女儿把三个清白无辜的人活活逼死了，而且还一直给他带着强奸犯的污名的话，即便在法律上没有办法举证，但是田渊或许会被追究道义上的责任。因此，他认为的确有这个可能。

“我是田渊大臣雇用的，当然，关于那个事件，我也想从你们的口中听到事实的真相……”

“这个没有办法告诉您，”淳子摇了摇头，“就算我们现在已经不是亲密的伙伴了，但是彼此之间还是朋友，我不能背叛她们。”

“也是啊，最终来说，对‘正在威胁清水美香的人是谁’进行调查才是我的工作，而不是要调查‘那个时候发生了什么事’。”

“不愧是警察，说得好周密啊！”

“曾经的警察。”他强调道。

“美香已经有了家庭，她会拼命地去守护她和丈夫还有孩子的生活。人，真是说不清楚会变成什么样啊……”

“这么说来，池内小百合的人生不是也变成了令人出乎意料的样子吗？”

“确实是！小百合才……她也已经变得很厉害了，怀上了前田哲三的孩子，现在也拥有了潜在的力量。”

“偶尔也会在电视上看到黑沼里美。”

“所以，我才是最不起眼的一个啊？好讨厌！”淳子笑着说道，“我也收到了写着西川君名字的报告，您听说了吗？”

“什么？我不知道，说来听听。”真野不由得探出了身子。

“美香有一次来这里看我，那个时候——”

淳子的话还没有说完，就被学生食堂里的广播声打断了。

“紧急呼叫，非常不好意思，三年级的西川勇吉同学，西川勇吉同学，假如你在的话请去一下办公室。”

真野和淳子默默地对视了一下，突然间，他连站都站不起来了……

“啊，老师，那个叫作西川的学生还没有来。”办公室里的一个女孩子看到淳子以后说道。

“等一下……是我拜托你们呼叫的吗？”

“哎？是啊，老师您在刚刚的电话里……”

“不是我，我没有拜托你们啊！”

“是吗？好奇怪啊，那个说话的方式和声音，我以为肯定是轰老师您。”

听着她们的对话，真野笑了出来。“这个家伙出现了啊！”

“有什么好笑的？”淳子噘着嘴生气地说，“但是我总觉得好像有人知道你过来了，故意这么干的，不是吗？”

“好像？”真野点了点头，“那个电话是内线电话吗？”

“啊……这个我倒是不知道，”办公室里的那个女孩子一脸疑惑地说，“怎么了？这个西川君……”

“假如他真的来了，也是鬼魂吧。”淳子说着摇了摇头。

“啊？”那个孩子听得越来越莫名其妙了。

“轰老师，”一个姑娘一路小跑过来，她虽然穿着西装，但总觉得不怎么合身，“不好意思，关于上课的事，有件事我想请您和我商量一下……”

“百合香，我们是同一年的，不要叫我‘老师’了。”

“可是，不管怎么说，作为一名老师的话您也是我的前辈嘛……这位是？”她看了看真野，“对不起！一不小心就乱问了些多余的事！”她急忙附加道。

“你脸红什么？百合香……莫非你觉得这个人是我的男朋友？”

“没有没有，并不是这样的，”她摇了摇头，“就算真的是这样，这也不是我该过问的事。不过，年纪是不是太大了一点儿……”

听到这儿，淳子简直都要昏过去了。介绍了马场百合香以后，她又介绍了一下真野：“这位是曾经的警察，是来调查我以前的恶行的。”

“啊……老师，您还是个孩子的时候在商场里假扮成顾客偷东西了吗？”

“警察会因为那种小事情过来吗？话说，你要商量的事是？”

“啊，对！”马场大声说道，“不好了，不交报告的学生竟然有三分之一，虽然我以前还是学生的时候也常常干这种事。”

听着她们的对话，真野不禁笑了出来。“啊，不好意思，不管是什么人，不站到对方的立场上是永远都不会明白的。”

“我也这么觉得！”马场发自肺腑地说道。

空椅子

“辛苦了。”

这句曾经在深夜里听到时会给她带来充实感的话，对现在的明石百代来说，听上去是多么讽刺啊！

我一点儿都不累啊！百代拼命地忍耐着，不让自己做出这样的回应。只是从最简单的地方开始，告诉新来的实习主持人他们该做的工作而已，完全没有任何负担。

下午四点半，外面天还很亮。这个时候回去该做些什么呢？现在电视台里没有可以让百代消磨时间的地方。走到一楼大厅后，百代停下了脚步。

以前来上班的时候，至少都会有一两个找百代有事的员工在大厅里等她。“至少让我先喝杯咖啡啊！”百代曾经总是这样抱怨。

但是，现在没有了。找百代有事的人，一个都没有了。

入口处的自动门开了，一个百代认识的男人走了过来。他是电视台子公司的董事，大概有四十五岁。他和百代的脾气相投，以前他们两个人经常一起去喝酒。

百代好像得救了一样松了一口气，向他走了过去：“你好。”

“哎，你现在怎么样？”他露出与往常一模一样的笑容，与她握了握手，“是不是稍微胖了点儿？”

“毕竟现在很闲嘛，”百代说，“什么时候一块儿去喝酒吧？”

“好啊，晚上空闲的时候很多吗？”

“每天都有空。看你的时间，记得约我啊！”

“你竟然会这么说……”

“现在可是一段非常艰辛的时间啊！”

自不必说，百代为什么从节目组被排挤了出来，他应该已经听说了。

“是啊，过一段时间——”

突然，那个男人的视线越过百代的肩膀看向她的身后。是社长郡走过来了。然后，他一下子从百代面前走开了，说道：“总经理，您好！”

百代的心中感到针扎一样痛。

“是你啊……在和明石说什么呢？”郡用冷漠的目光看着百代。

“没什么，只是打了个招呼而已。”

“那样的话，倒是没什么。”

“嗯，是啊。”他特意背向百代的方向，一个劲儿地点着头。

这个男人的背离让百代深受打击。接着，郡完全无视百代从她身边走过以后，那个男人将再也不想和百代有任何联系的心情赤裸裸地表现出来，头也不回地走开了。

“什么啊……”百代说道，“什么啊？！”

没有任何人在听她说话，也没有任何人在看她。虽然前台的那个孩子抬起头瞟了百代一眼，可是她的表情没有发生丝毫的变化。百代已经是“过去的人”了。

她突然觉得一切都变得不再真实，甚至连迈出的脚步也好像踏在云彩上似的。来到大门外的出租车乘车处，她又想起来一件事。她把钱包拿出来一看，发现出租车券已经用完了。没办法，她只好又返回了总务室。从前遇到这种事的时候，她都是跟年轻的员工们说一声，让他们帮忙去拿的。而今天……

因为看到了一个熟悉的男孩子，她便和他打了个招呼。在他还是个新人的时候，他们曾经一起在同一个活动中工作过。

“啊，明石小姐，好久不见了。”

“还好吗？”

“嗯，托您的福。”

“不是我的福吧，”百代笑着说道，“话说，和女朋友怎么样了？”

他现在正在和一个做会计的女孩子交往。百代不止一次当过他发牢骚的听众。

“我们明年就要结婚了。”

“哎呀，恭喜恭喜！”

“到时候明石小姐您也要来出席我们的婚礼啊！”

“假如可以的话。”

虽然她觉得真到了那个时候的话，他应该不会邀请自己的吧。但是，现在说些那样的话也没有什么用。

“对了，我的出租车券用完了。”

“哦，您稍等一下，我马上去拿。”

他向自己的座位走了回去。百代看着贴在墙壁上成排的新节目宣传画。

“明石小姐。”

“谢谢！”

“那个……”他吞吞地说道，“那个……课长……”

百代立马就明白了。“他说不要给我？”

“现在他变得很讨厌，但是，虽然我觉得应该给明石小姐您……”

“算了，谢谢！”百代急忙说道，“对不起，麻烦你了。”

“没有……”

百代小跑着离开了总务室，她感觉脸上滚烫……一种难以言表的愤怒和屈辱感涌了上来，几乎要把她整个人压倒了。快走到大厅时，她又停下了脚步。

走出大门以后不去出租车乘车处，而是走路去地铁站？当然，这种事并不难。但是，说不定会遇到现在过来上班的员工，他们肯定会想自己为什么不打出租车的吧。然后，很容易就能想到是怎么回事。

用自己的钱打车就好了……对。可是，一直以来拥有使用乘车券的权利能够满足她作为“当红主持人”的自豪感，这也是事实。怎么办？怎么办？以后每天都通过自费打车吗？那样做的话说不定反而会引来流言吧。

百代正犹豫不定地站着，“明石小姐！”一个声音传了过来。她回头一看，发现总务室的那个孩子追了过来。

“怎么了？”

“这个，给。”他递出一捆出租车券。

“这个……怎么回事？”

“我拿出来的。”

“但是，这样的话你会遭殃的啊！”

“没关系，一直以来受到了您那么多的关照，只能为您做这么一点儿小事，”他把出租车券塞到了百代的手里，“那我走了。”

她连阻止他的时间都没有。百代一时间呆在了原地……他的这份心意让她很开心。可是，事情的本质依然没有变化。

百代突然在这一刻下定了决心，她改变了目的地。双脚每走一步的距离，一共要走多少步，这些全都铭记在她的身体里。即使闭上眼睛，也能顺利地抵达目的地吧。

“您好！”

她把门打开以后，几个声音飞了过来。可是……职员室立马又被沉默的气氛包围了。百代拉了一把椅子坐了下来。户部和黑沼里美都还没有来。员工们一边对默默地坐在那里的百代感到疑惑，一边又开始了工作。百代看着员工们忙碌地进进出出，这些场景让她感到非常怀念，甚至觉得那就像是她童年时的记忆一样……

一阵笑声传了过来，明亮而尖厉。那是黑沼里美的声音。

“今天晚上绝对会大获好评的。”户部诚打开门走了进来。

“太过自信可不好，”黑沼里美跟在他的后面也走了进来，她注意到了百代，“百代？”

户部吃惊地回过头，“你……在这里干什么？”

百代并没有回答。忙碌的员工们也好像都变得僵硬了起来。

“工作！”户部大声喊道。

大家又慌慌张张地移动着。

“这里已经不是你该来的地方了，”户部走到百代的旁边，“你也应该明白吧？”

百代依然没有回答，她连看都不想看户部一眼。

“没关系吧？”里美抓住户部的胳膊说，“她只是在这里看一下而已……百代，您还好吗？”

里美一直在用温柔的声音和她搭话说，她觉得把百代赶出去的人就是自己，所以心里感到非常愧疚。可是，百代依然还是像什么都没有听到一样，只是默默地坐着。

“百代，您怎么了？身体不舒服吗？”

“别管她，”户部说道，“我们忙得很，快点儿准备！”

“嗯。”里美按照他所说的开始工作了。

百代一动不动地坐着，她的目光就好像在盯着某个遥远的地方一样。其他的员工们也是，虽然刚开始的时候很顾忌百代，但没过多久便向往常一样忙碌起来。

“好了，走吧。”户部催促着。

“嗯。”里美朝百代的方向看了一眼。但是工作正在前面等待着自己。

他们两个人走了出去，其他员工也都出去了。最后，百代一个人被留在了职员室。

百代深深地吸了一口气，将职员室又仔仔细细地看了一遍，然后从包里拿出手机。

里美正在读着新闻原稿，摄影棚里面突然骚乱了起来。

不管怎么样，也不能在途中结束……故作镇静地继续读下去，这种事里美也已经可以做到了。

不知道是什么人给户部递了一张字条，户部明显地倒吸了一口冷气。到底出了什么事呢?

户部压低声音发出了指示。里美读完以后，摄像机转向了户部的方向，“现在进入广告时间。”他这样说道。明明还没有到应该播放广告的时间。

“怎么了？”摄像机的拍摄提示灯灭掉后，里美问道。

“看电视。”户部说。

其他的电视台现在正在播放新闻——出现在画面上的竟然是S电视台的大楼。

“我们的大楼？”

摄像机切换画面以后，在大楼屋顶上围着铁丝网的地方，一个站在那里的人影被放大显示了出来。

“百代？”里美全神贯注地盯着电视，“她在那种地方干什么啊？”

“看仔细点儿，她站在铁丝网的外面呢，”户部说，“可恶！她跟其他的电视台联系好了，让他们进行实况转播。”

“现在该怎么办？”

“这件事真真实实地就在这栋大楼的楼顶上发生着，现在其他的电视台也已经跑过来了，我们不可能装作不知道。”

“没时间讨论这个，现在必须赶紧救百代啊！”

“现在正在和消防局联系……喂！去楼顶上！摄像机！”户部大声喊道，“里美，你待在这里。”

“但是，节目怎么办？”

“商业广告结束以后，你说明一下情况，然后尽快切换成楼顶上的摄像机。”

“嗯……”

“走！”

里美呆呆地看着户部冲出了摄影棚。

“还剩十秒！”一个声音传了过来，“坐到座位上！”

里美又回到了自己的座位上。但是……应该说些什么？

现在正在发生的事已经出现在其他电视台的画面上了，也没有办法隐藏了，情况十分紧急。

“非常抱歉，事发突然，现在有一件事需要告诉大家。”里美的声音颤抖着。

只能看到正在播放的其他电视台的电视画面。灯光下，被放大了的百代出现在画面上。

里美叹了口气说道：“现在我们的主持人明石百代在这座S电视台的楼顶上，她正站在楼顶的铁丝网外面，情况非常危险。到底是发生了什么事呢？现在栏目组的常规主持人户部已经前往楼顶，请大家稍等片刻。”

一个员工递给她一张字条，上面写着“读一下其他的新闻，与此条连接上”。

里美手里拿着那张被递过来的新闻：“在与楼顶上连接上之前，我们继续看新闻。今天下午一点二十分左右，东名高速公路的……”

虽然嘴里在读着，但是新闻的内容一点儿都没有进到她的脑袋里去。突然，节目的画面切换成了站在楼顶上面的户部。里美把原稿放下后，站起来跑出了摄影棚。

去楼顶……去楼顶。

电视台的里面一片骚乱。

她沿着楼梯向上面跑着，几乎要喘不过气来了，不得不稍微停下脚步休息一下，但是她终于还是爬了上去。

楼顶上刮着狂风，有一处被灯光打得非常刺眼，那里聚集了好几个肩上扛着摄像机的摄像师，还有其他的员工。

里美向那边慢慢地靠近。“不要过来！”户部注意到了她，“快回去！”

“等你很久了！”百代看到里美以后，双手抓着铁丝网，冲她愤怒地大声喊道，“我是因为你才去死的啊！这样一来，那件事大家就都会知道了！”

“百代……”

“你这种人马上就会被忘了的！”

“明石！不要胡说八道！”户部叫着。

“多保重啊，户部先生！”说着，百代的双手松开了铁丝网。

她瞬间消失了……吵吵嚷嚷的声音从下面传了上来。

“百代！”里美踉踉跄跄地跪在了地上。

“去下面！快！”户部也没有多余的时间照顾里美。

里美慢慢地向铁丝网的方向靠了过去。但是，从那里并不能看到大楼的下面。

怎么会这样……里美的膝盖颤抖着，她连站都站不起来了。直升机的声音在她耳边轰鸣着，聚光灯也还在楼顶上扫来扫去。

“里美！”一名员工跑了过来，“户部先生说让你快点儿回摄影棚！”

“这个……我做不到！做不到！”

“快点儿，站起来！”

她摇摇晃晃地站起来以后，在那名员工的支撑下总算走了回来，好不容易才到了摄影棚。

“把头发整理一下！”

经过狂风的肆虐，她的头发变得乱七八糟。化妆师跑了过来，用刷子帮她整理了一下头发。

“坐到座位上！”

“要我干什么啊？”

“读原稿！户部先生马上就回来。”

她勉强坐到了自己的座位上。

原稿？原稿？她把一张被什么人放在了自己眼前的稿子拿了起来。

“马上要开始了！还剩五秒！”

她深呼吸了一下。坚强点儿！你是专业的啊！

拍摄提示灯亮了。

“好，现在继续看新闻，”她好不容易发出了声音，“四年前，因为四个女大学生的虚假证词，西川勇吉……”

她僵住了。

“不对啊！”

“快点调换一下！”

其他的新闻被递到了她的手边。可是，她已经连一点儿读的力气都没有了。

“已经不行了……已经读不下去了……”里美用双手捂住了脸，痛苦地呻吟着，然后她从座位上站起来，跑了出去。

偿　还

“喂……”一个怯生生的沙哑的声音传了过来。

“里美？是里美吧，”美香说，“回答我啊，是里美吧？”

“嗯……”

“太好了！大家都很担心你啊，你现在在哪里？”

里美没有回答。“所有的地方都在说我的事，说我把老主持人赶了出去，把她逼死了。”

“不要管他们！她可是个成年人啊，不是因为你才死了的。里美你就还像平常那样就好了，”美香说，“喂，你在听吗？”

“嗯，在听。”

“现在我已经雇了人在调查了，到底是谁在用西川君的名字做那种让人恼火的事，这个很快就能知道了。现在放弃的话，我们就输了啊！”

电话那边安静了一会儿，接着传出了里美的苦笑声。

“美香你好厉害啊，我不行的。以前你就知道的吧？

我不是那种可以扎眼地站在众人面前的人。”

“坚强点儿！现在不管别人说什么，你只管不吭声就行了。”

“我已经累了，”里美说，“我现在在酒店呢，一个人住在这里，连愿意陪我的男人也没有了。”

“哪里的酒店？告诉我，我过去接你。”

“这怎么能行呢？我怎么敢这样劳烦您呢，您可是大臣家的公主。”

“里美……”

“假如我从来没有和美香你交往的话，也不会发生那种事的，”里美的声音颤抖着，“我恨你！都是因为你！”

美香把话筒从耳边稍微移开了一点儿。里美现在很激动，现在不管对她说什么都没有用。

“我知道了，”美香说，“是我干的啊，一切都是。但是，假如当初不那样做的话，你和我就都已经蹲监狱了，你更愿意那样吗？”

“对不起，”里美沉默了一会儿，然后声音低落地说道，“就算怪罪给美香你，也还是什么都解决不了，对吧？”

“里美，你现在在哪里？告诉我吧。”

“商务酒店……叫‘K’，在N站的前面。”

“‘K’是吧，我知道了，房间号呢？”

“嗯……605。”

“我知道了，”美香记下来以后说，“我现在就去接你，你待在那里不要动。离开日本，好吗？我现在马上拜托一下我爸爸，让他帮忙准备一下手续。你就坐明天的飞机，离开日本休息一段时间。”

“离开日本……”

“这是最好的办法了。在关岛啊，塞班岛啊之类的地方，把一切都忘了，安心地待上一段时间。媒体那边很快就会忘了的。”

“谢谢你，美香。”

“等着我，我现在立刻就过去，好吗？”

“嗯……美香，谢谢。”那个声音又变回了往常的里美。

“怎么了？”美香把电话挂断以后，真也偷偷地看向起居室说道。

“老公……啊，是里美。”

“都说什么了？”

“不管她的话，真不知道她会做出些什么事。我现在过去接她。”

“可现在已经是深夜了啊。还是我去吧，你留下来照顾美千流。”

美香稍微犹豫了一下。美千流感冒了，现在还在发烧。她无法安心地把女儿和丈夫两个人丢在身后，哪怕只有一会儿。

“是啊……但是，你明天还要早起……”

“没关系，明天我坐新干线去，在车上补个觉就行了。”

“那就拜托你了，里美现在在这个地方。”美香把那张便条递给了真也。

“带她到这里来吗？”

“也是个问题啊……”美香瞬间就想到了办法，“我会告诉爸爸，让她明天出发去海外。那么，你就把她带到成田机场的酒店，可以吗？”

“我知道了，是那里的F酒店吗？”

“我会先给那里打个电话。”

“好，到了以后，我给你打个电话。”

真也快速地换好衣服，抓起车钥匙出了门。美香给父亲田渊的手机打了过去。那是一个只有在非常紧急的情况下才会打的号码，电话马上就接通了。

“美香啊，怎么了？”

“我有件事要拜托您，关于里美的事。”

“我在电视上看到了，现在情况怎么样了？”

美香把现在的状况向田渊简要说明了一下。“……我想让她明天就出发，您想办法帮帮她吧。”

田渊沉思了一会儿，说道：“看她这个样子的话，应该连护照都没有带吧……我知道了，明天一大早我就立马想办法。”

“谢谢！”

“我想办法尽量让她明天出发吧，如果有什么人可以把她的护照拿过来就好办多了。”

美香也没有考虑到这一点。“我试试看吧。您今天晚上会待到很晚吗？”

“聚会应该会一直持续到凌晨两点左右。”

“我再和您联系。”美香挂断了电话。

护照……在哪里啊？这个只能问她本人才行。美香站起来走到儿童房，悄悄地看了一下美千流的情况，她的身体摸上去还有点儿发热，但是睡得很香。这样的话应该没事吧。

美千流昨天晚上一直咳嗽，没怎么睡着，但是今天好像舒服多了。看着她幼小的身体发烧痛苦的样子，美香禁不住怨恨起神明来。假如自己能代替女儿受苦就好了。想要替别人承担疼痛和痛苦，这种心情恐怕是美香有了孩子以后才产生的。美香悄悄地亲吻了一下女儿的额头。

从很远的地方就能看到那家K酒店的霓虹灯。不过，车站前面的路很窄，而且有很多道路是单向通行的，所以真也花了很多时间才开车到达那家酒店。终于把车停到了酒店的前面，真也松了口气。

“605室啊……”

现在，很多商务酒店的前台都已经实行无人化管理了，这里也不例外。真也直接乘坐电梯上了六楼。

电梯的门开了，真也正要下去的时候看到一个中年的上班族正在和一个女高中生亲吻，不由得被吓了一跳。

“啊……”那个女孩子注意到了他，“讨厌！”她说着出声笑了起来。

他们两个人和真也擦肩而过，走进了电梯。

“不要吓我啊！”真也嘟囔道。

605……他一边在走廊里寻找房间，一边想着刚刚的那两个人——那个中年的上班族与真也视线相交以后，慌慌张张地低下了头，然后匆匆忙忙地上了电梯；而毫无顾忌的是那个女孩子，她完全都没有害羞的样子，明朗清爽地笑着，说不定即便真也是她自己学校里的老师，她也会同样地那样笑的。

真也又想到了自己的孩子美千流。那个孩子再过十几年以后，是不是也会那样笑呢？

啊，就是这里。真也敲了敲605的门，发现门开着一条细细的缝。他有点儿糊涂了。

“黑沼……里美，”他小声地叫道，“我是清水……你在吗？”他说着打开了门。

商务酒店的房间非常小，仅仅是一个可以睡觉的地方而已。除了床，剩下的空间基本上都只能称作“缝隙”罢了。

房间里面没有任何人。以防万一，他往浴室里也偷偷地看了一下。床上留着有人睡过的痕迹，拖鞋被东一只西一只地丢在地上。

她是出门去什么地方了吗？即便如此，出去的时候至少应该好好地把门锁上啊！真也更糊涂了。

给家里打个电话吧。他拿出手机正要按键的时候，听到窗户的外面传来一个声音。

真也凑近窗户向外看去，钢铁焊接而成的台阶在黑暗之中勉强可以辨认出来。原来是紧急楼梯。刚刚的声音是有东西掉下来后撞到了紧急楼梯的栏杆或者什么地方而发出的声响。

莫非是……

真也急忙跑出房间，盯住了走廊的尽头处去往紧急楼梯的门。

虽然门是关着的，但是按一下控制杆，门就打开了。他走出去看了一下，发现装在大楼外侧的紧急楼梯挡住了眼前的其他大楼单调的墙面。

“里美……你在吗？”

酒店是一栋八层楼的建筑。站在紧急楼梯的拐弯处的平台上，真也抬起头向上面呼喊着。

有人！虽然有点儿暗，看得不是很清楚，但是那里确实有个东西在动。

“谁？”一个怯生生的声音从头顶上传了过来。

“我是清水，美香的丈夫，”真也说，“我替美香来接你了，你是黑沼里美吧？”

“嗯，”过了一小会儿，她才回应道，“你特意过来的？”

“我女儿发烧了，美香走不开，所以我替她过来了，”真也喊道，“我听美香说你过得挺不容易的……但是，你不是一个人，没事的，快下来吧。”

没有得到任何回复，真也于是开始顺着楼梯向上爬。

“不要过来！”里美喊道。

“冷静一点儿……我就在这里，在这里等你，你慢慢地下来。”真也停下了脚步说。

过了一会儿，他终于听到抽噎的哭泣声。

“里美……你在听吗？”

“嗯……谢谢，”里美说，“美香真幸福啊，能遇到像你这样的好人……”

“你以后也会找到的，是吧？”

“我？我已经完了。”里美呻吟道。

“你在说什么呢？即便作为主持人或许是这样的，但是其他可以重新开始的路还有很多，不是吗？”

“不，已经……已经完了，”里美说，“我现在就是在接受惩罚，由于那个时候的事。”

里美刚刚一直蹲坐着，现在她慢慢地站了起来。

“清水先生。”

“什么事？”

“你就当作自己什么都没有看到，什么都不知道。你走吧，别管我了。”

“里美……”

“跳下去的瞬间……应该连感到害怕的时间都没有吧？”

“里美……”

“不要拦我！”她打断道，“我好不容易才下定决心、鼓起勇气的，不要让我在这里放弃。”

“我知道了，我知道了啊，”真也说，“告诉我一件事，你在电视上所读的原稿里面出现的那个叫作‘西川’的男人是怎么回事？”

“清水先生……”

“美香是杀人犯，这是真的吗？求求你了，告诉我！”

“为什么你会……是啊，你也收到了什么东西，对吧？”

“真的发生过那种事吗？”

里美深深地吸了一口气说：“你想听吗？真的？”

“嗯，想听。”

风不断地从紧急楼梯的缝隙之间吹过，过了很久很久……

美香从来不知道一味地等待会是一件这么让人痛苦的事。她向时钟的方向看了一眼——已经凌晨三点了，可是还没有接到真也的电话。

果然我应该亲自去的。美香后悔了。可是，也不能丢下美千流不管。那是个无可奈何的选择。

即便这么想的话可以说服自己，但是这么长时间还没有得到真也的任何联系，这并不是什么好的征兆。

电话响了！终于打过来了！美香飞快地向电话跑了过去。

“喂？老公。”

“啊，不好意思，这么晚才回电话。”真也的声音听上去非常疲惫。

“怎么了？里美呢？”

“嗯，那个……”真也吞吞吐吐地说。

“里美……”

“她想寻死来着。”

“然后呢？”美香倒吸了一口冷气。

“现在已经被救护车送到附近的医院里了，目前勉强还能坚持住……”

“哪家医院？我去告诉爸爸，让他帮忙把她转到大医院里去。”

“嗯，我也觉得那样会比较好。还有，尽管大家现在还不知道她是谁，但是早晚会知道的，那个时候媒体肯定会蜂拥过来的。”

“我会让他们保密的，等一下，”美香拿来便签纸，把医院的名字和地址记了下来，“老公，不好意思，你暂时可以先待在那里吗？”

“当然了，你安排好了的话和我联系。为了方便用手机接打电话，我会一直待在医院的外面。”

“麻烦你了。美千流的烧已经退下来了，没事了。”

“是吗，太好了！”

“老公……你和里美说了些什么没有啊？”

“唉，我想阻止她，但是没能成功地说服她，毕竟我也不是专业的。”

“当然了，这种事……”

“她打算从酒店的紧急楼梯上跳下去自杀，幸好下面有个自行车棚子，上面铺着布帐篷。尽管她穿过布帐篷掉了下去，但是冲击力应该被缓冲了很多，才没有当场就死掉。”

“那真是太严重了……我马上安排一下。”

与对里美有所顾虑相比，美香觉得首先应该安排她转院。与父亲田渊弥一通话后，得知聚会的时间延长了，他依然还在外面，幸好秘书加东也和他在一起。她把目前的情况说明后，便征求到了父亲的同意，他答应马上和一家熟悉的医院的院长家里联系一下，让他们做接收里美的准备。其他的一切具体事宜都由加东来操办。于是，他们深夜便做好了里美转院的准备。

“嗯，差不多两个小时就可以做好转院的安排。”美香再次拨通了真也的手机。

“真是太厉害了！”

“后面的事加东都会帮忙的，全都交给他以后你就回来吧。”

“好！”

“老公，谢谢你！”美香发自内心地对照顾了自己朋友的真也说道。

“别这么说，那我等着加东。”

“嗯。”

挂断电话以后，美香的心又一次痛了。

“如果从来没有认识美香的话……”里美的话在这个时候深深地刺痛了美香的心。

白色的窗

“你有什么事？”

眼前的这位医生看上去就和他身上穿的白大褂一样糟糕。虽然他的实际年龄也许没有那么大，但是总让人感觉他已经是个老人了。

“我叫真野，”他主动报出了名字，“请问在这里住院的山科先生……”

“山科……”他嘟囔着，“叫这个名字的患者，有吗？”他思索了起来。

他看上去并不是在装傻，应该是真的不知道吧。

“他以前是警察局局长，我曾经是他的手下。”

“啊，那个人啊，”果然，这么一说，他好像想起来了一样点了点头，“可是，为什么你会知道他在这里？”

“我听局里的人说的，”真野说，“当然，我也知道是什么情况，并没有打算把这件事泄露出去，我以前受到了山科先生很大的关照……”

过去的同事说山科现在住在这家医院，所以真野就过来了。这里是一个非常破旧的，完全说不上舒适的建筑。

“假如你无论如何都想要见他的话……”院长说，“不过，你没有什么其他的目的吧？”

这位院长听了真野所说的“手下”这个词以后，好像以为真野还是现役的警察。这样就方便多了。虽然真野并没有说自己现在已经不是警察了，但是他也没有说自己现在还是警察。对方产生了这样的误解，也用不着特意订正。

“没有，我只是想见一下山科先生而已。”

“可是……”院长皱着眉头说道，“我直接告诉你吧，就算见到了你，他也完全认不出你的。”

“他已经变成这样了啊？”

“嗯，即使和他说话，他也不会有任何的反应，”院长摇了摇头，“知道这件事以后——”

“我知道了，”真野点了点头，“那也没关系。”

院长叹了口气，然后按了桌子上内线电话的按键。然后，在一名护士的带领下，真野来到了一间细长宽敞的房间，那里的窗户特别大，白晃晃的阳光透过窗户射到了里面。

那个房间里挤着二三十个患者。因为椅子的数量还不足人数的一半，所以有很多人无可奈何地坐在冰冷的地板上。

“就在那里面，你去找一下吧。”护士说。

“谢谢……”

真野被眼前的这一幕惊呆了。把山科先生扔在这里不就是置之不顾吗?

肯定非常容易就可以找到的，他这么想着。可是，真野一边辨认着每个患者的脸，一边向房间的里面走过去。窗户非常脏，几乎都看不到外面的景色了。

“没有啊……”终于走到了房间的最里面，真野叹了口气。

自己明明一个一个地确认过了。大概是对方搞错了，山科其实是在别的房间吧。没办法，真野又穿过患者之间的缝隙，向门的方向返回去。突然，一个抱着支起来的一条腿坐在地板上的男性患者对马上就要从他身边走过的真野说道:“你在找谁啊？”

真野吓了一跳。他目不转睛地看了一下那张胡子已经长得乱七八糟的脸。

“我找一位叫作山科的先生，”真野说，“但是他好像不在……”

“山科的话，就是坐在那边椅子上的那个男人啊！”说着，他用下巴指了一下。

那个老人真野刚刚也看到了。他冲着肮脏的白色玻璃窗，纹丝不动地坐在椅子上。

“是不是碰巧他们的姓氏一样啊？我在找的是一位更年轻的——”

突然，真野看到了透过窗户射进来的光线下那个人的侧脸。难道说……不，不可能是这样的。山科才刚刚六十岁出头，而那位老人不管怎么看都像七十……不，八十多岁了。

即便如此，好像被某种力量拉着一样，真野还是朝那个老人走了过去。然后，他看到了已经全白的稀薄的头发，皱巴巴的皮肤，还有那双不会浮现出任何感情的眼睛。

“山科先生！”真野的身体颤抖了一下。他不由自主地在他的面前跪了下来，悲痛地叫了起来：“山科先生！局长，我是真野！曾经是您手下的真野！”

可是，对方连眼睛都没有眨一下。

“山科先生，”眼泪从真野的眼睛里溢了出来，“到底发生了什么？您为什么变成了这样啊？”

他好像并没有在听。不管怎么看，都没有办法在山科的脸上找到一点儿表情或者丝毫感情的碎片。

“过去受到了您很多的关照，但是现在我也是个没有固定工作的人了，”真野说，“您还记得吗，西川勇吉的事？我还记得，我相信您肯定也忘不掉吧。”

真野一个人自顾自地说了起来。

“把一个清白无辜的男孩子活活逼死了，甚至还有他的父母……但是啊，山科先生，现在那几个女大学生正在受到报复。虽然我也不知道是什么人，还有他为什么要做那样的事……”

即使和他说话也没有用……真野叹了口气，站了起来。

“山科先生，我会再来看您的，您无论如何要多保重啊。”自己听着这些话都觉得很空虚。

“喂，你看！”

刚刚指认山科的那个男人不知道什么时候来到了他的身边。

“哎？”

“眼泪。”

一滴眼泪从山科的眼睛里流了出来，滑过干枯的脸颊掉了下去。

“山科先生！您听到了吗？认识我吗？”真野不由自主地抓住了山科的肩膀，那种瘦得像一只蚱蜢似的触感把他吓了一跳。

“他是在哭？还是说只是泪腺受到了刺激啊？”那个男人说。

没有人知道是到底是怎么回事。但是，真野宁愿相信，他是因为自己所说的话而流下了眼泪。

“但是，即便是他女儿和他说话的时候也都没有见到过他哭啊！”那个男人说。

“他女儿？”真野想了一下才发现，关于山科的家人他一直什么都不知道，“那个人……经常会过来吗？”

“有时候会，”男人点了点头，“这个人也是，刚来这里的时候看上去并没有这么老。也许因为是这种状态……”

“我想去见一下他的女儿。”

“那样的话就太好了。她最好能想办法把她父亲从这里带出去，因为这是涉及钱的事，应该也不容易。”

真野看着那个男人说道：“你可以像这样正常地说话啊？”

“这要看是对谁，”那个男人笑了起来，“我绝对不会对这里的这帮人说话，一直这样表演着，感觉在这里的生活也挺有趣的。”

“这样啊……”真野和那个男人握了握手说，“我叫真野。”

“我刚刚听到你叫这个人‘局长’？”

“他原来是警察局局长。”

“警察啊！这么说，你也是？”

“我原来是他的手下。”

“真是人不可貌相，啊，我并不是在说坏话啊！”

“谢谢你了。”

真野再次紧紧地握了一下他的手，然后走出房间。

从医院出来以后，天色已经昏暗下来了。真野回头向医院的方向瞥了一眼，狠狠地骂道：“利欲熏心的老头子！”

真野想问一下关于山科女儿的事，但是院长什么都不肯说，因为他收了田渊的钱。但是，当真野从钱包里抽出了一沓一万日元的纸币后，院长的态度一下子就转变了。

山科保江，这是山科女儿的名字。为了得到她的住址和电话号码，他又被索要了更多的钱。

真野想拜托田渊，看看他可不可以把山科转移到一个稍微好一点儿的地方。当然，这得先和山科的女儿商量一下。

“不好意思。”

真野刚迈出脚步，便听到有了一个女孩子的声音。

“哎？”

他回头一看，对方是个二十岁左右的姑娘。

“真野先生吗？”

“嗯，你是？”

“我是山科的女儿。”

原来是个这么年轻的女儿啊？

“吓了我一跳。我刚刚见了山科先生……你父亲。”

“您居然知道这个地方啊！”

“听以前的同事说的，”真野说，“你竟然知道我？”

“嗯，我知道，那个时候局里的人我基本上都知道。”

听到她这么一说，真野发现自己以前好像在什么地方见过这个女孩子。

“不好意思，我们以前在什么地方见过吗？”

“嗯，见到过很多次呢，”那个女孩儿微笑着说道，“假如有时间的话，我想和您聊一聊。”

“嗯，当然有时间！”

一边和她一起走着，真野一边拼命地不断追溯着记忆的丝线……

还不如双手都不能自由活动就好了。可是，假如真的变成了那样，她肯定也会非常苦恼，至少，连护士呼叫按钮都按不了了……所幸，虽然黑沼里美的右手和双腿骨折了，但是唯独左手没有受伤。她只能躺在床上，连站起来上厕所都做不到。

紧挨着她的左手边就是呼叫按钮，然而一直握在里美左手里的东西却是电视的遥控器。

“可以看出围绕着栏目组常规主持人的位子，女士们之间产生了激烈的竞争”，综合节目主持人的声音传了过来。因为身体几乎不能动，所以她只能看到电视屏幕的一半。所幸，她还可以听到声音。她在那一半的屏幕上看了无数遍相同的画面——明石百代从 S 电视台的楼顶上跳下去的画面，还有读着新闻的里美自己的画面，以及必定会接在那里的关于“女人之间的斗争”的旁白解说。

电视的画面变成了其他新闻。里美用遥控器切换了一下频道，但是不管哪个台都在播放商业广告。

这时，有人敲了敲门。

“请进。”她用沙哑的声音回答道。一旦大声说话就会触发头部的伤痛。

门打开以后，美香走了进来。

“怎么样了？”她走到床边，“你在看电视啊！”

里美用遥控器把电视关了。

“到处都在播放明石小姐自杀时候的录像，我一直在追着那个看。”

“为什么要特意……”

“我想看……自己到底做了些什么，我想好好地看一看。”

“里美……”

“好奇怪啊，那幅画面的后面肯定会接上我正在读新闻的画面，并且附上‘女人之间的争斗’的旁白解说，不管哪个台都是，雷同得令人吃惊。”

“学习到什么东西了？”

“嗯……但是，就算学到了也没有什么用了，”里美说，“美香，救我的人是你的老公吗？”

“他并没有救到你，但是他想要救你的。你跳了下来……"

"跳下去……"里美自言自语似的说道，"果然是真的啊，我还以为是自己做了一个梦呢！"

"你跳下去了，所以才受了这么严重的伤啊。"

"是啊，不知道怎么回事，我已经快搞不清楚了，你老公和我说话的事也是……"

"他说他想要阻止你，努力地说服你，可是没有成功，"美香坐在了椅子上，"全都忘了吧。这家医院是我爸爸帮忙安排的，他们会非常细心地照顾你的。"

"美香……对不起啊，"里美说，"不停地给你添麻烦。"

里美的眼里溢出了眼泪，然后像是发作了一样怎么都停不下来了。

"哭吧，尽情地哭吧，"美香拿出纸巾来帮她擦了好几次眼泪，"肯定很痛苦吧，很痛吧？已经没事了，谁都不会冲着里美你追过来的。"

里美哭得越发难过了，一直哭了好几分钟，最后终于冷静了下来。

"美香。"

"嗯？"

"我在电话里说了很过分的话……原谅我吧！"

"假如每次被人说些什么都要生气的话，我这种人早就活不下去了。"美香笑着说道。

“但是——”里美没有接着说下去。

“快睡会儿吧，要好好地休息，一直休息到忘记了时间，不知不觉中就会发现手和脚都已经变成了原来的样子了。”美香说，“对了，我给你买来了好吃的布丁，我来喂你吧。”

“怎么能连这种事都让你做？我以后再吃，你先放在冰箱里吧。”

“我知道了，记得拜托他们喂你吃啊！”

“嗯，谢谢。”

美香把布丁的盒子放进了冰箱里。“我还有事，那我就先走了。”

“谢谢……什么事都麻烦你。”

“我们是朋友嘛，”美香握住里美的左手说道，“我还会再来看你的。”说着，她走出了病房。

里美盯着被关上了的门。

美香还是美香，和上学的时候一样，美香总是会拉我一把……

里美决心寻死的时候，曾经觉得是因为美香的错才会变成如今的局面，甚至也恨过她。但是，像这样得救了以后，她又发自内心地感觉到自己可以依靠的人果然还是只有美香。

“美香……”

但是……我已经说出去了，把那件事全都告诉当时想要阻止她的清水真也了。

美香应该还不知道吧？真也什么都没有对美香说吗？

看着现在的美香，她也只能这么想。

假如美香知道了的话……里美的脸色突然不由自主地苍白下来。

通　报

“先生，”小百合说，“您怎么了？”

“什么？”前田突然回过了神来，“啊……我在想些事情。”

“不只是这样吧。”

“那还有什么？”

“您刚刚的脸色看上去非常吓人呢！”

“是吗？”

“发生什么事了？”

小百合紧挨着前田钻在被子里。

可能是因为前田上了年纪了吧，与床相比，他更喜欢像这样在日式房间里铺着被子睡觉。小百合现在已经习惯了。自从知道小百合怀孕以后，前田就不怎么想去要她了，即便如此，像这样在一起的时候玩弄一下小百合的身体好像也让他很开心。

“不要担心，”前田说，“太担心的话会影响到肚子里面的孩子的。”

“什么都不听才更加担心呢，”小百合把耳朵贴在前田的胸口上说，“我喜欢听先生您的心跳声。”

“它会不会一直都这么跳下去呢？人啊，搞不清楚。”

“不要说这样的话。”

“不好意思，”前田用手指抚摩着小百合的头发说，“昨天，警察和我联系了。”

“出什么事了？”

“惠子……她公寓里的东西完全没有动，也没有出门去了什么地方的迹象。”

“不知道她去了什么地方吗？”

“让他们搜查过了……昨天来电话说，发现了一具五十岁左右的女性的尸体。”

“啊……”

“虽然不能确定她就是惠子，但是有这种可能，现在正在调查。”

小百合叹了口气，然后平躺了过去。

“我觉得惠子应该已经死了，但昨天的尸体是不是惠子再另当别论。”

“为什么？”

“我们已经相处了几十年了，她不可能一声不吭地就消失的。”

“昨天发现的是……？”

“在山里面，好像是从悬崖上面掉下去的，是当时参加夏令营的学生发现的……尸体泡在山谷里的河流里，从穿的衣服来看没有办法辨别。脸也是，不知道是不是撞到了岩石，好像变得已经没有办法分辨了。”

“是吗……”

“他们现在正在确认牙医的记录，如果是惠子的话，那样应该就能明白了吧。”

小百合一动不动地向上看着天花板。

“惠子，一直很嫉妒我。”

“什么？”

“我知道的，她的每一句话里都流露着那样的心情。特别是得知我怀孕以后，她非常生气……尽管她绝对不会在先生您的面前显露出那样的表情。”

“惠子啊，是吗？”前田感到非常意外，“我从来没有把惠子当作女人看过。”

“她把这种想法深深地埋在了心底，只对我露出了她的真面目……”

电话响了，前田坐了起来。

“我来接就行了，你睡吧，”从被子里出去以后，他一边整理着睡衣，一边拿起了话筒，“啊，是我……怎么了？是吗，果然是这样啊！”

那具尸体就是桐山惠子。小百合也听明白了。

永远都找不到也是不太可能的吧！

“什么？”前田的声音变大了，“是真的吗？我知道了，有新消息再通知我。”放下话筒以后，前田依然呆立在原地。

小百合起来，叫了两声：“先生……先生。”

即便如此，仍然过了一会儿，“嗯？啊，不好意思。”他才这样回应道。前田是一个几乎不怎么道歉的男人。今天他格外异常地说了好几次“不好意思”，这让小百合很在意。

“打电话来有什么事啊？”

“啊，果然是……惠子。”前田并没有钻进被窝，而是拿出烟点着抽了起来。

“好可怜……”

“必须给她举行葬礼才行啊，她也没有什么亲人。”他吐着烟说道。

“发生了什么让您感到吃惊的事吗？”

“我吃惊了吗？肯定是因为知道了是惠子。”

并不是这样的，他原本就已经预测到是桐山了。“果然是”这个词应该就是对这种预测的反应吧。之后的惊讶，那是因为听到了什么呢？

“让我来帮忙做点儿什么吧。”小百合起来说。

“不用，后面的事交给秘书就行了，你不用担心。”

“我……可以参加葬礼吗？当然，只是平平常常地去烧个香，然后马上就回来，我会注意不引人注目的。”

“啊，就那么做吧，她以前经常会那么做，”前田把烟按灭在烟灰缸里，“我去冲个澡，你和秘书联系一下，必须得安排好才行。”

“葬礼大概会在什么时候？”

“现在还不知道，警察那边调查完了以后我再告诉你。”

“拜托您了。”

是这样啊。小百合也明白了。因为桐山是被射杀的，所以恐怕会进行解剖验尸吧。前田是因为听到了桐山是被杀的，所以被吓了一跳吗？可是，那也很奇怪。原本来说即便只是从什么都没有带就消失了，然后尸体被发现了这样的状况来看的话，应该也能想象到是被杀了吧。他的疑惑和惊讶，应该是因为其他什么别的理由。

是因为被枪打了？桐山的这种死法，应该会让人很意外吧。想到这里，小百合突然注意到了。

那把枪……打中了桐山的那把手枪和小野寺当着小百合的面打死那个男人的是同一把枪。不用说，警察肯定会把子弹从尸体里面取出来的，那是属于什么样的手枪，现在应该已经知道了。桐山是被小野寺的手枪所杀的……就是这件事让前田感到吃惊，不是吗？

“是真的吗？”

这句话也可以理解了。小野寺没有杀桐山的动机。那么，仅仅只是个杀手而已的小野寺为什么会杀了桐山呢？小百合与此有关，这件事他们应该还不知道吧。倘若是小野寺被捕之后坦白了的话就另当别论了，但是小百合却对此感到出奇的乐观，连她自己觉得非常不可思议。

是啊。桐山的手机，必须得把它处理了才行。

桐山的包现在还在房间里面放着。虽然小百合也想着快点儿把它扔到什么地方去，但是，她的心里总有一种莫名想要留着惠子的东西的心情。

嘀嘀嘀。小百合的手机响了。

“你好……啊，美香。”

“现在说话方便吗？”

“我和先生在一起呢，他现在在洗澡。怎么了？”

“我想把里美的事告诉你一下。”

“啊，真是太不得了了，现在情况怎么样？”

听完美香的说明以后，小百合“嗯”了一声，点了点头。

“可以的话去看望她一下吧。”

“嗯，可是现在我的身体也不能太勉强。”

“是啊，一切顺利吗？”

“嗯，没有问题，最近基本上也不再害喜了。”

“好羡慕你啊，我那个时候闹得相当严重呢，”美香说，“那再联系吧。”

“嗯，谢谢。”挂断电话以后，小百合嘟囔道，“真是麻烦啊！”

把明石百代赶走的是前田的电话。当然，这种事是不会告诉大家的。即便如此，拜托了前田的小百合的立场也很微妙。

小百合很生里美的气——明明是借助了先生的力量好不容易才坐到栏目组常规主持人的座位上，她竟然因为那么一点儿事去自杀！

“只是因为那种事就没办法活下去了，”小百合耸了耸肩说道，“先生，您可以出来了吗？”

浴室里面还响着冲澡的声音。

“先生……”

把门打开以后，小百合惊呆了。前田赤裸着身体倒在地上，淋浴的喷头微微地颤动着，一直不断地往外喷水。

“先生……先生！”小百合无暇顾忌自己的身上也被淋湿了，她趴在前田的身上叫道，“先生！睁开眼睛！”

田渊正在进行演讲。

虽说是演讲，但也不是什么大不了的场合，只不过是收到了两个连面都没有见过的人的婚礼邀请而已。新娘的父亲是田渊的后援会前会长，田渊就是因为这个缘故才出席的，也只待十分钟而已，演讲结束后马上就得离开，接下来的日程已经挤满了。可是秘书加东的样子看上去非常奇怪。平时就算再怎么着急，他也不会在演讲的中途做出一些引起自己注意的举动。

“另外，希望二位可以让你们的父亲尽早当上爷爷。”虽然有点儿唐突，田渊还是把演讲简短地收尾了。

一旦回到座位上就又会被劝酒，很麻烦。于是，田渊直接退场了。

“谢谢您了……真的，”新娘的父亲走了过来，一边与田渊握手，一边低头说道，“我来送您……”

“不用不用，我自行离开就行了，你快回你女儿那边去吧。”田渊对他点了点头。

那位父亲还是坚持把他们送到了走廊，又连续鞠了好几次躬。

“怎么了？”终于进入了电梯只剩下他和加东两个人以后，田渊问道。

“刚刚得到联系，”加东说，“前田先生病倒了，病情还不清楚。”

听到这个消息，田渊一下子惊呆了。

“谁和你联系的？”

“他的秘书，因为桐山女士发生了那种事，目前好像有点混乱。”

“他现在在哪里？”

“S 医院。”

“他经常在那里看病，那里的话应该没问题吧，”田渊点了点头，“把后面的日程推迟一下。”

“我已经安排好了。”

车已经停在了结婚礼堂的前面，他们上车后马上向医院赶了过去。

“媒体那边，你也去安排一下。”田渊说。

“我知道了。”

“在哪里倒下的啊？”

“和小百合在另一个公寓里。”

“哎呀，不考虑一下年龄不行啊！”田渊叹了口气。

“可是，她好像快速地采取了一些抢救措施，帮了大忙。她也没有等救护车，而是亲手和司机两个人一起把先生抬到了车上，飞快地赶往了 S 医院，虽然听说当时因为超速还受到了交警的追击。”

“那个孩子变了啊！”田渊挽住了胳膊。

做最坏的打算，这是政治家的本能。要说年龄的话，前田也不过才七十岁，一直都觉得他还很健壮……

“要准备召集派阀吗？”

“等情况清楚以后再说。”

这时，加东的手机响了。

“您好……是！”加东的脸上泛出了红晕，“是前田先生。”

田渊有点儿吃惊，立马接起来说道：“您好，我是田渊。”

“让你担心了，不好意思啊！”前田的声音与平时相比没有什么变化。

“您怎么样了？”

“没什么大事，只是在浴室里稍微有一点儿贫血而已，”前田说，“为了以防万一，我会在这里住一周左右。”

“太好了，我现在正往那边赶呢。”

“你很忙吧？不用勉强啊！”

“没事，不见您一面的话……”

“那我等你，不看到小百合的孩子出生，我是不会死的啊！”前田笑着说道。

病房的前面站了两个男人，其中的一个田渊也认识，他是前田的秘书之一。

“我可以进去吗？”田渊说。

“请进，请田渊先生您单独一个人进去。”

“嗯。”

这间病房宽敞得有些惊人，病床不偏不倚地摆在当中。

“你是最先过来的。”前田在床上挥了挥手。

“真是吓了我一跳。不过，看上去您精神还不错……哎呀！”

小百合正待在床的旁边。

“您好！”小百合站起来说，“先生，那我就先走了。”

“啊，记得参加惠子的告别仪式。”

“嗯，我知道。”

“你待在这里也没事的。”田渊说。

“我已经和先生说好了，过来一个探望的人之后我就回去。”

“是这样啊，挺不容易的吧，辛苦你了。”

“那先生……您要乖乖地听医生的话啊！”小百合弯下腰亲吻了一下前田，然后走出了病房。

“干得真是不错啊，明明那么年轻。”田渊在床旁边的椅子上坐了下来。

“嗯……用车把我送了过来，医生都夸奖她了。”

“她是真心地喜欢先生您啊！”田渊笑着说道。

“我也想了一下……”

“什么？”

过了一会儿，前田说：“以后再说吧……我要在这家医院开一场记者见面会。”

“见面会吗？”

“不管医生和秘书再怎么宣称我‘非常精神’，还是完全没人相信。这样下去，渐渐地就会有人觉得我快要死了，我必须得自己亲自出席。”

根据以往的经验，前田对此非常了解。政治家的“死”与普通人的“死”不同。尽管心脏依然还在跳动，还有意识，但是当他对其他人的影响力消失了的时候，作为一个“政治家”来说，他就已经死了。

“先生，”田渊探出了身子，“不管有什么事，您都要告诉我啊！”

“当然了，你是说我对你隐瞒了什么吗？”

“不是，不是这个意思……”

“我知道，你肯定是在觉得‘事实上并不是贫血吧’。”

“先生……”

“我没有打算隐瞒，是轻微的心肌梗死。摔倒的时候碰到了头，还有包。”说着，他把手放到了脑袋上。

“先生，出席记者见面会的时候要怎么说啊？”

“就这么说，让医生他们撒谎的话，我心里也很过意不去，就让他们按照实际情况进行说明吧。”

“可是，媒体总会觉得事实比官方表态更加严重。”

“就让他们那么想吧。不管怎么说，我都要稍微老实一段时间。这期间，应该会有一些家伙做出各种有趣的举动吧，我拭目以待呢。”

“这真是太讽刺了。”田渊笑了。

遮挡着的面孔

小百合走出前田的病房以后，去了护士站。

“不用担心，”一位年轻的医生接待了她，“基本上不会发生突发性状况的。”

“无论如何，拜托你们了。”

“先生说了，回去的话不要走正门，最好从其他的住院楼中穿出去。媒体应该会很快赶过来的。”

她稍微花了一点心思才注意到他所说的“先生”指的并不是前田，大概是指这位年轻医生的上司。

“我知道了，但是……我爸爸也住在这栋住院楼里，我想去看望他一下。”小百合说。

与其说是与父亲池内卓住在同一家医院，倒不如说是前田把父亲放在了这家他行事方便的医院。

“啊，池内先生是吧？按说他必须得坚持做康复练习，可是他不怎么配合……”

“是这样啊！”

“嗯，非要勉强他做的话，我觉得那样反而会成为他精神上的负担。您也和他沟通一下吧，告诉他不赶快进行康复练习的话，活动就会变得一天比一天困难了。”

小百合什么都没有说。

恐怕自己说了的话，父亲会更加不配合吧……他觉得一直接受前田帮助的自己非常没出息，由此产生的焦躁都变成了无从发泄的愤怒。

因为和前田的病房只差了一层，小百合决定走楼梯过去。乘坐电梯的话，有可能会和媒体碰面。

在去往父亲病房的途中，小百合遇到了从开水间走出来的母亲瞳。

“小百合？怎么这个时候过来了？”

“我是陪着前田先生过来的。”

“他什么地方不舒服吗？”

“没什么大事，为了以防万一住院了。静养，应该这么说才更加准确吧。”

“他必须得一直健健康康的啊！”

“妈妈，你陪在爸爸的身边了吗？”

“只有昨天晚上，”瞳提着热水壶和小百合一起边走边说，看上去她好像有点儿内疚，“但是……待在他身边的话，他就一个劲儿地发脾气，好像不在他身边反而会比较好。”

“看到我的话，应该会更生气吧。”

“但是，他也很担心你啊，觉得是因为自己，你才变成这样的。”

“事到如今，已经都变成了这样，也是没有办法的事情嘛，我开门了啊。”

呻吟声从床那边传了过来。父亲想说些什么，但是一激动的话就越发说不出话来了。

“因为刚刚把他一个人留下来了，他在生气……老公，小百合来了。”

父亲稍微抬起头，看了一眼小百合。

“怎么样了？”她走过去轻轻地握住了父亲的手。

父亲就那样任由她握着自己的手，他看小百合的眼神里也没有了之前的愤怒。

小百合的内心非常不安，万一前田发生了什么事的话……不只是自己，还需要考虑即将出生的孩子，还有父亲。今天晚上并没有说这种事的氛围，稍微冷静一点……虽然有些讽刺，但是假如桐山惠子还活着的话，小百合也不会这么担心。即使对她抱有反感，但是假如是前田所给的命令，桐山会毫无差池地照做的。

“要好好地进行康复练习，”小百合说，“我会再过来看你的。”说完，她便打算要离开了。

“小百合……”父亲的叫声听上去十分清楚。

“就是这样啊！”小百合笑着对他说道。

“啊，池内小姐，”她来到走廊里以后，一名护士急忙跑了过来，“太好了！我就觉得您应该在这里呢。”

“怎么了？”

“前田先生叫您。”

“先生？”

“可以请您回去吗？告诉他您可能已经走了以后，他非常生气。”

“是忘了什么了吗？他经常会落东西……”

小百合快步沿着楼梯返回。走到前田病房所在的楼层后，小百合停下了脚步，她看到田渊正在眼前的护士站打电话。

“嗯，目前看起来很精神，”田渊说，“可是，确实像抱着一颗定时炸弹，一旦发作会出现各种影响的。”

他肯定是在说前田。为了避免被他看到，小百合走到了走廊的角落里。虽然她并没有打算偷听，但还是听到田渊说：“今天晚上我想和 ×× 见面，你想办法和他联系一下，拜托了。”

小百合知道田渊所说的那个名字，他也是党里的元老级人物之一，但是他与前田的关系不好，在此之前，一直被前田的风头盖过而不怎么起眼。

“嗯，我现在暂且回家一趟，这是机密，知道吧？”田渊挂断了电话。

秘书加东走了过来：“先生，有什么事吗？”

“啊，不好意思，刚刚给家里打了个电话。”他连加东都要隐瞒！

小百合的心扑通扑通地跳了起来。虽说她藏起来了，但假如田渊转头看一下的话，非常容易就能发现她。

“走吧。”田渊催促着加东离开后，小百合松了口气。

因为在医院里面不可以使用手机，所以田渊刚刚借用了护士站的电话。等到他们的身影完全消失以后，小百合急忙走向了前田的病房。

“请，先生在等您呢。”秘书让小百合走了进去。

“先生，您有什么事啊？”

“你还在啊？听他们说你回去了……”她走到床边以后，前田说道。

“我去了一下我父亲那里。”

前田的表情突然阴沉了下来。“原来如此……你爸爸的身体怎么样了？”

“嗯，尽管只有一点点，但是正在逐渐地好转。当然，我觉得应该是回不到以前的那个样子了。”

“我会好好关照他的，你不要担心。就算是我死了以后，他也不会被这家医院赶出去的。”

“先生，不要说这种话。”小百合拉起前田的手亲吻了一下，“刚刚，田渊先生在那里……”

“你见到了？田渊是个好人，他一直都从心底尊敬我。”

“嗯……”

“你知道吗？即便这个圈子也是一样，能拥有可以信赖的人是非常珍贵的。”

小百合什么都没能说出口。田渊正在试图和前田的“敌人”接近。或许，对一个政治家来说，那是理所当然的选择。但是，小百合无法接受。

“先生，不好意思，我去一下洗手间，马上就回来。”

“嗯。”

走出病房以后，小百合急忙向走廊里面的公用电话走了过去。

之前，她通过前田认识了几位政治部的记者，于是拨通了其中一位记者的手机，发现对方正在某个地方喝酒。连前田病倒了的事都不知道，所以对方大吃了一惊。

“还有，我想请你帮忙写一篇报道，”小百合说，“田渊先生过来看望过了……”

“请交给我们做独家报道！”听到田渊要和另一位元老见面的消息，他立马这样说道。

“嗯，应该是今天晚上正在见面，记得写啊！”她嘱咐道。

把他们以为是秘密进行的事先发制人地公布出去，大家都知道了的话，田渊也就没有办法继续采取行动了。

小百合稍微冷静了一下，然后返回了前田的病房。

“不好意思……您刚才要说的事是？”

“今天晚上的事，你干得非常漂亮，没有发生严重的后果都是你的功劳。”

“先生，这样说反而让我觉得很奇怪啊，您不要客气。”小百合笑了。

“可是，也得考虑一下万分之一的事，对吧？”

“先生……”

“我也是人，不知道什么时候会发生什么事。我还想亲眼看看你肚子里的孩子。”

“当然了。”

“我不想让你担心……我考虑了一下，最好还是尽快。”

“什么啊？”

“我们结婚吧。”听到这句完全出乎意料的话，小百合目瞪口呆。

“不要那么吃惊，”前田说着苦笑了一下，“你一直都觉得我是那么不切实际的男人吗？”

“您这是什么话，不是的……”小百合勉强把猛烈的心跳压制下来，“但是，先生，您太太该怎么办？”

“现在这个时候刚刚好。”

“为什么？”

“上个月我太太和我联系了，她摔倒了，扭伤了脚腕，”前田说，“她好像也变得非常不安。之前因为身体很健康，所以一直都是一个人在那栋房子里生活的，但是现在她说想去住老年人专用的高级公寓。”

“那么，去东京？”

“不，在当地。与其说她是喜欢周围的风景，倒不如说她现在想住在附近就有便利店和医院的城市里。现在正在寻找合适的地方。”

“这样的事我倒是不知道啊！”

“虽然不知道一共要花费多少，但是入住以后每个月也要几十万……我会和她约好为她负担这笔钱一直到她去世，作为补偿让她同意离婚。”

“她会同意吗？”

“假如她觉得对她有利的话……我太太的娘家本来是那边的名门世家。现在传到了孙子辈，但是他很无能，涉足了土地和股票，损失惨重，她的娘家基本上是破产了。”

“但是……”

“你有什么担心的吗？”

“我会被大家认为是在您的太太有困难的时候乘虚而入把她赶了出去。”

“我也想到这一点了，”前田点了点头，“但是啊，她隐居在那里已经有将近二十年了，知道她的人现在基本上都已经不在政界了。连认识都不认识的女人，没有人会在意的。”

“是吗？”

“相信我，不会做对你不利的事的。”

“嗯！”

“可以吧？”

“您觉得我会说‘不要’吗？”小百合微笑着拉过前田的手亲吻了一下，“您快点好起来啊，一个人睡觉太寂寞了，我每天晚上都会伤心流泪的。”

“要不往这里搬一张床过来？”

“这个……医生不会同意的吧。”

“开玩笑的啦。”

“我肯定每天都会过来的，我来想一个尽量不引人注意的办法。”

“小百合，你真是个好孩子。”前田伸出手碰了碰小百合的脸颊。“我一直以为你心里肯定很讨厌我，你和我之前所认识的任何一个女人都不一样。”

赢了，我赢了！小百合心里想。并不是前田得到了小百合，而是小百合现在得到了前田。因为生病的原因，他变得多少有些软弱了，就算是前田也没有办法对看不到的血管“随心所欲”。他心中的不安和软弱帮助了小百合。结婚……一旦坐上了妻子的位置，就再也没有什么可怕的了。

“先生，您赶快休息吧，”小百合说，“我也要回去睡觉了。”

“啊，假如有事……”

“什么都没有，不可能会有的。”小百合亲吻了一下前田，然后安静地从床边走开了。

“您辛苦了。”小百合走出去以后病房前面的秘书说着低下了头。

他肯定是感觉到了些什么吧。小百合已经不再是被包养的女人了。

“你也辛苦了,”小百合体贴地对他说道,“适当地和其他人换个班啊!”

“嗯。”

“晚安。”

“晚安。”

小百合不知不觉中伸展了一下脊背，昂首挺胸地向没有一丝人气的走廊走了过去……

漫长的噩梦

“杉山小姐。”真也叫了一下正在收拾桌子的杉山明美。

“嗯，”明美走到真也的桌子前面问道，“您有什么事？”

“今天晚上你留下来一会儿，没有人帮忙寻找碰头会的资料了。”真也看着手里的文件说。

“那个……”

“怎么了？”

“今天晚上我有约。”

“推掉。”

明美稍微叹了口气说：“我知道了。”

“五点半，第三会议室。”

“嗯。”

真也一次头都没有抬。

明美回到座位上，把已经收拾好了的文件又摊开在桌子上。

“明美，”一位女同事走到她身边，“我都听到了，真是太过分了。”

“我也没有办法，对不起！”

“好吧……可是，不是规定好了吗？假如要让别人留下来加班的话，要提前三十分钟说。”

“这就是受雇用之人的身不由己啊，下次再陪你吧。”

“嗯，那我先走了。”

“辛苦了。”

周围桌子的抽屉啪嗒啪嗒被锁上了，员工们基本上都回去了，电话的铃声基本上也没有了。到五点十五分的时候，真也才终于抬起了头。

“杉山小姐，去看一下会议室吧。”

“嗯。”

明美急忙站起来，跟着真也走了过去。打开第三会议室的门和灯以后，真也说道：“一共六个人，桌子太多了，往外面撤几个吧。”

“嗯，撤两个吗？”

“一个就行了，可能还要展示图纸。”

他们两个人把一张桌子抬到靠墙壁的位置，接着把椅子也重新摆了一下。

“找一下白板的马克笔，把不能用的拿出去。”

“嗯。”她试着写了一下，发现五个颜色中的两个因为油墨太少，写出来的字断断续续的，基本上已经不能用了。“我去拿几个新的过来。”

“山杉君……不好意思啊，这么勉强你。”她正要离开会议室的时候，真也说道。

“怎么了？”

“明明冲你发火也没有什么用，对不起。”

“没关系。如果能让你变得开心一点儿，大声骂我也可以，挨打的话我还是不太愿意。”

真也终于露出了笑脸。“我才不会那么做，只是觉得对方是你的话，不管什么事都比较容易说出口。”

“听到你这么说，好开心。不管什么事您尽管说，我绝对不会泄露给其他人的。”

“碰头会之后，可以陪我一下吗？”真也直直地盯着明美。

“嗯。”明美毫不犹豫地点了点头。

“那一会儿把碰头会早点结束吧，”真也说，“他们差不多也快过来了吧。”

明美动作利落地准备着。她复印了必要的资料，为了在碰头会中能够从容应对，又多备了几份。她还拜托大楼里的咖啡厅送来了咖啡。她正在发票上签名的时候，参加碰头会的员工们正好走了过来。

虽然说了要“早点结束”，但是会议一旦开始就没有那么容易掌控了。明美在一把与大家有点儿距离的椅子上坐了下来，然后一动不动地等待着真也的指示。“碰头会之后”，他是这么说的。美明感觉他当时的目光所表达的意思非常清楚，清楚得让人无法产生误解……是自己想多了吗？

但是，假如说……

这种期待的心情慢慢地涌动了起来，在碰头会即将结束的时候，她已经感到胸口堵得喘不过气来了。

“辛苦了。”员工们匆忙离开后，真也站起来伸了个懒腰。

“真够麻烦的啊！”

“怎么谈都谈不妥，费了好大功夫啊！”

“我没看出来。”

“是吗？是不是我也变得擅长掩饰了呢，”真也笑着说道，“已经九点了，走吧。”

“我先收拾一下……”

“明天再做就行了吧？”

果然是那样的。明美感受到了真也眼神里的炽热。

“那明天再收拾吧。”她说。

“怎么了？”明美问。

“为什么这么问？”真也并没有给出回答。

“这种事……很不一般，不是吗？”明美马上又接着说道，“我并不是在怀疑你的心意，但是有什么事让你下定了决心，是吗？”

“啊，是啊。”真也抱着明美把她拉到了自己的身边。

在酒店的床上，他们相互触碰着彼此滚烫的身体。明美感到非常幸福。就算地狱正在前方等待着自己，但至少现在她很幸福。

“你应该不是厌倦了你的太太吧？”

“没有厌倦……我还爱着她，可是，她有一张我所不知道的面孔。”

明美从真也身边稍微离开了一点儿，把毛毯一直拉到额头上，“之前的那个传真，”她说道，“说你的太太是杀人犯……”

“事实上，的确是那样的，”真也说，“我听她一个大学时候的朋友说了……一个叫作西川勇吉的学生因为她们的虚假证词受到了逮捕，然后自杀了。”

一时间，他们两个人谁都没有说话，那段沉默的时间好像无比漫长。

“这件事，是听谁说的？”

“你在新闻里应该听到过吧？电视栏目的常规主持人黑沼里美。”

“听说她从什么地方跳下去了……”

“那个时候我就在她的身边。”

“那个时候，听她说了？”

“就是那样的。”真也并没有详细说明，可是这样应该已经足够了吧。

“对你太太……？”

“还没有说。我也不知道黑沼里美有没有告诉美香她跟我坦白的事。从美香的情况来看，应该还没有说吧。”

“但是……”

“对美香来说，那肯定是早就已经过去了的事吧。但是，因此而去世了的那个姓西川的大学生该怎么办？不仅仅是他，因为不堪忍受儿子的事，西川的父母也自杀了。”

“啊……”

“即使遭受到他的怨恨，他变成鬼魂来讨回公道，也没有什么可抱怨的。可是，美香是美千流的母亲，我也不能把她拉到警察局里去。”

真也一动不动地看着天花板。明美爬到他的胸口上。

“感觉很对不住你。”真也喃喃地说道。

“为什么？”

“感觉好像在向你宣泄我的痛苦一样……但是，我喜欢你，这是真的。”

“我相信你。但假如没有那件事的话，应该也不会变成现在这样吧。”

“是啊，我肯定会一直压抑着我自己吧。”

“那样的话……”明美紧紧地抱住了真也，“对我来说，契机完全不重要，只是变成这样就让我感到非常幸福了。”

“谢谢，”真也抱起明美亲吻着，“我的心情已经很久没有像这样平和了。”

这个声音中有一种发自内心的安心感。

明美一边再次被真也的臂弯紧紧地拥抱着，热火地满足着，一边用冷静的目光看着真也。只是变成这样就感到很幸福了……这份心情并没有丝毫的虚假。

可是，这并不是说明美会永远让着真也。男人总是会把女人的话解释成对自己方便的样子，真也也不例外。只是变成这样……因为这一句话，真也就坚定地以为明美对她自己现在的处境已经很满意了。并不是这样的。今后，真也将会感到长久的痛苦。在同一张桌子上吃饭的时候，在家庭旅行的时候，或者在床上的时候……真也不得不时常想起来，自己的妻子就在几年前把同一所大学的一名清白无辜的男孩子逼死了。这样的生活会一直持续几十年。

真也究竟会不会一直做着像长长的隧道一样无限延续下去的噩梦呢？说不定可以把这个人变成我的。这句话在明美的心中回响着……

“发现了什么？”一看到加东，田渊便问道。

“没有，什么都没有，”加东摇了摇头，“非常抱歉。”

田渊焦躁不安地把兑了水的酒喝干了。

“那份报纸发了独家新闻，肯定是消息从什么地方泄露出去了。”

“肯定是这样的，但是怎么也找不到消息来源。”

“麻烦了啊。”田渊咂了下嘴，一边叹着气一边说道。

这里是酒店的酒吧里的一角。

“加东，美香一会儿就过来了，你去入口那等她一下。”田渊说。

“我在这里呢。”加东还没有来得及回应，美香就已经这么说着露出了半边脸。

“啊，把你叫了出来，不好意思。”

“真是的，当妈妈是个很忙的工作啊。我出来的时候告诉他们说马上就回去，”美香坐了下来，“给我来杯可乐……然后，什么事啊？”

“前田先生住院了。”

“我在新闻上看到了，他看上去不是挺精神的吗？怎么了，实际上更严重吗？”

“啊，并不是因为这个。”

“那是什么？”

“这个。”田渊把从报纸上剪下来的新闻报道从兜里拿出来，递给了美香。

“是关于前田先生病倒的报道吧？”

“看看最后那里。”

“爸爸你和什么人见面的地方？”美香扫了一眼那篇报道问道。

“嗯。”

“这个怎么了？”

“并没有什么特别深的含义。只是，这个人原本和前田先生的关系不太好。我觉得他如果能趁这个机会去看望一下的话，前田先生肯定也会很开心的，所以我就去劝了他一下，”田渊说，“但是，前田先生注意到了这篇报道，他非常生气。”

美香又重新看了一遍那篇报道。“爸爸。”

“怎么了？”

“对自己的女儿要说实话啊！”

“我不是在说实话吗？”

“不是吧？”美香摇了摇头，“就像这篇报道里拐弯抹角地表达出来的意思一样，爸爸你是为了预防前田先生万一出什么事，所以才去见这个人的吧？”

“你为什么会这么想啊？”田渊看着他的女儿问道。

“入院的当天，而且还是在晚上，这也太不自然了。假如是爸爸你所说的那种事，打个电话就够了不是吗？”美香说，“前田先生生气也是理所当然的啊！”

“哎呀哎呀，”田渊苦笑着说道，“连你都看出来了是这么回事的话，前田先生注意到也是理所当然的。”

“暂时还必须得继续和前田先生搞好关系啊！”

“就是因为这件事，我才把你叫出来的。”

“你要让我干什么？你不会是想把我送给前田先生吧？”

“不要开玩笑了……是小百合。”

“小百合？”

“你去和她说一下，现在她是前田先生最亲近的人了。”

美香惊呆了。“小百合已经拥有这么大的力量了吗？”

“嗯，前田先生打算和他太太离婚，然后和小百合正式结婚了。”

美香瞬间无语了。小百合……那个胆小怕事的什么事都没有办法自己做出决定的小百合。

“作为朋友，你去试着请求她一下。”

我……要向小百合低头？美香一时间没能做出回应。

“正是因为是朋友，所以有些事才不好说出口啊！”美香一口气把送来的可乐喝了下去，接着这样说道。

“我知道。可是现在的情况就是这样的，小百合将成为前田先生正式的妻子，然后再把先生的孩子生下来，这样她就再也没有什么可惧怕的了。代替抱病的先生，小百合应该会变得更往幕前一点儿吧。”

美香在心中激烈地抵抗着。为什么我要“请求”小百合？我才应该是“被请求的那一方”啊！可是……

“那个警察，曾经的警察怎么样了啊？”

“真野吗？因为前田先生的事弄得我手忙脚乱的，一直没和他联系，我立马问问看，现在怎么样了。”

“拜托了。”

假如不拿什么事作为“交换”的话，她是无论如何都没有办法说服自己的。

“你会和小百合君说吗？”

“我试试看。”美香轻轻地耸了耸肩。

“不好意思！这就帮了我的大忙了。”

“作为补偿，要给我买辆新车啊！”

“车吗？我知道了。”田渊说，看上去他好像是松了口气一样。

只要是用钱可以解决的事，父亲就会非常慷慨。美香对这一点很清楚。父亲的心情会因此变得轻松一点儿的话，就让他买辆车。

“把手机借给我一下，”美香说，“我这就给小百合打个电话试试。”

反正也是项完全不愿意干的工作，所以她想快点儿完成。

“她现在或许在病房里面……这是病房的直拨分号。”

把便条拿过来以后，她向那个号码打了过去。

“您好。”一个男人的声音传了过来。

“我是田渊弥一的女儿美香，小百合女士在的话，请让她接一下电话。”

“您是大臣的女儿吗？”

“是的。”

“您稍等一下。”

电话那边一直沉默了将近两分钟。他们在说些什么呢？美香冲着田渊带有疑问的眼神微微地摇了摇头。

“喂，美香？”小百合终于接了。

“小百合，发生了这种事真是不得了。幸好没有什么大碍，真是太好了。”

“谢谢，你是专门为这件事打电话过来的吗？”

“不只是这个，”美香稍微喘了口气，“小百合，我就不拐弯子了，是我爸爸拜托我打给你的。我爸爸好像惹先生生气了，他感到非常抱歉。你可以帮忙向先生说和一下吗？”

对方一时间没有回答。

“喂……小百合，你能听到吗？”

“嗯，”小百合说，“因为是美香你的请求，我很想答应，但是唯独这件事……”

“为什么不行呢？我爸爸一直都在跟随着前田先生，不是吗？”

“正因为如此，所以先生遭到了背叛感到非常受伤。美香，你转告一下你的父亲，假如他真的怀有歉意的话，就不要拜托他的女儿了，请他亲自到这里来。直到先生改变心意答应见他之前，他过来几十趟都是应该的，对吧？”小百合的用词非常礼貌，但也非常冷漠。

“小百合……”美香的脸上失去了血色。

这是她认识的那个小百合吗？自己竟然被小百合说了这样的话……

“就这样转告你的父亲吧……美香，知道了吧？”

美香的手颤抖起来。

“我知道了。”她勉强克制住了自己。

“那么，拜托你了。还有，不要轻易往这里打电话，因为有时候先生可能会在休息。那我挂了。”说着，小百合把电话挂断了。

“没用了，”美香把手机还了回去，“小百合不再是以前的小百合了，已经变成了另外一个女人。”

遥远的身影

“我回来了。”美香迈上玄关处的台阶后，喘了口气。

“你回来了。”真也走了出来。

“对不起，突然就外出了。留言……”

“我看到你写的留言条了，美千流已经睡了。”

“我没想到会回来得这么晚。”美香稍微踉跄了一下。

“你没事吧？喝醉了吗？”

“有一点儿……对不起。”

“偶尔醉一下没关系。”

扶着美香在起居室的沙发上坐下来以后，真也端了一杯矿泉水过来。

“谢谢。”美香把满满的一杯水一口气喝了下去，然后放松地吐了口气。

“发生什么事了吗？”

“被爸爸叫过去了……我在留言条上写了，是吧？”

“嗯。”

“爸爸遇到了为难的事，然后……”

美香稍微犹豫了一下，然后把父亲和前田之间发生了矛盾的情况跟真也说了一下。

“政界真是不得了啊！”

“嗯，还有，我给小百合打了一个电话，可是……”美香的脸僵硬了下来，“小百合说话的方式，想起来我就生气！”

“她是在努力地保护自己，”真也说，“特别是现在她的肚子里还有孩子，不是吗？她要依靠前田先生的力量，因此她这么说也是可以理解的。”

听了真也的话，美香觉得自己一味地对小百合生气的行为很丢脸。“这倒也是。”

“是吧？站在小百合的立场上看一下的话。”

“嗯……正像你所说的那样，”美香向真也的身边靠了过去，“感觉自尊心好像有点受伤，因为小百合一直都是一个很听我话的孩子。”

说到这里，美香突然把闭着的眼睛睁开了。

“是啊，要不要去做前田先生的情人？去跟小百合这么说的人也是我。当然这是前田先生所渴望的，但是直接地去和小百合说的人是我。”

“你忘记了吗？”

“嗯……不知不觉地总是会很快就忘记自己做过的事。小百合是在报复我，报复把自己推向了那样的人生之中的我。”

“人是会变的，”真也抱着美香的肩膀说道，“软弱的人总有一天也会完全改变的。”

“哎……要我，拜托了。”美香用力地抱住真也说道。

“今天晚上我要睡了，”真也毫不犹豫地拒绝了她，“明天会很忙。对不起……”

美香勉强地笑着说：“没关系……我也要睡了。”

“要不要去泡个澡？”

“太费时间了，我冲个澡就好了，”美香站起来说道，“你先睡吧，早上起不来的话就不好了。”

“嗯……那晚安了。”真也说着走出了起居室。

美香的身体里好像完全失去了力气一样，又一次卧倒在了沙发里，站也站不起来。肯定是发生了什么事……但是，是什么事呢？她感觉自己与真也之间突然竖起了一堵看不到的墙，非常想让他要自己的时候，真也却什么都没有感觉到。因为累了，所以不做的情况之前当然也有过。但是，对美香的关心好像从现在的真也身上完全消失了。

到底发生了什么事呢？

美香的醉意一下子就清醒了。是吗？是啊……

“肯定是这样的。”她喃喃自语道。

真也听说了，听里美说的？恐怕是这样的。

把那件事……西川死亡的事。

里美……对里美的愤怒在美香的心中涌现了出来，愤怒搅动着美香的血液让她清醒了过来。我才不会认输呢！不会让里美搅和了自己现在的生活，也不会向小百合低头。我救了她们！因为我救了她们，所以她们才没有被扔进监狱里。即便如此，她们却要恨我？这说不通啊！

“等着瞧，我一定要让她们再一次哭着来央求我。”美香出声说道。

她根本不知道什么是输，这份强烈的自尊心支撑着美香。

里美现在迷迷糊糊的。住院这件事好像有一种惊人的诱惑人们去睡觉的力量。对一直以来都睡眠不足的里美来说，“人可以像这样睡觉”简直就是一个新发现。明明晚上已经睡得够多了，但是接近中午的时候她却还在睡着。

“里美。”一个声音传了过来。

“哎？”她睁开眼睛，发现一个年轻的女孩子正站在那里，看上去也就是刚刚二十岁的样子吧。她应该不是在这里住院的患者。她整整齐齐地穿着连衣裙，打扮得非常漂亮。

因为“曾经出现在电视上的人住院了”，所以偶尔会有闲来无事的患者到病房里来偷看她。

“您是哪位？”里美问。

“您应该已经不记得了吧？”那个女孩子说，“我还记着您呢。”

“我们什么时候见过吗？”

“嗯，四年前。”

“四年前？”里美嘟囔着说道，“四年前是说……”

“您还是一名大学生的时候。”

“二十一岁的时候？”

“嗯，发生那个事件的时候。”

里美的脸色变得苍白了一点。“你是谁啊？”

“我叫山科保江。”

“山科……山科……”里美拼命地思考了一下，“我想不起来。”

“也是啊，我的父亲是那个时候的局长。”

“警察局的局长？”

“嗯，我父亲山科昭治自杀未遂，现在基本上是一个废人了。”

里美脑子里依然非常混乱。“这件事和我们有关系吗？”

“当然了，”山科保江把椅子拉到床边，坐了下来，“我父亲是因为经受不住良心的谴责，因为把西川勇吉同学甚至还有他的父母都逼得自杀了。”

里美一动不动地盯着那个姑娘的视线。“这个……

事到如今，就算现在再对我说起这个……”

“事到如今？只不过才刚刚过去了四年啊，”保江说，“必须得恢复西川同学的名誉才行。”

“我……”

“就算想骗我也没有用，因为你们说话的时候我听见了。”

“听见了？在哪里？”

“在警察局，你们当时为了统一口径商量过了。那个时候，我给你们送了咖啡。”

一个穿着服务员制服的看上去像是高中生模样的女孩子的身影在里美的脑海里模糊地浮现了出来。

差不多应该也就是个高中生吧？给人一种天真烂漫的感觉。

对，她感觉好像是说过这样的话。

“你是那个时候给我们端咖啡的那个孩子？”

“嗯，我拜托了父亲帮忙介绍，在他们常去的一家咖啡店里做兼职，”保江说，“但是，我当时听到你们说话的时候并不十分清楚你们说的是什么，之后才明白了那些话是什么意思。”

“不要说了，那件事已经过去了。”

“根本没有过去啊！我父亲一直都在住院，而且完全没有要恢复的迹象。还有，西川勇吉同学也去世了啊！”

“可是……”

“是你们把他杀了，”保江用严厉的语调说道，“他的父母也是一样，你们杀了三个人啊……你们是打算当作什么都没有发生过吗？”

“是你！把我读的原稿调换了的人是你。”在山科保江冷漠而愤怒的目光下，里美畏畏缩缩地说道。

她并没有回答。

恰好这时有人敲了敲门，一名护士走了进来：“检查。”

“麻烦您了，”保江站起来亲切地说道，“那么，里美，我再来看你啊！”她像平常的来看望她的客人一样说道，然后快步走出了病房。

“你的朋友？好年轻啊，”护士说着摸了一下里美手腕上的脉搏，“有点儿快……发生什么事了？”

刚刚出现在这里的那个姑娘到底是真实存在的吗？不，她出现在了这里，这一点是确定无疑的。可是她说的话实在是太突然了，以至于让里美觉得好像只是做了一场噩梦一样。杀了三个人……她这么说的话或许确实是这样的。可是，里美也完全没有想到结果会变成那样。美香……对，那是美香决定的事。我只是服从了她的决定而已，不是我的错，不要来谴责我！

“轻轻的啊！”

几个人一起把里美抬到了担架车上。太疼了，她都想大声叫出来了。

“我们走吧。”

“里美。”

里美被轰隆轰隆地推到走廊里以后，发现美香正站在那里。

“接下来要进行检查。”一位护士说。

“要花多长时间？”美香问。

“大概一个小时。”

“是吗？”美香低头看着里美说，“那我再过来吧。”

里美从美香的视线中感受到了汹涌的愤怒。已经被她知道了……把四年前的真相告诉了清水真也的事。

里美被轰隆轰隆地推着，一直穿过走廊来到了电梯前面。被推进电梯的时候，她恍惚地看见了美香的身影，她正站在病房的前面目送着里美。里美在心里听到了美香的声音：“算你捡了一条命，我下次来的时候你要做好准备啊。”这句空想出来的恐吓简直就像真实的声音一样清楚地传到了里美的耳朵里。

电梯的门关了。

救救我……原谅我，美香。原谅我，西川君，原谅我……

“没事吧？”护士正紧紧地盯着里美。

“嗯？”

“刚刚听到你说‘原谅我，原谅我’。”

她好像不知不觉中出声说了出来。

里美闭上了眼睛。该怎么向美香解释啊？里美瞬间忘记了山科保江的事……

推着里美的担架车消失在电梯里以后，美香感觉自己好像一下子从梦中醒过来了一样。不知怎么回事，一直让她神经紧绷的东西消失了。来这里之前，在身体里疯狂翻滚的愤怒随着对象在眼前的消失好像也在空中飘散出去了……

这样就行了……这样就好了。就算打击、折磨里美一通，事态也不会有一丁点儿的好转，反而，假如她太过害怕了的话，说不定还会再向真也说出些什么。对，“你对真也说了啊”，只要像这样问她一句应该就完全可以让里美闭嘴了吧。我原本是打算干什么啊？杀了里美？怎么可能！像那样直接下手杀了她的话，自己才真的要一辈子都要受到追捕了……

“我再过来吧。”里美听到这句话的时候脸色变得苍白了。她是知道的，知道美香为什么会来到这里。

回去吧。

“有花啊。”美香向里美的病房里看了一眼，嘟囔了一句，然后直接走向了电梯。

配　角

“她曾经是一位那么有地位的人啊？”前来诵经的住持问道。

他非常吃惊。尽管告别仪式本身非常的朴素，但是举行仪式的殡仪场挤满了采访报道人员，他们带着怀疑的目光紧盯着着每一个前来吊慰的客人。

“现在正在举行前田哲三议员的秘书——被射杀的桐山惠子小姐的告别仪式。”

殡仪场的前面正在对着电视摄像机的是一位新闻现场报道记者。尽管记者之中不专业的人也有很多，但是这位女士的本职就是主持人，口齿也非常清晰，所以她说的话特别容易听清楚。

“目前搜查并未取得进展，犯罪嫌疑人仍然未被锁定。这是究竟以桐山惠子本人为最终目标实施的犯罪行为，还是因为对前田议员的仇恨而引发的袭击？警察当局现在正在从这两个方面进行调查。”

车里的电视这期间也完全没有出现画面混乱的情况，一直都在清晰地放映着。得知殡仪场的告别仪式已经开始了，所以出租轿车在还有五分钟路程的地方停了下来。

“先生，现在过去吗？”小百合问道。

“不，稍微等一会儿吧。”前田看着电视画面上显示的时间。

“您的身体没关系吧？”

“啊，非常好。”

前田得到了所住医院的外出许可，特意来出席桐山的告别仪式。后座上与前田并排坐着的小百合穿着黑色的套装。

“天气很晴朗啊，”小百合向窗外看了一眼，“肯定是惠子特意安排的，为了不伤害先生您的身体。”

“说不定。”前田点了点头，微微笑了一下。

“我是不是说了什么奇怪的话？”

“不，不是的。只是我觉得举办葬礼时的天气阴一点儿比较好。不过，你不管什么都喜欢往好的方向解释。”

“因为我的头脑比较简单吧。”

“不是的，把天气都和我的身体考虑在一起，我真的非常感动啊！”

“先生，您要更加重视您的身体啊。说实话，我也很希望什么都不用想，每天无忧无虑的。”

“到了那个时候的话，就这么做吧。”

察觉到前田所说的是“变成他妻子的时候”以后，小百合的心忽地热了起来。

“也不可以太晚，”前田说，“走吧。”

轿车开动起来。

“有没有什么看上去让人觉得奇怪的地方啊？”

“没有，一切都非常完美。”

“如果顶着被睡乱了的头发就惨了啊。”说着，他把手向脑袋的后面伸了过去。

“已经没事了。”

前田现在还在住院，头发被睡乱是常有的事。从早上开始，小百合就忙着用美发慕斯和喷雾全力地去修复他睡乱了的头发。因为不管穿着打扮再怎么整齐，假如头发上带着睡乱的痕迹的话，总会给人一种“病人”的印象。前田最讨厌的就是这个，小百合对这一点非常清楚。

“是那里，是吧？”坐在副驾驶席上的秘书说。

在轿车的前面，成群的媒体扑了过来。

“把车停下来吧，”小百合说，“那么……先生，我从这里走过去。”

假如再出现在了电视或者周刊杂志上的话就不好了，因此小百合决定只是作为一个熟人去烧个香就立刻回去。

“先生就拜托你了啊，”轿车停下来以后，小百合对那名男秘书说道，“注意不要让记者太接近，万一先生摔倒了就不好了。”

小百合打开车门，刚要下车，前田突然紧紧地握住她的手把她拉了回去。

“先生……”

“把门关上，开车。”完全不顾忌疑惑不解的小百合，前田给出了指示。

轿车开进殡仪场的大门以后，看到前田坐在车里面的报道人员一拥而上。

“好了，下车吧。”前田点了点头说道。

小百合急忙下车，然后转到车的另一侧，一边用手推挡着前来采访的摄像机和麦克风，一边护着下车的前田。

“没事……没事的。”

前田下车以后站在了原地，把眼前的摄像机扫视了一遍。他的眼神充满力量，给人一种身体已经恢复了的印象。假如体力已经衰弱的话，再怎么虚张声势也是骗不过摄像机的。

秘书在前面引导着他们向接待的地方走了过去。

“对去世了的桐山惠子女士，请您简单地说一下！”这样的一个声音传了过来。

“我知道了，”前田停下脚步，点了点头，用铿锵有力的声音说道，“桐山女士作为我的秘书是任何人都难以替代的，她是一个非常优秀的人。对于她被杀的原因，虽然现在还没有头绪，但是我期望犯人可以尽早被逮捕。已经没有办法让她听到对她长期以来的努力工作的感谢之词了，对此我感到非常遗憾。”

他的发言非常顺畅，也许是因为他意识到某些杂志中出现了“事实上前田的病情是脑出血”这样的报道，所以更要表现出自己清晰的思路和口齿吧。

“那么，就这样。”说着，他举了一下手，再次向接待的地方迈开了脚步，但是……

“一块儿走吧。”他突然又回过头，拉起和他稍微隔开了一点儿距离的小百合的手腕，把她拉到身边。

前田和孙女般的小百合这一组合，又吸引了摄像机围着他们转了起来，按动快门的声音就像是在下雨一样。小百合感觉自己的脸突然发烫起来。前田竟然在公开场合让小百合陪同着自己。之前，消息灵通的人一直都知道小百合，而今天这一幕发生后，所有的媒体也就全都知道小百合了。

在接待处记完账以后，前田看着小百合说：“帮你也写上吧？”

“先生……”

“你太年轻了，应该不擅长毛笔字吧。”

“麻烦您了，太拿不出手了，我还在想该怎么办呢！”

“好。”前田再次拿起笔，在写得非常漂亮的自己名字的旁边只写上了“小百合”三个字。

“这样就行了，进去吧。”

小百合不禁对前田这种体贴入微的关怀感到非常感动。她对自身的转变也感到非常吃惊。她从来没有想过自己会爱上前田。想要在自己所处的环境之中占据有利的位置，她以为自己一直以来所做的事最多也只不过是出于这样的打算。可是，怀上了前田的孩子，前田明显地展示出对她的关心之情以后，感觉自己爱着前田这样的心情不知不觉地在小百合的心中涌现了出来。尽管与那种热烈的爱情有所不同，但是产生了“想让这个人幸福”的愿望。

前田和小百合走进去以后，在那里仅有的二三十把椅子上坐着的人们一下子全都回过了头。

“先生，”小百合小声说道，“田渊先生也在，而且还有美香。”

“我知道，我看到他们记账了。”

田渊还有美香，他们原本并没有来出席桐山的告别仪式的道理，最多只需打一个吊慰的电话或者送个花就足够了。而现在父亲和女儿全都过来了，由此可以确定他们期待着能够见到前田。

“烧香吧。”

“嗯。”

虽然一直在诵经，但可能是因为桐山的朋友原本就比较少吧，在他们之前烧香的客人只有两三个。

前田和小百合并排着烧完香以后，对着惠子的遗像深深地低下了头。因为不是亲自动手，小百合并没有“自己把她杀了”这样的心情。当然，她知道小野寺是为了小百合才把惠子杀了的。

假如小野寺被逮捕了的话……一想到这种可能性，或许担心得整夜失眠也是理所应当的，但是小百合的内心却不可思议地平和。

她觉得那个叫作小野寺的男人有些地方和自己很像，所以对他有一种难以言表的信赖感。即使他万一被逮捕了，小野寺也绝对不会说出小百合的名字的。她坚信这一点。

“小百合，”前田说，“我去里面和田渊聊一下，你在这里坐着等我。”

“嗯。”

小百合有一点儿不服气。田渊曾经打算背叛前田，前田明明完全不需要屈身出去的。她在一把空椅子上坐了下来，前田默默地冲着田渊的方向点了点头，然后在仪式现场的旁边消失了，田渊也立刻跟着他消失了。小百合不由得觉得挂着黑色绸缎的照片里的桐山好像正用充满讽刺的目光看着自己。

“小百合。”美香在她旁边的椅子上坐了下来。

“美香，你为什么会来这里啊？桐山女士，你和她应该也没有那么亲近吧？”

“你肯定知道的吧？我是跟着我父亲来的，我们觉得可能会见到你还有前田先生。”

“先生，现在正在和田渊先生说话……”

“嗯，我看到了。关于我爸爸，他说过什么吗？”

“没什么，我什么都没有听到过。”

“是吗，”美香若无其事地向周围看了一眼，“有件事，我想提前和你说一下。”

“在这里？”

“没有人在听，没事的。”

确实，或许这样要比去什么地方悄悄地说更不引人注意。

“什么事啊？”

“关于里美的事，她因为自杀未遂住院了，现在一个人沉浸在四年前的那件事里非常苦恼。”

“西川君的事？事到如今……”

“但是确实是这样的，里美都已经对我老公说了啊！”

“你老公说了些什么吗？”

“我从他的态度里感觉出来的。只要里美不接受‘根本不需要有罪恶意识’的想法，她就可能会对其他人也全部都说出来的，”美香接着说道，“假如出现在报纸上面的话，小百合你也会很难办吧？还要考虑前田先生的立场。”

听了美香的话，小百合瞬间倒吸了一口冷气。确实，只要小百合还是“情人”，不管发生了什么都不会引起大的问题。但是，假如她成了前田的“妻子”的话，就又是另一回事了。

即便能够一直坚持否定，但是仅仅只是围绕西川的死而受到大家充满疑惑的议论，也会给前田带来麻烦。

“所以，我希望为了让里美永远不再提起那件事，小百合你也去好好地和她谈一下。”

美香果然非常聪明。小百合成为前田的妻子之后，这件事同时也会成为她的要害。

“我知道了，”小百合稍微思考了一会儿，“为了让里美不再胡说八道，我去叮嘱她一下。”

“拜托你了，因为我觉得小百合的话会比我去说更有效果。”美香的语调听上去像是发自内心的，但是好像又暗藏着讽刺的尖酸。

这时，前田和田渊一起回到座位上。

“先生，您累不累？”小百合问道。

“没事，可是也不能让医院那边着急。”

他们出发之前告诉医生，烧完香就立刻回去。

“您要回去了吗？”

“嗯，不好意思，你……”

“我会一直在这里待到最后。”

“嗯，就这么办吧。你总是立刻就能明白我想让你做的事。”前田的脸上浮现出了平和的微笑。

这样的微笑在前田病倒以前小百合是从来都没有看到过的。

“之后让车再过来一趟吧？”

“不用了，我乘坐电车回去，稍微走一走对身体也比较好。”

“是吗，”田渊正在和美香说话，前田稍微向他们的方向瞥了一眼说道，“我现在和田渊一块儿出去，必须得把不和的言论消除才行啊！”

“这样真的好吗？田渊先生正式地来道歉了吗？”为了不让这些话传到田渊还有美香的耳朵里，小百合把声音压得很小。

“当然了。不过，毕竟人心隔肚皮。田渊心里想的到底是什么，我也无法百分之百地了解。”

“但是……”

“可是啊，这关系到和你结了婚、生了孩子以后的事。不管怎样，我都会比你先死。”

“先生……”

“这是自然而然的事，到那个时候必须得有愿意和你站在一起的人，知道吗？从现在来看的话，田渊果然还是最有实力的人，现在给他卖个人情不会吃亏的。”

小百合听得哑口无言。这是她完全没有想到过的事。前田轻易地就原谅了田渊，她刚刚一直对这件事感到非常着急，而现在她觉得这样的自己非常丢脸。

“我知道了，”小百合说，“谢谢您，先生。”

“不管是谁都不能百分之百地信任，”前田说，“可是，有些人可以相信他们百分之七十左右，重要的是要把他们分辨出来。当然，这是我活了这么长时间才明白的，以后你也会一点一点地逐渐明白的。”

“嗯……”

“那我先走了。”

前田站起来以后，田渊也站起来点了点头。他跟在前田的后面一起走了出去。接着，小百合就听到了不断按下快门的声音。她感觉非常骄傲，好像那就是自己的事一样。

美香也站了起来，她走到小百合身边问道：“你还要继续待在这里吗？”

“嗯，代先生待在这里。”

“辛苦了……总之，先生看上去好像与我父亲和好了啊！”

“好像是。”

“那么，再见了，小百合。”美香走了出去。

小百合感觉突然放松了下来，喘了口气。就在这时，她的目光不由自主地被一个与美香擦肩而过走进来的系着黑色的领带、戴着眼镜的男人吸引了。

他会是谁呢？她总觉得有种似曾相识的感觉。那个男人快步走了进来，草草地烧完香正要回去的时候与小百合对视了一下。然后，那个男人的嘴角浮现出了一丝微笑，摘下了眼镜。

小百合几乎要情不自禁地叫出声来了。

那是……杀死桐山惠子的人小野寺。

受到重挫

“百分之七十的信任。”她想起了前田的这句话。

自己竟然一直都很相信那种男人！小野寺可是杀人犯啊！

告别仪式结束后，小百合将四周扫视了一圈。桐山的亲属都和棺材一起乘着汽车离开了，其他的客人也全都回去了，现场转眼间就变得空空荡荡。

“已经没事了，你在哪里？”小百合确认过所有新闻报道的人都已经离开以后，这样叫道。

“吓了你一跳吧？”小野寺从停在那里的车后面走了出来。

“嗯，有点儿。”

“我想这样会不会比去你的高级公寓好一点儿，”小野寺好像很不自在地摇了一下肩膀，“借来的西装，有点儿小。”

“你为什么要来这里啊？”小百合说，“太危险了，你应该也知道吧？”

“当然了，”小野寺点了点头，“这样说话，没事吗？”

“稍微走一走吧，一直待在这里的话太扎眼了。”

小百合催促着小野寺走出殡仪场以后，在午后的大街上走了起来。

“好奇怪啊，”小野寺抬头看着天空，感觉有点儿刺眼，“我是第一次参加自己杀死的女人的葬礼。”

“千春怎么样了？”

“挺好的，她让我替她向你问好。”他用无忧无虑的语调说道。

小百合感到心里非常混乱。

“你为什么要来这里呢？为了钱吗？”

“不是，怎么可能？”小野寺眨着眼睛吃惊地看着小百合，“啊，算了，或许你有这样的想法也是正常的。”他笑着说道。

“那是怎么回事啊？”

“因为我对你隐瞒了一件重要的事，千春知道了以后把我训了一顿。”

“重要的事？”

“我开枪打死桐山并不是为了你。”

小百合停下了脚步。“那是……？”

“和那个女人一见面，我们彼此立马就明白了，因为我们相互认识。”

“你以前就认识惠子吗？”

“让我杀了那个男人的人就是桐山惠子。”

小百合惊呆了。“但是，你说你只是受到了命令而已。”

“当然是这样了。但是，我记得前来向上司委托任务的那个女人，对方也知道那件事会由我来干。”

“为什么惠子……”她想了想又改口说，“惠子前去委托了任务，也就是说……”

“那怎么了？”

“不，你只是过来告诉我这个的吗？”

“你曾经很想知道为什么那个男人被杀了，不是吗？”

“嗯，你知道原因吗？”

“我偷听到了，桐山说的时候。”

“她都说了什么？”

“听说是必须得堵住那个男人的嘴。他好像是曾经说过自己的公司倒闭了，为了钱的话什么事情都可以做，但实际做了之后却感到非常害怕，然后说要去自首。”

“那个人干了什么？”

“你的父亲是……”那个男人在中枪之前说了这些话。

“那个男人把什么人从车站的台阶上推下去了。”小野寺说道。

听到这里，小百合突然呆站着一动也不动了，好像身体瞬间被冻住了一样。“从车站的台阶上……”

“嗯，大概就是因为那件事。”

“‘你的父亲，是我推下去的’，那个男人原本是想这么说的。”

“果然是这样啊……可他有被加害的理由吗？”

小百合明白了。桐山不可能无缘无故地去做那种事，不用说，她肯定是受到了前田的指示。前田想把小百合据为己有。如果父亲身负重伤，那么在经济上小百合就不得不依赖前田了。

真是太过分了……竟然对我做出这种事……

小百合失去了意识，当场晕倒在地上。

像是有人在触碰她一样，凉凉的感觉慢慢地向小百合的肌肤中渗了进去。她睁开眼睛，发现父亲正在专心地看着她。

“爸爸……”小百合发出有点儿沙哑的声音说道，“你怎么了？你好了吗？”

“当然了，在这边大家都很好。”池内说。

“这边？”

“在这里，再也不会死去了，也不会变老。你妈妈也快点过来就好了。”

“爸爸……难道说‘这边’是……”

“什么？你不知道吗？我死了啊！”

“什么？”小百合猛地坐起来，“怎么会……”

“你在吃惊什么，”池内笑着说道，“你不是也知道吗？”

“不，我不知道！我什么都不知道！”小百合叫道。

“但是，你现在肯定很幸福吧？假如能让你幸福，我也就可以安心地去死了。”

“不要！我……一直都是为了爸爸你……”

“事到如今，再说些这样的话也没有用了。你妈妈也是，她也不好好地照看我，我死了以后，她也可以自由自在地玩了。”

“我妈妈也不知道，让爸爸你遭受这些痛苦的人竟然是前田先生。”

小百合的心如刀绞一般痛，她不由自主地弯着身子呻吟了一下。

“怎么了？没事吧？”

“心里好痛，好痛苦……自己所做的事让我好痛苦。”她的眼泪溢了出来。

“不要哭，你的痛苦和我的比起来简直太不值一提了。”

“爸爸……”

“没有办法随心所欲地行动，想说的话也说不出来，这份痛苦你能明白吗？”

小百合什么都没能说出口，即便说些什么也不会给父亲带来丝毫的慰藉。

“爸爸……我要报复他！爸爸你，还有我都遭受到了这么过分的事，怎么能沉默着什么都不说，什么都不干？！”

池内冷冷地笑了。

“爸爸，你笑什么？”

“你能做什么？你被那个老头子抱着、叫着，你以为我不知道吗？”

“不要说了！可是……”

“你的肚子里有那个家伙的孩子，对吧？你要怎么办？”

“我要打掉，肯定不会把那个人的孩子生下来。”

“你能做到吗？”

“能做到，能做到啊……”

小百合的声音变得柔弱了下来，然后消失了。

“你必须得活下去才行，之后还有几十年呢，不可以因为一时的冲动而不顾一切。”

“那么，你想让我怎么办？”

“这是你的人生，你自己好好考虑。”

“爸爸……”

“不要忘了，你的手上沾着我的血。”

“爸爸……”小百合看了一眼自己的双手，好像连手腕都被浸在血泊中一样，整个都被染成了血红色。

这些血……必须用这双沾染了血的手去抱我的孩子，去给他喂奶，去给他换尿布，去给他洗澡……为什么会变成这样……为什么要这么残酷……

“爸爸……爸爸！”小百合猛然倒吸了一口冷气，

爬了起来。

“你没事吧？”一脸担心地看着她的人是小野寺。

“这里是哪里？”小百合问，“感觉脑袋晕晕的……”

“你突然就晕倒了，”小野寺说，“正好看到了这家咖啡店，我就把你拖进来，让你睡了一会儿。”

咖啡店里没有其他的客人。小百合正躺在里面的长椅子上。

“谢谢……对不起啊！”

“不，我才要说对不起。突然听到那种事的话，你肯定会吓一跳的。”小野寺有点为难地说道，“千春还在等着我呢，我得坐傍晚的列车离开东京。”

“那你赶快走吧。谢谢你，我已经没事了。”

“可是……我帮你去和什么地方联系一下吧？”

“你？”

“有点奇怪吧，从来没想到竟然有人会依靠我。”

小百合微笑了一下说：“你真是个好人啊！”

“我已经决定从今往后变成一个好人了，假如可以活下去的话……你真的没事吗？”

“嗯……你走吧。”

“那……你要好好注意身体啊！”

“谢谢……啊，等一下。”小百合拿起包，从钱包里把所有的现金都拿出来递给了小野寺。

“喂……”

“这是为了千春。乘坐列车的话会被发现的，即使多花点钱也要通过其他的方法。”

“那不好意思了。”小野寺说着把纸币放进了兜里。

“答应我好吗？一定要顺利地逃得远远的，不可以让千春流眼泪。”

“嗯……”

“走吧，快点儿。”

小野寺快步离开了咖啡店。

小百合向柜台那边看了一眼，发现咖啡店的老板正在里面打着瞌睡，她便拿出了自己的手机。

“喂……先生，我是小百合。不好意思，回去的路上感觉有点儿不舒服……”

小百合冷冰冰地听着前田语气夸张地说道：“没事吧？我马上派人去接你。”

“嗯，我在一家叫作‘K’的咖啡店呢，一位碰巧路过的人好心地把我带了进来。”

“那真是太好了，我现在立马让秘书开车过去，你等着啊！”

“麻烦您了。还有就是摔倒的时候钱包好像从包里掉出去了。那个，我想答谢一下这家店……嗯，我知道了。”

“小百合，孩子没事吧？以防万一，去检查一下吧。”

小百合一时间没有回答。

“小百合，你在听吗？”

“嗯，就按您所说的做。”

假如告诉他说因此而流产了的话，也不会受到什么怀疑。

小百合给父亲所在的医院打了一个电话，刚才的那个梦让她很在意。

难道父亲真的……

她直接给护士站打了过去，一位熟悉的护士接通了电话，父亲的病情并没有发生变化。于是她松了口气，与此同时也确定了假如自己和前田分手的话，父亲就不能继续待在那个病房了。这让小百合的心情变得沉重起来。

该怎么办？也不可能就这样直接把这件事忘掉，唯独这一点是确定无疑的……

羁　绊

肯定是发生了什么，美香看着低着头不安地走动着的护士，马上就察觉到了这一点。

“啊，清水女士。”

她走到护士站以后，一个年轻的护士慌慌张张地站了起来。

“怎么了？黑沼里美发生什么事了吗？”美香问。

“没有，也没有……但是，也不是什么大事，”她不小心说出了一些莫名其妙的话，“您稍等一下，我现在就叫护士长过来。”

“嗯。”

果然是发生了什么。不然也不会得到这样的回应吧。美香站在那里等待着，心里怀着一丝不安。

“啊，让您久等了。”护士长步伐敏捷地走了过来。

“受您关照了。”

“没有的事……还什么都没有说吧？”她特意问了

年轻的护士这一句，“这边请。”她催促着美香。

“发生什么事了？”美香一边走一边问道，但是护士长并没有回答她。

“请，”进入一个小房间以后，护士长劝说着她在一把椅子上坐了下来，“这件事，医院的领导层说一概不许外传的……”

“我一定不会传出去的，”美香说，“里美发生了什么事，对吧？”

护士长点了点头说：“到底发生了什么事，因为现在的状态也不能去问她本人，所以不是特别清楚。但是，昨天晚上黑沼里美小姐被从病房里带出去了好几个小时。”

“被带出去了？那么，现在……”

“已经回到病房了。”

“到底是怎么回事？”

“因为她完全没有办法自己走出去，所以我们认为是什么人把她带出去了。”

“谁都没有注意到吗？”

“昨天晚上因为一场交通事故，医院里的急诊患者非常多，值班的医生还有上夜班的护士基本上一直都在到处跑来跑去。凌晨三点左右的时候，有位护士去查看她的情况，突然发现黑沼里美小姐的床是空的。”

“找了吗？”

“当然了，大家分头把整个医院都找了一遍，但是并没有找到，大概是趁着急救车到达时候的混乱场面，有人用担架车把她带到医院的外面去了吧。”

护士长额头上刻着深深的褶子，疲劳都已经渗到表情里去了。

“然后呢？”

“早上六点的时候得到了急救接待处的一名护士的联系，说有一辆载着患者的担架车被胡乱地放着，我跑过去以后发现那上面躺着的正是黑沼里美小姐。”

“她的意识清醒吗？”

“当时正在睡觉，我觉得她很有可能是被注射了轻微的麻醉剂。”

“后来呢？”

“我们马上对她进行了全面的检查，但没有发现什么新伤。脉搏啊，血压啊，全部都正常。”

“那她现在怎么样了？”

“她已经从麻醉引起的沉睡中醒过来了，但是不管问什么都得不到回答，她可能是处于一种受了打击的状态，”护士长用职业性的语调一直说到这里，然后她像累了一样喘了口气继续说道，“尽管这种状态只是一时的，但是事情的性质和受到诱拐是一样的。因此，本应该把她送到警察那里去的……不过，是不是出现了什么差错，所以她被推到其他的病房里去了？或者与要做紧急手术的患者搞错了？考虑着各种各样的可能性，不知不觉中就到早上了。”

“我知道。”

“毕竟患者也已经回来了。到了这个时候，也就决定不再对外公开了。虽然我对此感到很不满，但是领导层已经这样决定了。”

“我知道，”美香说，“谢谢您告诉我。”

“不管怎么说，这都是我们的失误，真的非常抱歉。”护士长说着低下了头。

“千万别这么说。里美平静下来以后，我试着去问问她，到底发生了什么事。请您一定不要在意。”美香说。

听到美香这么说，护士长心中的包袱好像一下子就轻了很多。“那就拜托您了。”她说着又低下了头。

护士长应该早就已经可以回家了吧，从她与美香分别后的脚步看得出来，她已经累得筋疲力尽了。

美香向里美的病房走了过去。

到底是发生了什么事呢？美香本打算让父亲给里美安排一个保镖的，事到如今或许已经晚了。

“里美……我可以进去吗？”她轻轻地打开门。

并没有听到里美的回答，美香一直走到了床的旁边，发现里美的眼睛其实睁着。

“里美，我是美香啊，你知道吗？”她向前探着身子看着里美，但是里美的眼睛一动不动地冲着正上面，但却什么都没有看。

美香轻轻地把里美的手拉了起来，里美却像条件反射一样猛地把手缩了回去。

“里美……”

这时，一位护士走了进来，说道：“不好意思。”

“啊，您好……”美香向旁边稍微移开了一点。

“她怎么样？”

“即便跟她说话，她好像也完全听不到。”

“脉搏正常。”护士拉起里美的手腕数了一下脉搏，记了下来。

“要抽血检查一下，”她说着拿出了注射器，“假如她被使用了什么药物的话，这样就可以知道了。”

“麻烦您了……”

护士在里美手腕上找到血管，把注射器扎了进去。美香受不了这样的场面，她情不自禁地把目光避开了。

血液慢慢地被吸进注射器里。美香悄悄瞥了一眼发现，也许是因为针扎时候的疼痛，里美好像刚刚注意到自己所在的地方一样，环视病房的眼神中恢复了意识。

“里美……你清醒过来了？”美香弯着身子对她说道，“你知道吗？是我啊，美香啊！”

里美的目光和美香的目光相遇了。突然，里美的眼睛一下子睁得大大的，脸上瞬间失去了血色。

“原谅我！”里美用怯生生的声音说道，“对不起！我当时也是没有办法！我并不想说的！”

“里美，坚强点儿！到底是怎么了？”里美的样子让美香感到非常困惑。

“啊，求你了！不要杀我！”里美用力挥动着手臂，正在采血的注射器飞了出去。

“里美！你在说什么呢？你不知道我是谁吗？”

“对不起！我好害怕！我也不知道不说的话会发生什么事。美香，原凉我！不要杀我！”

美香注意到那位护士正用冷冰冰的目光看着自己。

里美很害怕。当知道了里美把那件事告诉了真也的时候，美香也确实想过威胁里美。里美应该是因为那个时候的恐惧，所以很害怕美香吧。

可是，那位护士看着里美现在的反应，好像昨天晚上把里美带出去的人是美香一样。

“她现在很混乱。”美香说。

“请您回去吧，”那位护士说，“患者变成这种状态的话会让我们很为难。”

“可是，这是……”

“请您回去吧。”

“我知道了，”美香叹了口气，“如果有什么异常的话，请和我联系。”

在护士冷漠的目光下，美香走出了里美的病房。

走出医院后，美香停了下脚步，从包里拿出手机打开了电源。

和父亲联系一下，借助一下他的力量吧。里美到底发生了什么事？无论如何都要想办法弄清楚。

但是，给父亲的电话还没有拨出去，就有电话打了进来。

“你好！”

“你是田渊美香小姐吧？”传来了一个年轻女孩子的声音。

“我是清水美香，你是？”

“是田渊美香吧，四年前，你们把西川勇吉同学诬陷成罪犯的时候。”

美香环视了一下四周。是从附近的什么地方打过来的，她有一种这样的感觉。肯定是特意等着她从医院里走出来，然后打过来的吧，时机抓得实在是太好了。

她在出租车乘车处的附近停下了脚步，问道：“你是谁？”

对方并没有回答，而是直接说道：“黑沼里美小姐全都乖乖地告诉我了哦！”

“你把里美带出去了，对吧？”

“我没有向她施加任何暴力，只是让她对着电视摄像机把四年前的真相说出来而已。”

“你的目的是什么？”

“真相。”对方说。

“事到如今，你到底想干什么？这么做，西川君也不会回来的。”

“但是，即便如此，你们好像什么事都没有发生过一样幸福地生活着，这是不对的。里美也从心底感到非常后悔，她一直在为此流眼泪。”

“明明是你威胁了她！”

“威胁她的人是你吧？里美说自己可能会被你杀掉的，心里感到非常害怕啊！”

“这种事……”

“你先做好心理准备吧，人都是必须要承担责任的。”

“你是谁啊！喂？”

电话已经挂断了。

美香向周围看去，发现一辆车正从停车场里开出去。

她有一种直觉。“跟着刚刚走出去的那辆车。”美香迅速地坐进出租车里这样说道。

司机意外地向后瞥了一眼，然后耸了下肩启动了汽车了。没有丢掉，他们顺利地跟在了那辆车的后面。单从背影来看，感觉正在开着那辆车的是个年轻的女人。

“跟到哪里啊？”司机问。

“一直到前面那辆车停下来为止。”美香说。

“停下来了啊！”司机说。

那辆车停在公寓的前面，里面的那个女人已经下了车消失不见了。

“谢谢，到这里就行了。”美香多付了一点儿费用，然后从出租车上下来了。

眼前是一栋老旧的二层公寓。她是进了这栋公寓吗？美香看到了入口处的收件箱，便一个一个地查看着住户的铭牌，目光最终在“杉山明美”的名字上停了下来。

杉山明美……是和真也在同一个课的那个女孩子。

那么，那辆车上的女人是？

二楼的205是杉山明美的房间……美香沿着楼梯走了上去。

走廊里放着洗衣机，还放着婴儿手推车。

美香在“杉山”的门牌前面停下了脚步。明媚的笑声从面向着走廊的窗户所张开的细缝中传了出来，她侧耳听了起来。

“用完了，再去买一些吧。”好像是杉山明美的声音。

“那么，顺便买些小吃吧。”

“会变胖的啦。”

“没事的，一直在运动。”边说边笑的是……她的丈夫，清水真也。

玄关的地方有动静传了出来。美香瞬间藏在了洗衣机的后面。杉山明美穿上凉鞋，小跑着走了出去。美香站起来，等到脚步声向楼梯下面逐渐走远后，打开了那个房间的门。

“忘东西了吗？”真也走出来，然后惊呆地站在那里。

血向美香的脸上涌了上去。

“不要穿成这样就出来啊！”将背后的门关上以后，她用走调了的声音说道。

“对不起。”只穿着背心和三角裤的真也喃喃地说。他急忙穿上了裤子。

这是一个只有六张榻榻米大小的狭小的房间。单人床还乱乱的没有收拾，即便是站在玄关的美香也可以看到。

“她刚刚去附近的便利店……”

“我知道。”

“不要责备杉山小姐，是我强迫她……”

“不是这样的吧，”美香笑了一下，“她喜欢你，你应该也非常清楚。”

“是啊。”

“你想说都是我的错，对吧？”

“没有，我……”

“你听里美说了，对吧？娶了一个残酷不仁的女人，感觉自己是多么不幸啊，对吧？所以，来向温柔可人的杉山明美小姐寻求安慰了。逻辑非常合理啊！”

真也沉默着没有说话。

“收拾得好整齐啊！”美香走进房间里后说道，接着她往里面环视了一圈，“除了床。”

“美香……我们的事回家再说吧。我马上就收拾，我们回去吧。”

“在她回来之前？没事的，我不会拿刀捅杉山小姐的。”

“美香，我……”

“什么事都最好快点说清楚，”美香在榻榻米上坐了下来，“尤其是现在，我们的生活都处在悬崖边上了。假如还想守护的话，我们必须得齐心合力才行，你根本没有在这种地方和别人搞婚外情的闲工夫啊！”

“出什么事了？”

美香突然想到了什么。“杉山小姐，有车吗？”她这样问道。

“车？没有，我觉得她连驾照都没有……”

那么，那个女人是……

她知道美香肯定会跟在她的后面的，然后特意把美香带到了她丈夫的出轨现场。

她是谁？到底是谁……

这时，蹦蹦跳跳的脚步声传了过来。

“跑着回来了！”明美大喘着气向屋里面走了进来。

看到美香的瞬间，她所有的动作都停下来了。

“打扰了。”美香说。

“欢迎光临。”明美像是在微微点头一样低下了头。

“公寓的前面有车吗？”

“车？没有，什么都没有……”

果然是这样，是那个女人把美香带到了这里。

“你应该知道的吧，”美香说，“马上从公司辞职，我会给你足够的钱，足以让你搬到什么地方重新找份其他的工作。”然后她对着真也说道：“收拾一下，我们回去。”

“嗯。”

明美在原地伫立着，一动不动地看真也穿着衣服。

“走吧。”真也催促着美香，完全没有想要向明美的方向看一眼的意思。

这时，明美突然冲了出来。“我不会让这个人回去的！”她站在真也的前面用仿佛在燃烧一样的目光回头冲着美香这样叫道。

“你说什么？”

“他恨你，‘一想到今后都要和一个杀人犯一起生活，还不如死了呢’，他曾经这样说过的！是吧，老公？”

明美叫真也“老公”，这一下子点燃了美香心中的怒火。

“开什么玩笑！”美香用尽力气把明美撞得一下子飞了出去。

明美的身体在地板上滚动着，接着，头部撞到床腿的声音传了过来。

“喂！你做得太过分了，”真也急忙冲到明美的身边，弯腰蹲了下去，“明美……明美，你没事吧！”

美香在那里呆呆地看着，看着她的丈夫把其他的女人抱起来呼叫着。

真也的心已经离开我了……美香沉浸在虚脱的感觉之中呆呆地站着，就连她的老公脸色苍白地回过头这样说的时候，也没有感到丝毫的吃惊。

“死了。”

走向黑暗

“确定要这么做吗？”田渊说。

美香没有回答。

“麻烦您了，”真也说，“就算是隐藏起来，总有一天也会被知道的。”

“这倒也是……我知道了。”田渊把手向桌子上的电话伸了过去。

美香和真也两个人把美千流放到了朋友那里之后，来到了田渊的办公室。

“嗯，在这里呢，他们说之后会去自首……我知道了，麻烦你了，”田渊放下话筒以后说道，“律师马上就会过来，和他详细地说明后你们一起过去，知道了吧？”

“给您添麻烦了，真的非常抱歉。”真也低下头说道。

“假如事件本身还没有被发现的话就会算作自首，处理的方式也是完全不一样的。”

“我不知道。”

“发生争执后激动了起来把她撞飞了是吧，因为撞到的地方很脆弱而死了……也就是说并不是主观想要杀害她。定性为过失杀人的话，也不会有多么大的罪。”

“但是，毕竟是让一个人死了，”真也说，“是不是我最好应该和美香……离婚啊？”

“这种事，不行啊！”美香看着真也说道。

“可是，会给岳父添麻烦的。”

“这个……”

“只是形式上离婚也可以，可以暂时分开吗？赎完罪以后再结婚就好了。”

“我知道了。”

“总之，你们先在这里等着。”田渊站起来离开了房间。

美香一动不动地盯着地板。

“美千流就拜托你了。”真也说。

“老公……这样是不对的，明明我做的……”

“没关系。毕竟从根本上来说，是因为我和杉山小姐发生了那种事。把这当作我的罪过，这是最好的选择。”

“但是……”

“这是为了美千流，那个孩子现在必须要有母亲在身边。”

“对不起……”美香握住了她丈夫的手。

“没事的，说是我干的话没有任何人会怀疑的。”

卑鄙的家伙，卑鄙的家伙。

美香竟然又想要把罪名推给别人了，而且还是她自己所爱的人。“是为了女儿。”真也的这句话对美香来说恰好成了借口，无可挑剔的借口。

“律师会尽力帮我们的。”

“嗯……不要为我担心。”真也握住了美香的手。

美香开着车，不知不觉便多少忘却了一点儿心头的疼痛。

“我现在就过去接美千流，不好意思啊！”她给那个朋友打了个电话，然后发动了汽车。

夜幕已经笼罩着整座城市。

据律师所说，假如是“争执引发了激动，然后那个女人摔倒后撞到了头部”的话，说不定会被认定为事故。因此，美香多少有了一点得救了的感觉。假如是过失杀人再加上是主动自首，说不定能获得缓期执行的机会。父亲会对死去的杉山明美的家人做出充分的补偿。这样，说不定一切都会顺利地解决。

手机响了。把车停在路边后，美香拿起了手机。

“喂。”

“你要重复做多少次相同的事啊？”是那个女人。

“你在说什么呢？”

“你自己最清楚了，不是吗？”那个女人说，“这次的牺牲品是你的丈夫？你还真是个了不起的女人啊！”

“这和你没有关系。”

美香觉得对方说不定在对这次的通话进行录音，因此说话非常小心，绝对不会说出那是自己做的之类的话。

“但是，你的丈夫已经再也不会爱你了。因为，自己的妻子是个什么样的女人，他应该已经亲身体验到了吧。”

美香沉默着没有说话。对方所说的事，美香自己也是知道的。就算他说是为了父亲，但是一旦离婚的话，应该就再也无法重新和真也一起生活了吧。

“你真是个可怜的人啊，”那个女人说，“西川同学和他的父母，还有杉山明美小姐……杀死了四个人，却还在一味地逃脱自己的罪行。西川同学的事，即使那时候让你接受法律的惩罚，也只能追究你做伪证或者侵犯名誉的罪名而已。然而，你现在却失去了最好的朋友，失去了丈夫，还让你的父亲失去了名誉……你还剩下什么呢？”

“父亲的名誉，是怎么回事？”

“当然是黑沼里美小姐的坦白录像了。从今天晚上到明天早上，有很多家电视台会播放出来。你们已经阻止不了了，你父亲的力量所能控制的电视台是有限的。”

“简直太卑鄙了！你到底是谁？”美香的声音颤抖着。

“哎呀，你没有听里美说过吗？药物对她是不是太过有效了，”那个女生笑着说道，“里美知道，而且……轰淳子小姐也知道。”

“淳子？”

“里美暂时还不能说的话，就去问一下淳子试试啊！”

挂断电话，美香启动汽车强行掉了头。

“西川勇吉同学在拘留所里面自杀了，因为四个女大学生轻率的谎言，三个人被活活逼死了。”电视屏幕上，新闻评论员正一脸严肃地播报着，“田渊大藏大臣刚刚提交了辞呈……”

美香从开着的教室门走了进去，教室里的电视正在播放着新闻，电视屏幕上面呈现着在摄像机前边哭边说的里美的脸部特写。

“完全没有注意到啊，”淳子说，“美香，你还记得吗，那个时候给我们端咖啡的那个女孩子？”

“那怎么了？”

在空荡荡的教室里，淳子正坐在学生们的座位上看着电视。“你没有听说啊？”

“快点儿告诉我。”

“那个叫作山科保江的孩子，听说她是那个时候的警察局长的女儿。”

听到淳子这么说，美香也感到非常吃惊。“那个女孩子是……警察局长的女儿？”

“有人当面追问我了，我没能坚决地顶回去。”

“但是，为什么——”

一阵脚步声打断了美香的话。

“西川君的报告是我提交的。”

“你……”

“我是这里的讲师马场百合香，当年和西川君是同一个班的，我很清楚他不可能会做那样的事。可是，西川君却死了……我在作为讲师来到这里之前进行了调查，轰老师在为四年前的事感到后悔。因此，我最终还是借助到了她的力量。”

“淳子……”

“对不起啊，美香，”淳子站起来说，“一直以来，我无论如何都没有办法忘记。”

“所以你就背叛了朋友，对吗？”

“确实那个时候因为美香你，我们被无罪释放了。可是，竟然让三个人因此去世了……我无法像美香你一样看得开。”

“那样的话，你自己去自杀不就好了吗？不要把我们也卷进来啊！”

“我做不到，听了那位山科先生女儿的话以后，我觉得还是不能沉默不语。”

“所以就威胁里美？”

“因电视节目而出名的里美，处于父亲的力量保护之下的美香……为了让真相得到大家的关注，就只能这样做了。必须得恢复西川君的名誉，这件事非常必要。”

“死了的人是没有办法活过来的！”美香说。

“你这种说法是不对的，”马场说，“即使是已经死了的人，他也会一直活在活着的人的记忆里。”

“你们爱怎么想就怎么想，”美香说，“总之我会坚决否定，我会告诉大家一切都是里美胡思乱想的。”

“你骗不了你自己的啊！”另一个女人的声音在教室里回响了一下。

美香回过头，视线碰到了一个看上去刚刚二十岁的年轻女孩子。

“我是山科保江。”是电话里的那个声音。她继续说道：“我父亲应该一生都要在医院里生活了吧，这是他因为罪恶感而痛苦的结果。你坚强到甚至不会向它屈服的地步，是个认为自己就是一切的中心的人。所以，我只能夺走对你来说很重要的东西。”

“我有孩子，”美香回答说，“我不会失去自己的孩子的。”

“但是孩子总有一天会变成大人的，到那个时候你该怎么向她解释？该怎么向她说起她的父亲为什么杀死了自己的情人？还有，怎么告诉她事实上是妈妈杀的啊？”

“这是以后的事……很久很久以后的事。”

美香很清楚，这绝对不会是“遥远的以后”。

父亲下台了，对真也的审判会是什么结果？假如变成实际执行的话，一切就全都变了。父亲应该也已经不会再相信美香的话了吧。下台后的政治家是非常可怜的，未来不会有一丝光明，只有黑暗之门敞开着。

可是，也不能就这样停下脚步，必须得活下去才行……为了美千流也要活下去，也为了真也。

“我要去接我女儿了，让开！”美香挺起胸膛这样说道。

“恐怕，再也无法恢复意识了。”医生说道。

“是吗？”池内瞳喃喃地说道，看上去她好像是失去了牵挂一样。

小百合感到非常意外。她一直以为对母亲来说，父亲差不多就等于已经死了。可是，母亲看着病情急剧恶化、只是张着嘴呼吸着的父亲，眼神中饱含着真真切切的悲伤。

“可以用点滴维持他的生命。”医生说。

“我的丈夫，他还活着是吧？那就请让他活下去！多活一天都行。”瞳激动地说道。

“我知道了。”

医生看着瞳，好像非常吃惊。小百合也重新认识了自己的母亲，好像她完全是另外一个女人。

“打扰了，”一名护士打开了病房的门，“前田先生……”

小百合的脸上瞬间失去了血色。

“情况怎么样啊？”前田走进来以后问道。然而，他并没有表现出具体是在问谁。

医生还没有来得及进行说明，瞳便冲向前田，抓住了他的手。“拜托您了，在他可以活着的这段时间我想让他继续活着。请您无论如何都要让他继续留在这里！”

小百合为母亲的行为感到非常悲哀。明明把父亲变成这样的人，正是前田。

“不必担心，”前田用双手温柔地握着瞳的手说，“完全没有问题。这个世界上也有很多奇迹，假如有必要的话让您丈夫在这里待几年都可以。”

“谢谢您！”瞳含着眼泪紧紧地握住前田的手。

“小百合，我有话要对你说。”

“嗯。”小百合跟着前田走出病房。

在里美“坦白”以及田渊辞任的这段是非横生的日子里，小百合一次都没有与前田见面。当然，关于四年前的那场事件，小百合的名字也被说出来了。可是，无论哪里的媒体都没有触及她与前田的关系，他们仿佛就像是商量好了一样。

“坐吧。”

前田在休息室的沙发上坐了下来，一位老年人正坐在轮椅上看着电视。

“终于平静一点儿了，”前田说，“那个录像把我吓了一跳。”

“我们是一切都按照美香说的去做的，那个时候。”

“媒体骚动只是短时间的事，可是假如和你结婚了的话，有可能会再次死灰复燃的。”

“嗯。”

“总之，稍微推迟一阵子吧……田渊下台了，必须要决定好下一个人选才行。这也需要一些时间。”

小百合默默地点了点头。

“不要担心，我的心意是不会变的，只是稍微向后推迟一下而已。”前田说着微笑了一下。

“嗯。”

“好久没有过去了，我今天晚上去你那里，可以吧？”

“嗯。”

“好……我暂时还不能死。”

实际上，前田最近看上去好像变得年轻了一样。“自己是不可或缺的”对政治家来说，没有什么可以像这种心情一样让他们充满活力了。

“回病房吧。”说着，前田站起来迈出了脚步。

前田的后背就在眼前，毫无防备的后背……小百合一边落后他两三步走着，一边把手放进了包里。现在的话……现在的话非常容易就可以做到。抓住刀子，然后冲着前田的后背捅一刀，几秒钟都用不了。

她没有办法原谅前田把父亲变成了一个废人，对自己为所欲为，而且还装作自己是个好人的行为。他必须要为自己所做的事付出代价。小百合加快脚步向前田的后背靠近着。

这一瞬间，在小百合的身体里，有什么东西动了……那明显是具有生命的、是抱有自己的意志而动的。小百合停下脚步，反射性地把刀子塞进了包里。

“怎么了？”前田回过头说。

“刚刚……宝宝动了。”小百合回答道。

“是吗，”前田的脸上泛出了红晕，“是这样啊。”

这是我的孩子。这个孩子有他自己的未来。

前田抱住了小百合的肩膀，小百合默默地喘了口气。

假如现在把前田杀了的话，这个孩子会怎样呢？不，并不是必须现在报仇，并不是只有杀了他这一种方法。什么时候……什么时候……当前田卧在病床上将死的时候，在他的耳边轻轻地告诉他。

“我恨你。”

这样告诉他。对前田来说，这肯定会成为最大的打击吧。并不是必须趁现在……对，并不是必须趁现在。

“没事吧？”前田问。

小百合靠在前田的臂弯里，冲着他静静地微笑了一下。

赤川次郎·最新作品

あかがわ　じろう

M。推理

赤川次郎・最新作品
あかがわ　じろう

1
《夜半的惊醒》
拼尽全力，自己的生活依然不断下坠。
即使再危险，我也决不让更多人重蹈覆辙。

2
《黯夜的呼唤》
为了抓住即逝的幸福，我们将灵魂弃于黑夜。
黑暗中哭泣的灵魂啊，未来还会重现光明吗？

3
《随风而去》
为了自己想要的，只有一直不停争取索要。
等到放手时，我却拥有了一切。

4
《泪如雨下》
从未感受过幸福的人，一旦品尝过就再难割舍。
即使是冒牌的身份，我也要堂堂正正地守护这份温暖。

5
《一个人的生活》
元气少女依子的独居初体验——恋爱、助人、解决麻烦……
经历人生的各种第一次！惊喜（吓）满满，感动满满！

Mo 推理

赤川次郎・幽灵系列
あかがわ　じろう

1《幽灵列车》

幽灵列车／背叛的诱拐／冻结的太阳／局部有雨／善人村之村祭

2《幽灵候补生》

幽灵候补生／双胞胎之家／狮子在睡觉／巷子里好像要下雨／棺材里的睡美人

3《幽灵同好会》

名侦探的催眠曲／蓝胡子，现出原形吧／穿红鞋的女孩／送子鸟今天休息／被杀死的尸体／幽灵同好会

4《幽灵心理学》

影子一样的男人／二度刺死睡美人／幸福的杀人／银座杀人传说／幽灵心理学

朝闻真相，夕死足矣。

现代推理馆

寻找唯一的真相

—日本馆—

东野圭吾

赤川次郎

誉田哲也

冈崎琢磨

乾胡桃

—欧美经典馆—

〔英〕安东尼·伯克莱

〔美〕雷蒙德·钱德勒

〔英〕约瑟芬·铁伊

—国内原创馆—

《夜行列车》

《密室》

《空房子》

《薛定谔的猫》

《深夜病房》

《打不开的门》

《第十三个人》

……

黯夜的呼唤

〔日〕赤川次郎｜著　　只读文化工作室｜出品

版权登记号：01-2016-9119
图书在版编目（CIP）数据

黯夜的呼唤 /（日）赤川次郎著；魏婧彩译．—北京：现代出版社，2019.3
ISBN 978-7-5143-7282-3

Ⅰ．①黯… Ⅱ．①赤… ②魏… Ⅲ．①推理小说－日本－现代 Ⅳ．①I313.45

中国版本图书馆 CIP 数据核字（2018）第 184477 号

黯夜的呼唤

作　　者　〔日〕赤川次郎
译　　者　魏婧彩
责任编辑　毕椿岚
出版发行　现代出版社
通信地址　北京市安定门外安华里 504 号
邮政编码　100011
电　　话　010-64267325　64245264（传真）
网　　址　www.1980xd.com
电子邮箱　xiandai@vip.sina.com
印　　刷　三河市宏盛印务有限公司
开　　本　787mm × 1092mm　1/32
印　　张　14.625
字　　数　258 千字
版　　次　2019 年 3 月第 1 版　2019 年 3 月第 1 次印刷
书　　号　ISBN 978-7-5143-7282-3
定　　价　55.00 元

寻找唯一的真相